grafit

Dieses Buch ist ein Roman. Handlungen und Personen sind frei erfunden. Ähnlichkeiten mit lebenden oder toten Personen sind nicht gewollt und rein zufällig.

Bibliografische Information der Deutschen Nationalbibliothek
Die Deutsche Nationalbibliothek verzeichnet diese Publikation in der Deutschen Nationalbibliografie; detaillierte bibliografische Daten sind im Internet über http://dnb.d-nb.de abrufbar.

MIX
Papier | Fördert gute Waldnutzung
FSC® C083411

Cäcilienstraße 48, D-50667 Köln
Internet: http://www.grafit.de
E-Mail: info@grafit.de

Umschlaggestaltung: finken & bumiller | buchgestaltung und grafikdesign, unter Verwendung des Bildmotivs unsplash/juan-davila
Gestaltung Innenteil: DÜDE Satz und Grafik, Odenthal
Lektorat: Lothar Strüh
Druck und Bindearbeiten: CPI – Clausen & Bosse, Leck
ISBN 978-3-98659-012-3
1. Auflage 2023

Siebo Woydt

Unter dem Wald, neben dem Wasser der Tod

Kriminalroman

grafit

Begleitend zum Studium der Informatik und Mathematik in Bonn und Oldenburg war **Siebo Woydt** lange Jahre Texter für ein theologisches Kabarett. Nach dem Studium startete er im Rheinland als Software-Entwickler bei Deutschlands größter Wirtschaftsauskunftei, zuletzt war er dort Vorstand der Beteiligungs-Holding. Heute lebt er als Schriftsteller in Mecklenburg.

Ausführlich zu schildern, was sich niemals ereignet hat,
ist nicht nur die Aufgabe des Geschichtsschreibers, sondern auch
das unveräußerliche Recht jedes wirklichen Kulturmenschen.

Oscar Wilde

Sonntag, 12. September 2021

Den ersten Schädel fand eine Frau mit weißem Kittel in der Tiefkühltruhe ihres Imbisswagens. Ihr Wagen stand abseits am Rand des Fischerfestes. Rita hatte vor zwei Tagen als Erste geöffnet und war jetzt die Letzte, die die große Klappe ihres Wagens schloss und mit dem Aufräumen begann. Die Füße in den alten Turnschuhen schmerzten vom zweitägigen Stehen, der weiße Kittel war vorn und an den Seiten, an denen sie immer die Hände abwischte, durch Fettflecken dunkel, und die mit zu viel Haarspray aufgebaute Frisur neigte sich zur Seite. Zwei harte Tage für eine alte Frau, die alles allein machen musste. Ihr Mann war mit dem Lkw unterwegs, irgendwo in Bulgarien. Eine der letzten Touren vor der Rente, hatte er versprochen, wieder einmal.

Trotz der langen Tage war der Umsatz auch dieses Jahr mager.

Mit langen Tagen kannst du keinen falschen Standort wettmachen. Und die Leute wollen das neue Zeugs fressen, nicht meine Nackensteaks und Thüringer.

Der Schädel lag unter den letzten Pommestüten, und zuerst dachte Rita, nur die Plastikbox mit den eingelegten Schweinesteaks wäre umgefallen und hätte Ladung verloren. Das müsste sie jetzt wegwerfen, aber dann wäre ihr Gewinn noch schmaler als ohnehin schon.

Also rasch zurück ins Plastik damit. Merkt ja keiner. Und die Kühlkette ist ja noch nicht unterbrochen.

Sie griff danach, der rote Klumpen rollte zur Seite und drehte sich, Eiskristalle knirschten auf dem Boden der Truhe. Sie blickte auf blutige Knochen und leere Augenhöhlen, und später war ihr die Spurensicherung dankbar, dass sie neben die Kühltruhe gekotzt hatte.

Ihre Standnachbarn hörten ihre Schreie wegen der geschlossenen Seitenwand des Imbisswagens kaum und zuckten mit den Schultern, sie waren beschäftigt. Dann ging die Tür auf, Rita stolperte auf die oberste der drei Stufen, hielt sich irgendwo fest und schrie weiter. Die Nachbarn sahen den gelbgrünen Fleck auf ihrem Kittel, das sah auch Rita nicht ähnlich.

Der ist bestimmt schlecht geworden, dachte Joe und hob den letzten Karton Zucker in seinen Lieferwagen. Bloß nach Hause, auspacken und pennen. Der Kassensturz konnte warten, er hatte schon am Gewicht der Kasse gemerkt, dass 2021 für ihn ein gutes Jahr werden würde.

Hat wohl zu viel von ihren Thüringern eingefahren, bevor sie verderben. Gekauft hat ja kaum einer bei ihr. Susi vom Bierstand streifte sich den Spülschaum von den Händen, trocknete die langen blauen Fingernägel einzeln und wischte sich mit dem Unterarm über die Stirn. Sie seufzte, schloss kurz die Augen und ging dann doch über die Schotterstraße hinüber zu Ritas Imbiss, weil das Schreien nicht aufhörte.

Vielleicht hat sie sich geschnitten und braucht Hilfe.

»Frau Brehm? Rita?« Susi blickte die drei Stufen zu Rita hoch. Die alte Frau war klein und breit, Susi war schon auf der ersten Stufe mit ihr auf Augenhöhe. Die Schreie der Frau waren jetzt sehr laut, ihr Mund war weit geöffnet, und Susi konnte sehen, dass sich die untere Prothese gelöst hatte. Der Fleck auf Ritas Kittel roch sauer.

Nicht mal Ritas Soßen sind so schlecht.

Susi nahm noch eine Stufe, Spuckefetzen trafen ihr Gesicht. Im Umgang mit Besoffenen hatte sie Erfahrung.

Ich mache einfach alles wie immer.

Sie gab Rita zwei Ohrfeigen, rechts und links. Die Prothese flog aus dem Mund und landete klappernd auf dem Schotter vor dem Imbisswagen, direkt neben einer leeren Pommesschale und zwei halb gerauchten nassen Zigaretten.

Rita Brehm schloss vor Überraschung den Mund. Dann befühlte sie ihn mit der Zunge und hielt sich schnell die Hand vor die Lippen. An ihren Fingern war braune Schmiere, das war die Hand, mit der sie den Klumpen in der Kühltruhe umgedreht hatte. Ihre Augen wurden groß, sie drehte sich von der Biertusse weg, würgte und spuckte in hohem Bogen noch eine kleine Portion heraus.

Direkt in die Pommesschale, dachte Susi. Cool, so elegant schafft das von meinen Gästen keiner.

»Rita? Was soll das? Was ist los?«

Rita Brehm schüttelte heftig den Kopf. Sie konnte jetzt nicht sprechen, vor Ekel, vor Schock und ohne Prothese. Sie zeigte nur stumm mit dem Daumen hinter sich in den Imbisswagen. Aber sie musste jemandem etwas sagen, sie konnte das nicht für sich behalten.

»Niddeinge«, verstand Susi.

Das sollte wohl »Nicht reingehen« heißen, aber so etwas hatte Susi noch nie abgehalten. Sie schob Rita zur Seite, die sich jetzt mit beiden Händen oben an dem kurzen Treppengeländer festhielt, und betrat den Imbisswagen.

»Was ist denn?«, rief sie heraus.

Dann stand sie kreidebleich wieder neben Rita. Das Handy fiel ihr aus der Hand, und sie brach sich beim Aufheben zwei blaue Fingernägel ab.

110, ging ihr durch den Kopf. Und die Fünf-W-Regel. Mein Name ist Susanne Klammek.

Was ist hier eigentlich für eine Adresse? Gang drei, Stand siebzehn. Sicher hilfreich.

Und wo sind die Bullen, wenn man sie mal braucht?

Talvi befand sich am anderen Ende des Festgeländes. Sie hatte zwei Tage die Mobile Wache auf dem Fischerfest geleitet, zwölf Stunden am Tag die Namen von unverständlichen Besoffenen, wütenden Bestohlenen und verärgerten Touristen in das Tagebuch aufgenommen. Dabei war das ein Job für Streifenbeamte. Sie war Kriminaloberkommissarin, KOK Talvi Caster. Aber sie war noch immer die Neue in Greifswald und hatte sich nicht gegen diesen Einsatz gewehrt.

Jetzt hatte sie Rückenschmerzen und ging mit gesenktem Kopf, die Kapuze ihres Parkas tief im Gesicht, durch die Reste des Fischerfestes und sah den Ausstellern zu, die mit Ringen unter den Augen und langsamen Bewegungen ihre Stände abbauten und ihre Wagen schlossen. Niemand erkannte sie, und alle sahen rasch in eine andere Richtung, wenn sie zu grüßen versuchte. Das kannte Talvi, das tat nicht mehr weh.

Hinter einer Schießbude lag ein Haufen blauer Müllsäcke, die konnten unmöglich vom Schießen sein. Ein Fall für das Ordnungsamt. Das war beim Auf- und Abbau mit sechs Leuten im Einsatz, Wochenendschicht für alle.

Ihr Fuß stieß gegen etwas. Die Hälfte eines zerbrochenen Lebkuchenherzens, das »Ich«. Das »liebe Dich« lag einen Schritt weiter mit aufgeblähten Buchstaben in einer Pfütze. Gestern Abend hatte ein Wolkenbruch die Leute in die Zelte getrieben, ins Trockene und zum Alkohol. Die Zahl der Einträge im Tagebuch der Wache war sprunghaft gestiegen.

Die beiden Streifenpolizisten, mit denen sie die enge Wache geteilt hatte – es war nur ein alter VW-Bus mit durchgesessenen Bänken, der ab und zu oberflächlich gereinigt und einmal im Jahr auch zum Festgelände gefahren wurde –, hatten geraucht und sich gern vom Stand gegenüber einladen lassen. Sie hatte abgelehnt, sie wollte keine Zigaretten und keine Geschenke. Aber der dauernd grinsende Grieche vom Gyrosstand hatte ohnehin nur zwei Portionen gebracht. Sie hatte sich einen Gang weiter Pommes gekauft, die nicht geschmeckt hatten und ihr noch schwer im Magen lagen. Kaffee aus einem Pappbecher hatte geholfen, aber nur ein wenig. Essen würde sie heute Abend nichts mehr.

Die frische Luft hier draußen – der Abendwind drückte die Dunstglocke des Festes seit einer halben Stunde ins Land, wo sie sich über dem Ladebower Moor langsam auflöste – schmeckte leicht nach Ostsee und nach Horizont.

Sie musste einkaufen, das ging erst morgen nach Dienstschluss. Bis dahin würde sich der Pommesklumpen in ihrem Magen aufgelöst haben, vielleicht hatte sie dann sogar Appetit.

Die Kollegen hatten den stinkenden VW-Bus vor einer halben Stunde mit Mühe gestartet und waren zum Gelände des Polizeihauptreviers aufgebrochen. Da würde morgen ein Azubi mit Putzmittel und viel Wasser versuchen, die Spuren des Gyros und die Reste des Erbrochenen zu beseitigen, bevor die Mobile Wache für die nächsten Monate wieder eingemottet wurde. Bis zum Weihnachtsmarkt.

Bis dahin konnte noch viel passieren.

Talvi hatte keine Ahnung, ob es eine große und für die Aussteller erfolgreiche Veranstaltung gewesen war. Das würde sie nächstes Jahr erst wissen, wenn es für sie was zu vergleichen gab.

Vielleicht.

Mit dem Ende des Festes, das als größtes Volksfest in Vorpommern jedes Jahr einige tausend Fremde nach Greifswald schwemmte und den Rhythmus der Stadt für eine Woche bestimmte, würde wieder Ruhe eintreten. Viele Gäste fuhren jetzt mit Kopfschmerzen nach Hause, Einheimische atmeten wieder durch. Talvi freute sich auf eine heiße Dusche in ihrem dunklen Bad und zwölf Stunden Schlaf in einem dunklen und stillen Bett. Bloß keine Schlagermusik, Lautsprecher und Fanfaren und keine grölenden und lustigen Leute mehr. Abschließen, stinkende Klamotten ausziehen und Ruhe.

Sie würde die Runde über das Festgelände noch einmal drehen, bevor sie zum Dienstwagen ging. Es war nicht ihr Dienstwagen, und er stank.

Talvi sah auf die Uhr. Ihre Dusche musste noch warten. Immerhin hatte sie hier die Verantwortung, mit oder ohne Mobile Wache.

Ein Plastiklöffel knirschte unter ihrem Schuh.

Die offiziellen polizeilichen Ermittlungen begannen mit einem undeutlichen Anruf. Der diensthabende Beamte in der Notfallzentrale der Polizeidirektion Anklam, wo die 110 aufschlug, presste den Hörer ans Ohr. Das lag nicht an der Qualität der Verbindung – der Bildschirm vor ihm bestätigte eine stabile Mobilfunkverbindung mit guter Sendeleistung –, sondern an der Frau am anderen Ende. Sie war kaum zu verstehen.

Der Anruf kam aus dem Stadtgebiet. Rasch wechselte er zum digitalen Headset. Aufgezeichnet wurde der Anruf auf jeden Fall.

»Wir helfen Ihnen. Bitte bleiben Sie ganz ruhig. Wer spricht, und wo sind Sie?«

»Susanne Klammek. Ich habe einen –«

»Können Sie bitte wiederholen?«

»Klammek, Susanne Klammek, Lange Theke.«

Wieder eine Besoffene. Das würde nicht lange dauern. Missbräuchliche Nutzung einer Notfalleinrichtung unter Alkoholeinfluss. Vielleicht war sie noch Bodensatz vom Fischerfest, menschliches Treibgut eines Volksfestes. Oder eine hilflose Person, orientierungslos mit Überdosis. Wovon auch immer. Dann musste er nur den Standort ermitteln und die Kollegen losschicken für eine Kotzfahrt. Beliebt wurde man damit nicht.

»Gang drei, Stand siebzehn.«

»Wo ist das bitte?«

»Die Lange Theke. Gegenüber der alten Brehm dieses Jahr.«

Die Frau sprach zu undeutlich und zu schnell. Aber nicht wie besoffen. Okay, ein wenig.

»Haben Sie etwas getrunken? Können Sie sich hinsetzen?« Er aktivierte die Standortermittlung. Hilflose Person, mehr oder weniger. Da war das angemessen.

»Natürlich haben wir getrunken! Was glauben Sie denn? Wir haben einen … gefunden! Deshalb rufe ich doch an! Die Brehm kann nicht, die ist fertig.«

Wieder hatte er ein Wort nicht verstanden. Auf dem Bildschirm neben ihm verkleinerte sich der Maßstab einer digitalen Karte. Der Standort lag in Greifswald, das konnte er schon sehen. Ein zweiter Bildschirm sagte ihm, dass drei Wachen im Stadtgebiet derzeit ein Fahrzeug frei hatten.

»Können Sie das bitte wiederholen? Was genau haben Sie gefunden?«

Vielleicht hat sie ja nur ein Sixpack oder eine Buddel Fünf-Euro-Wodka aus dem Discounter intus. Sonntagabend wurde vieles getrunken. Seine Schicht ging noch bis zweiundzwanzig Uhr.

»Einen Grinsekopp! Einen Schädel hat Rita gefunden, neben den Steaks in der Kühlung.«

Die Anzeige auf dem Bildschirm neben ihm war jetzt stabil. Ein transparentes rotes Dreieck lag über einem Ausschnitt des Stadtplans. Greifswald-Wieck. Gang drei, Stand siebzehn. Lange Theke. Kühlung. Die Frau rief vom Fischerfest an. Dann passte doch alles zusammen. Der Zeiger seiner Maus flog schon über den Bildschirm.

»Danke, ich habe Ihren Standort. Die Kollegen sind unterwegs. Bitte nähern Sie sich dem Fundort nicht und fassen Sie das Objekt nicht an.«

»Spinnst du?« Die Frau legte auf.

Er zog die Tastatur zu sich. Streifenwagen und Kriminaldauerdienst informieren. Leichenteile auf dem Gelände des Fischerfestes gemeldet. Fertig. War dort nicht die Mobile Wache? Zwei Klicks zeigten ihm, dass die schon abgezogen war. Da war doch auch die Neue, diese Kasper. Will Präsenz zeigen, ist ja nicht mehr viel los auf dem Fest. Die würden sie früher oder später auch informieren müssen. Die Chefin der Mordkommission, KHK Bergmann, war ja nicht einsatzfähig. Dann muss die Neue mal ran, außer der Selbsttötung vor drei Wochen hat sie noch nichts Ernsthaftes auf dem Tisch gehabt. Auf jeden Fall nicht von uns bei der 110.

Später. Erst den letzten Kaffee für heute und eine halbe Zigarette am offenen Fenster.

Früher am gleichen Tag

Er hatte die Tür zu seinem Büro sorgfältig geschlossen. Talvi Caster war irgendwo im Haus unterwegs, es ging wohl noch um ihre Papiere, Unterlagen der Krankenkasse oder so etwas. Das könnte dauern, die Personalabteilung lag am anderen Ende des Gebäudes, und fix waren die sowieso nicht.

Die Gespräche und Schritte der Kollegen draußen auf dem Flur kamen nur gedämpft bis an seinen Platz am PC. Er hatte einen privaten Ordner geöffnet, die selbst installierte Verschlüsselung mit einem langen Kennwort aufgehoben und die Kopie von KOK Talvi Casters Personalakte geöffnet. Man hatte ja seine Verbindungen. Datenschutz war nie ermittlungsfördernd, aus seiner Sicht. Mit einem schnellen Blick vergewisserte er sich, dass die Bürotür wirklich geschlossen war.

Normale Kindheit, wie es schien. Dazu stand nicht viel in der Akte, für so etwas interessierten sich Personalakten nicht. Aufgewachsen in Flensburg, der Vater war Deutscher, die Mutter Finnin. Grundschule, Abitur. Jurastudium an der EUF in Flensburg, der Vater war Verwaltungsrechtler bei einem Ministerium in Kiel, dann ein Masterstudium der Kriminalistik in Hamburg draufgesetzt. Naturtalent, Überfliegerin, überall Bestnoten. Aber mit zwei Studiengängen und der langen Auszeit jetzt eigentlich Berufsanfängerin. Viel Wissen, aber keine Ahnung. Die einzige Anfängerin mit diesem Dienstgrad.

Ihr erster Fall beim LKA Kiel hatte sie fast das Leben gekostet. Eine Kindesentführung, ein Unternehmersohn, sechs Jahre alt. Der Täter hatte das Kind gleich am ersten Tag getötet und im Wald verscharrt, aber sie hatten zwei Monate gebraucht, um das herauszufinden. Er konnte sich vorstellen, was diese acht Wochen für das Ermittlerteam und die Familie des kleinen Jungen bedeutet hatten.

Ungewöhnlich, dass ihre Personalakte auch Details zu einem abgeschlossenen Fall enthielt. Er klickte weiter, sah sich die Bilder des kleinen Justus Georg nicht an und begriff nach ein paar Seiten, warum dieser Fall, Casters einziger großer Fall in Kiel, auszugsweise in der Akte enthalten war. Talvi Caster hatte den Täter damals auf eigene Faust ermittelt und gestellt, nachdem die Kollegen die Hoffnung schon fast aufgegeben hatten und das Team die Ermittlungen nur noch für die Öffentlichkeit und die Familie des Kindes fortgesetzt hatte.

Der Täter war ein dänischer, in Kiel eingeschriebener Student gewesen, der nebenbei als Sanitäter gearbeitet hatte. Er hatte immer bereitwillig Schichten am Wochenende und an Feiertagen übernommen, vor allem bei Schulfesten, in Sportvereinen und auch bei Klassenfahrten. Seine Kollegen und seine Chefs hatten sich sehr darüber gefreut und es ausgiebig ausgenutzt. So hatte er in aller Ruhe sein Opfer auswählen und sich ihm nähern können. Alle übersahen einen Sanitäter in knallroter Uniform mit Leuchtstreifen, weil er einfach dazugehörte.

Caster hatte ihn mit einem wilden Mix aus DNA-Analyse, Bewegungsprofil, widersprüchlichen Zeugenaussagen und Ergebnissen der KTU aufgespürt und war ihm allein, weil so schnell kein Kollege oder Streifenwagen greifbar gewesen war, in ein Waldstück zwischen Rodenbek und Rumohr westlich von Kiel gefolgt.

Hier hatten sie auch die verscharrte Leiche des Jungen geborgen, nachdem sie Talvi Caster mehr als zwei Tage später endlich gefunden und ausgegraben hatten. Sie hatte Bengt Hellmän gestellt, es war zu einem Kampf gekommen. Caster hatte ein paar Auszeichnungen in Judo und Jiu-Jitsu, aber sie war über einen Ast gestolpert, so stand es in der Akte, hatte ihre Dienstwaffe verloren, und Hellmän hatte sie mit einem Skalpell erwischt. Ein einziger weit ausgeholter Schnitt hatte ihr linkes Ohr halbiert, Wange und Kinn eingeritzt und die Unterlippe halb abgetrennt. Auf dem Weg zurück hatte das Skalpell ihr rechtes Auge nur knapp verfehlt, die Stirnhaut entlang der Augenwülste bis auf den Knochen aufgetrennt und ein Stück Kopfhaut an der linken Schädelseite abgelöst.

Das waren die sichtbaren Narben, schlimm genug, durch sie wurde Talvi Caster zur Außenseiterin, zum Freak. Es war unmöglich, diese Narben zu übersehen, sie bewegten sich bei jedem Wort, das sie sprach. Jammerschade, dachte er. Die Akte enthielt auch ihr Bewerbungsfoto beim LKA, ein paar Monate vorher. Die Frau auf dem Bild hätte er gern früher kennengelernt. Aber dann war es gut, dass er es nicht getan hatte, sonst hätte er jetzt dieses Wrack an der Backe.

Er hatte von Kollegen gehört, die mit den körperlichen Schäden eines solchen Angriffs irgendwann klarkamen.

Hellmän hatte sie mit dem Skalpell im Bauch unter der Plane im Wald zurückgelassen, unter der schon der entführte Junge lag. Zwei Tage lag sie neben ihm. Dem Gutachter hatte sie vor allem von seinen leeren Augen erzählt, deren Blick sie nicht hatte ausweichen können. Die Augen hatten gefleht, verspottet, gebettelt, hatten sie vorwurfsvoll angebrüllt. Ein Fuchs oder Marder hatte schon einen Teil seiner Wange und seines Halses mitgenommen.

Während der mehr als achtundvierzig Stunden in der feuchten Walderde, mit einer alten Plane bedeckt und unfähig, sich zu bewegen oder zu schreien, hatten sich ihre tiefen Schnittwunden entzündet. Spürhunde hatten sie gefunden, weil einen Tag nach ihrem unvorbereiteten Einsatz im Wald – die Akte nannte es »eigenmächtig und unabgestimmt«, das las sich wie der Beginn einer rechtlichen Schlammschlacht um Verantwortung und Entschädigung – ihr Wagen von einem Förster gemeldet worden war. Fünf Liter Blutspende und ein halbes Jahr Krankenhaus folgten, nachdem die Spürhunde sie gefunden und vier Kollegen sie auf einer Trage eine halbe Stunde durch den Wald geschleppt hatten. Zwei von ihnen hatten Infusionsbeutel hochgehalten. Drei hatten dauernd geflucht, einer hatte zwischendurch alles zum Stehen gebracht und gekotzt.

Unfähig, vor Gericht zu erscheinen, hatte sie den Prozess aus der Klinik verfolgen müssen, hatte sich von Kollegen berichten lassen, sobald sie aus dem künstlichen Koma aufgewacht war. Da war das meiste schon vorbei gewesen, Anklageschrift, Beweisaufnahme, Zeugenaussagen. Ihre eigenen Aussagen waren im Krankenzimmer protokolliert worden, so gut sie eben mit den Bandagen auf dem Gesicht sprechen konnte. Es war lange und schmerzhaft gewesen, für alle Beteiligten.

Er nahm an, dass sich niemand um diese Termine gerissen hatte.

Niemand sah gern eine verkrüppelte Kollegin. Niemand mochte den Gedanken, an ihrer Stelle zu liegen. Einer der Gutachter hatte sie gefragt, warum sie unbedingt in den aktiven Polizeidienst zurückwolle. Ihr Leben würde doch viel leichter, wenn sie als Anwältin in einem ruhigen Büro im LKA Akten abarbeiten würde, Kommentare schreiben, Aufsätze tippen, telefonieren, mailen. Nein, dafür konnte sie sich nicht entscheiden. »Ich bin Ermittlerin, ich kann nicht umdrehen.«

Die Akte auf seinem Bildschirm nannte drei kosmetische Operationen, bevor die Ärzte aufgegeben hatten. Diese Versuche hatten zwar die Narben im Gesicht etwas begradigt, aber auf dem Foto der letzten Klinik sah er die dunklen Wülste, dick wie der Bleistift auf seinem Tisch, die über das Gesicht der jungen Frau liefen. Das rote Narbengewebe stand in auffälligem Gegensatz zu der blassen Haut und den dunkelblonden Haaren. Die Unterlippe war schief geblieben, sie wirkte spöttisch, wenn sie normal sprach, und schmerzverzerrt, wenn sie lächelte. Also lächelte sie kaum. Das linke Ohr stand schräg und war deutlich kleiner als das rechte. Sie trug die Haare an der linken Seite länger, aber das betonte es irgendwie nur noch mehr.

Er hatte die Caster jeden Tag vor sich, und trotz aller Vorwarnungen von Staatsanwalt Dr. Worges kurz vor der Ankunft von KOK Talvi Caster, der Neuen aus Schleswig-Holstein mit der Vorgeschichte, über die man nicht sprach, sondern nur flüsterte, war er bei der ersten Begegnung zunächst sprachlos gewesen und hatte sie angestarrt. Ein denkbar schlechter Start, den sie beide noch nicht überwunden hatten.

»Hätte es einen Unterschied gemacht, wenn die Hunde mich eine Woche später gefunden hätten?«, stand in der Akte. »Aber sie haben mich gefunden. Das kann ich nicht ändern.« Eine Notiz von einem der Gutachter.

Er war nicht sicher, ob diese Notiz in die Akte gehörte. Aber sie stand drin. Und er würde sie für ein paar Stunden nicht vergessen können.

Sein Kaffee war kalt, doch er blieb sitzen. Heute war es zu spät für noch einen Kaffee.

Caster hatte den Täter im Kampf verletzt. Durch den Sturz über den Ast hatte sie ihre Dienstwaffe verloren und durch das Blut, das ihr über das Gesicht gelaufen war, kaum noch etwas gesehen. Am Boden liegend hatte sie ein Stück Stacheldraht ertastet, das aus einem alten Holzstapel ragte. Sie hatte damit um sich geschlagen, blind vor Blut und Schmerz, und Bengt Hellmän den rostigen Stacheldraht durch das Gesicht gepeitscht.

Er hatte mit einer frisch genähten Wunde auf der Stirn, die wie ein Reißverschluss aussah, und einem verbundenen Auge auf der Anklagebank im Oberlandesgericht gesessen. Hinter dem Verband war eine leere Augenhöhle, ein Drahtstachel hatte den rechten Augapfel in Fetzen gerissen. Niemand hatte ihr deswegen Vorwürfe gemacht. Und er vermutete, dass die Chirurgen sich bei Hellmän nicht so angestrengt hatten wie bei ihr.

Talvi Caster hatte im Koma gelegen, während Hellmän im Gerichtssaal gesessen und ihr laut, und ohne auf die Ordnungsrufe des Richters zu reagieren, ein Wiedersehen angekündigt hatte. Die Kollegen hatten das ihr gegenüber am Krankenbett heruntergespielt, das hätte sicher nichts zu bedeuten, das käme häufig vor. In der Akte stand nicht, ob sie das geglaubt hatte.

Die neue Chefin wird es hier nicht leicht haben. Kriminalkommissar Horn schloss die Datei und auch seinen verschlüsselten Ordner. Die Dienstvorschriften für den Gebrauch elektronischer Datenverarbeitung verboten natürlich, dass jemand private Daten auf dem Dienstrechner speicherte oder Daten so verschlüsselte, dass Kollegen nicht darauf zugreifen konnten.

Scheiß drauf.

Die beiden Frauen standen dicht nebeneinander an der Theke, draußen, wo bis Mittag noch Susis Gäste getrunken hatten. Vor ihnen standen zwei Gläser und zwischen ihnen eine Flasche von dem guten Obstler. Der verkaufte sich für drei Euro zwanzig pro

Shot, wenn er bestellt wurde. Jetzt beruhigte er Susanne und gab Rita etwas zum Festhalten. Sie hatten auch die Prothese damit abgespült, bevor Rita sie wieder eingesetzt hatte.

Rita Brehm spürte noch ein paar Krümel unter der Platte, aber nach dem dritten Obstler war das nicht mehr so wichtig.

Susi hatte auch schon drei gehabt und goss ihnen gerade Nummer vier ein. Scheißegal, dann nahm sie eben später ein Taxi. Die arme Rita, einen abgetrennten Kopf in der Kühlung. Die Haut fehlte, die Lippen auch, gelbweiße Zähne hatten sie angegrinst, von einem roten Rand blutigen Kieferknochens umgeben. Nur gut, dass ihr das nicht passiert war. Das Bild würde sie lange nicht löschen können. Auch mit dem guten Obstler nicht. Und übermorgen musste sie mit dem Wagen in Brandenburg sein, würde die nächsten Tage wieder im Stehen verbringen, lächeln und eingießen und kassieren.

Ihr Magen zog sich zusammen, und sie kniff die Augen zu, um das Bild des Schädels ohne Haut zu vertreiben. Rita hob schon den Drink. Ihre Gläser stießen aneinander, und gleichzeitig warfen Susi Klammek und Rita Brehm die Köpfe in den Nacken. In diesem Augenblick hielt der Streifenwagen hinter ihnen.

Die beiden Beamten, am Steuer ein älterer mit drei blauen Sternen auf der Schulter und auf der Beifahrerseite ein jüngerer mit einem blauen Stern, hatten sich minutenlang über das Festgelände gequält, hatten den Transportern der Schausteller ausweichen, Berge aus Müllsäcken umfahren und feststellen müssen, dass »Gang drei, Stand siebzehn« keine Hilfe war, denn weder die Gänge noch die Stände waren sichtbar nummeriert. Und keiner von beiden hatte zugeben wollen, dass er nicht wusste, wie man die Koordinaten der Standortbestimmung, die sie angeblich auf fünf Meter genau von der Zentrale erhalten hatten, in das neue Navi ihres Einsatzwagens eingab. Die Zentrale versuchte schon seit einer Weile, den Veranstalter oder einen Verantwortlichen vor Ort zu erreichen, hatte aber noch keinen Erfolg gehabt. Der KDD war auch schon benachrichtigt, die Kollegen würden bald hier sein.

Die zwei saufenden Frauen in weißen Kitteln, die mit dem Rücken zur Straße an einer Trinkbude namens »Lange Theke« standen, eine schlank und eine klein und breit, passten zu den Angaben auf dem kleinen Display am Armaturenbrett.

Klüver hatte Vorahnungen. Die hatte er schon seit Monaten, und mit jeder Woche, die er auf seinem Kalender bis zur Rente abstrich, waren die Vorahnungen stärker geworden. Vierzig Jahre und drei Monate war er im Dienst, Ausbildung, Polizeischule, dann Streifendienst. Fünf Einsatzwagen hatte er verschlissen, mehr als eine Million Kilometer in Greifswald und Umgebung lagen hinter ihm. Hier kannte er alle, und alle kannten ihn. Nur das Fischerfest brachte jedes Jahr neue Gesichter in sein Revier. Und immer viel Arbeit. Und seit diesem Jahr eine Vorahnung, dass auf der letzten Meile vor der Rente noch etwas wartete, dass er darauf zufuhr und nicht ausweichen konnte.

Den einen Hintern im weißen Kittel erkannte er sofort. Das war die alte Brehm, die war seit zwei Jahrzehnten jedes Jahr dabei. Kam aus Stralsund mit ihrem Imbisswagen. Klüver hatte einmal eine Wurst bei ihr gegessen, die nächsten Jahre dann nur noch freundlich gegrüßt. Die lebt nur davon, dass ihr Publikum wechselt, Stammgäste kriegt die keine. Den anderen Hintern kannte er nicht. Der war schmaler, jünger, knackiger, und der Kittel spannte sich darüber. Oben kurze blonde Haare, im Nacken rasiert, bunte Piercings im linken Ohr, das war vom Auto aus sichtbar. Eine Hand mit blauen Fingernägeln hielt ein leeres Shotglas, aus dem Ärmel lugten Tattoos heraus. Unten Jeans und Sneaker.

Er schälte sich aus dem Streifenwagen und knallte die Tür zu.

»Sie haben angerufen? Frau Klammek?«

Der junge Hintern drehte sich um. »Das bin ich.«

Wie viele hatte sie schon intus? Die Zentrale hatte vorgewarnt, dass die Anruferin, Zeugin, wie auch immer, eventuell unter Alkoholeinfluss stand. Also am besten nicht im Wagen mitnehmen, hatte Klüver gedacht. Nicht so kurz vor der Rente.

Die junge Frau stellte das leere Shotglas auf die Theke hinter sich. Durchaus hübsch, dachte Klüver. Aber verbraucht. Sieht aus wie Mitte dreißig, ist wahrscheinlich Mitte zwanzig. Dritte und letzte Generation Schausteller.

Er musste nicht hinsehen, Kollege Altay stand hinter ihm. Zwei Schritte hinter ihm und zwei Schritte zur Seite, genau nach Vorschrift. Freies Sichtfeld und freies Schussfeld. Er fragte sich, ob Altay bei der Blonden gerne zum Schuss kommen würde. Sie waren erst seit ein paar Monaten ein Team im Wagen. Klüver fand, der Begriff »Team« wurde oft falsch benutzt, wie »Freund« in diesen sozialen Netzwerken. Sie saßen nebeneinander im Streifenwagen, fuhren die gleichen Strecken und sprachen über die gleichen Dinge, das war noch kein Team und noch lange keine Freundschaft. Nicht so kurz vor der Rente.

Er kannte das Beuteschema des jungen Kollegen noch nicht. Blond, schlank, Tattoos und Piercings. Passt das für dich? Sein eigenes Beuteschema hatte Kronkorken und wartete zu Hause im Kühlschrank auf das Ende seiner Schicht.

»Sie haben angerufen?«, wiederholte er.

Diese Frau Klammek nickte, sagte aber nichts. Die alte Brehm daneben drehte sich um, ihr Kittel raschelte dabei. Auf der Vorderseite hatte der Kittel einen feuchten Fleck, grau und verschmiert, sie hatte ihn nicht herausreiben können, und Klüver nahm an, dass sie lieber in schmutziger Uniform auftrat als in Zivil. Berufsehre, alte Schule. Auch in letzter Generation, dachte Klüver. Der Fleck stank nach Erbrochenem, sogar aus der Entfernung.

Rita Brehm fixierte sie beide mühsam. Sie erkennt mich nicht. Klüver sah das in ihrem Blick.

»Guten Tag«, sagte Rita Brehm und musste aufstoßen. »Da drüben.« Sie zeigte mit einer Hand, die ein Schnapsglas umklammert hielt, undeutlich in die Richtung ihres Imbisswagens. »Nicht reingehen. Sieht scheiße aus.« Dann drehte sie sich um und griff nach der Flasche, die vor den Frauen auf dem Tresen stand.

»Waren Sie auch da drin?« Er sprach Susi Klammek an und machte mit dem Kopf eine Bewegung in Richtung des Fundortes.

Die junge Blonde nickte wieder. »Liegt in der Kühlung. Kühltruhe. Hab nichts angefasst.«

Klüver bemerkte zwei abgebrochene blaue Fingernägel. »Danke. Die Kollegen brauchen dann später Ihre Aussage und Abdrücke Ihrer Schuhe.«

»Okay. Ich muss aber weiter abbauen.«

»Kein Problem. Aber Sie bleiben hier in der Gegend.«

Rita Brehm kippte einen Schnaps hinunter und setzte das leere Glas hart auf die Theke. »Wollen Sie nicht erst mal nachsehen? Danach können Sie gerne einen mittrinken. Werden Sie brauchen.«

Klüver setzte sich in Bewegung. »Altay, Sie passen auf, dass die beiden Damen vernehmungsfähig bleiben.«

In grader Linie erreichte Klüver den Imbisswagen und stieg grinsend die drei Stufen hinauf. Hinter sich hörte er Radau. Altay hatte den Frauen die Flasche weggenommen. Klüver hatte erwartet, dass der Junge die Aufgabe so lösen würde. Der hat mehr zu lernen, als ich ihm in den paar Wochen noch beibringen kann.

Das Innere des Imbisswagens war eng und dunkel, die große Außenklappe war schon geschlossen. Klüver wollte kein Licht machen wegen eventueller Fingerabdrücke auf dem Schalter. Die Stablampe war in ihrem Einsatzwagen und Altay zu weit entfernt und zu beschäftigt, um ihn dafür loszuschicken.

Dreck. Es roch nach kaltem Fett und Soßen mit viel Essig. Die Arbeitsfläche war fleckig, eine Folge größer werdender Tropfen zog sich von einem abgenutzten Schneidebrett zur Kante und setzte sich auf dem Fußboden fort. Dort war auch eine Pfütze aus Erbrochenem, Klüver hatte sie gerochen, bevor er sie gesehen hatte. Das würde die KTU prüfen. Klüver machte einen großen Schritt darüber hinweg und hoffte, dass seine Sohlen auf dem Boden nicht wegrutschen würden. Bloß nicht hier ausrutschen, die Uniform versauen, sich vor Altay und den Zeugen lächerlich machen und einen Fundort ruinieren. Er wollte nicht als Klüver der Fresseleger in Rente gehen.

Die Sohle fand Halt, und schließlich stand er vor der Kühlung.

Es war ein Profimodell, breiter und tiefer als das Ding, das kaputt bei ihm im Keller stand. Ihre Schuhe waren da drin, die sie nicht mehr abgeholt hatte. Und eine Reisetasche, glaubte er. Er hatte sie lange nicht mehr geöffnet.

Klüver zog einen Kuli aus der Tasche am Oberarm seiner Uniformjacke und schaffte es, damit den Deckel der Truhe nach oben zu drücken.

Der Deckel schlug hinten an die Wand des Wagens, es gab einen hohlen Knall. In der Truhe ging Licht an. Klar, dachte Klüver. Ist ja ein Profimodell. Im Licht sah er, dass es sich um ein altes Gerät handelte, es war verkratzt und vergilbt, die Griffleiste hing an nur einer Befestigung, und ihr nervöser Schatten pendelte im gleichen Takt durch den kleinen Raum.

Im Licht sah er auch, was in der Truhe lag. Es dauerte zwei Atemzüge, bis er durch den pendelnden Schatten das nackte, grinsende Gesicht eines Schädels erkannte. Beim dritten Atemzug stolperte er die kurze Treppe hinunter. Die dunkle Vorahnung war verschwunden. Sie hatte ihn eingeholt und überholt und war weg.

Klüver blieb stehen, atmete durch und ging weiter. Er konnte schon viel notieren, bevor die Spurensicherung eintraf. Und irgendjemand würde auch dieser Kommissarin Kasper Bescheid sagen müssen, die dieses Jahr die Mobile Wache leitete. Das war nicht seine Aufgabe.

Vor ein paar Minuten war ein Lieferwagen vorgefahren und hatte neben Ritas Imbiss gehalten. Behördenkennzeichen, abgedunkelte Fenster. Die Spurensicherung, tippte Susi. Beim Aufräumen sah sie zu, wie zwei Männer ausstiegen, sich weiße Ganzkörperoveralls anzogen und Handschuhe und Masken überstreiften. Wie bei Netflix.

Die vier Obstler hatten nur kurz geholfen. Jetzt stießen Flaschen und Gläser laut zusammen, zweimal hatte sie Glasbruch weggefegt, noch immer trat sie auf kleine Splitter. Und sie hatte es bisher vermieden, die Plastiktüte anzurühren, die hinter ihrem

Wagen lag und bei der Susi sich nicht erinnern konnte, wo sie herkam und wann sie aufgetaucht war. Das Ding stank irgendwie, das hatte sie beim Vorbeigehen gemerkt. Das vertrug sich gerade nicht so gut mit ihrem Magen. Also lieber noch ein paar Gläser in die Kartons einsortieren. Und leere Flaschen standen auch noch genug herum. Sie hatte sich am letzten Tag entschieden, kein Fass mehr anzustechen. Das war richtig gewesen, aber jetzt war sie von leeren Flaschen auf dem Fußboden umgeben, die alle noch in die Kästen mussten, bevor sie Feierabend hatte und Franky anrufen konnte, damit er sie endlich abholte. Danach kam die stinkende Tüte an die Reihe. Vielleicht kümmerte sich Franky darum, aber wahrscheinlich nicht.

Bei Rita gingen die weißen Overalls ein und aus. Jetzt kam eine schmale Frau im Parka und mit gesenktem Kopf, sie wurde von den Beamten begrüßt. Party sieht anders aus, dachte Susi und bückte sich, um zwei weitere Hände voll leerer Flaschen hochzunehmen.

Talvi verschaffte sich rasch einen Überblick. Klüver war da, das war gut. Der hatte Ahnung und würde den Fundort nicht kontaminieren. Sie ging nicht davon aus, dass es auch der Tatort war, man konnte zwar auf einem Volksfest unbemerkt jemanden erstechen, aber das Opfer unbemerkt zu enthaupten und nur den Schädel zu hinterlassen war kaum möglich. Sie musste also damit rechnen, dass der Fundort mit Absicht ausgewählt worden war und eine Rolle spielte, dass er vielleicht eine Nachricht darstellte.

Ein enthäuteter menschlicher Schädel in einer abgenutzten Kühltruhe eines Imbisswagens, Identität unbekannt. Noch. Das Opfer zu identifizieren hatte oberste Priorität.

Die Kollegen des Kriminaldauerdienstes und der Spurensicherung hatten sie zurückhaltend begrüßt. Rund um die Uhr Bereitschaft zu haben war eine Sache, Sonntagabend im Dunkeln rauszumüssen war eine andere. Alle waren spürbar erleichtert gewesen, die Verantwortung gleich wieder abgeben zu können. Talvi leitete jetzt die Ermittlungen als ranghöchste anwesende Beamtin, so sahen es die Regeln vor, die dieses Mal nicht in Frage gestellt wurden.

Sie hatte den Fundort zweimal umrundet, einmal direkt um den Imbisswagen und einmal in etwa zwanzig Metern Entfernung. Kommissar Horn, ihr junger Kollege, war ihr gefolgt. Nicht weil er ihre Methode nachvollziehen wollte, sondern um sie einzuholen. »Frau Caster?«

Sie hatte ihm schon ein paarmal gesagt, Talvi würde reichen.

»Frau Caster, wir haben die Zeugenaussagen fertig. Die Spurensicherung ist gleich durch. Die beiden Frauen können abreisen, wenn Sie mich fragen. Und Doc Mertes sagt, Sie sollen bitte noch mal in den Imbisswagen. Er hat etwas gefunden.«

»Mit den Frauen will ich noch sprechen. Mit der älteren jedenfalls, dieser Frau Brehm. Hat Mertes gesagt, was?«

Horn schüttelte den Kopf. »Nö.«

Ihr Assistent war nur drei Jahre jünger als sie und nicht begeistert gewesen, dass sie überhaupt nach Greifswald versetzt worden war. Talvi ging davon aus, dass er sich auch auf die Stelle beworben hatte. Aber es war ja kein richtiges Bewerbungsverfahren gewesen. Ein Versorgungsfall, hatte man hinter ihrem Rücken getuschelt. Natürlich war das auch bei ihr gelandet.

»Ich komme.«

Dr. Mertes, Chef der Rechtsmedizin an der Uni Greifswald, hatte Talvi schon bei ihrem ersten größeren Fall in der Stadt kennengelernt. Er hatte den Suizid des Hilfsarbeiters, der sich in seiner Zwei-Raum-Wohnung vergiftet hatte, rasch bestätigt und war dann wieder verschwunden. Sein anschließender Obduktionsbericht war glasklar formuliert gewesen, ohne Rechtschreibfehler, und hatte kein Wort zu viel enthalten. Vielleicht interessierte ihn ein tiefgefrorener Schädel etwas mehr.

Talvi zog Plastikschuhe über ihre Stiefeletten und stieg die drei Stufen hinauf in den Imbisswagen. Es war eng, dunkel und roch nach kaltem Frittenfett. So wie der Klumpen in meinem Magen.

»Hallo, Herr Doktor.«

»Hallo, Frau Oberkommissarin.« Er zeigte mit einem weißen Daumen auf die offene Kühltruhe. »Dieses Mal weiß ich wenigstens, warum ich vom Schreibtisch aufgestanden bin.« Er war Arzt und Profi, er sah ihr in die Augen und nicht ins Gesicht. Er hatte wohl schon Schlimmeres auf seinem Seziertisch gehabt.

Sie standen im engen Wagen dicht beieinander. Talvi sah die kleinen Schweißperlen, die sich auf seiner Stirn unterhalb der weißen Kapuze des Overalls gebildet hatten. Unter der Kapuze verbargen sich eine hohe Stirn und ein Haarkranz wie bei einem Mönch. Die auf der Nase nach unten gerutschte Brille gab ihm mehr das Aussehen eines Oberlehrers. Das war er ja irgendwie auch. Er sah sie über den Rand der Brille an. Doc Mertes hatte etwas im Ärmel und wartete offenbar darauf, dass sie ihn fragte. War das bei ihm ein Zeichen für gute Laune oder für Überheblichkeit? Talvi tat ihm den Gefallen. Sie hatte keine Zeit für Spielchen. Nicht bei dieser Art Fall und nicht in ihrer Situation. »Was haben Sie gefunden?«

Seine Augen glänzten. »Menschlicher Schädel, zwischen dem ersten und zweiten Halswirbel, also zwischen Atlas und Axis, vom Körper abgetrennt. Recht saubere Schnittkante, die Wirbel sind nicht verletzt. Der Schädelgröße und der Verhärtung der Schädelnähte nach zu urteilen, ist es der Schädel eines Erwachsenen. Die Kopfhaut wurde abgezogen, Schwarte, sagen die Fachleute. Die Ohren fehlen daher auch. Die Augen wurden entfernt, das ist meiner Meinung nach vor dem Abschwarten geschehen, Näheres wird meine Autopsie zeigen. Gehirn und Zunge fehlen auch. Das Zahnbild sieht recht vollständig aus, anscheinend hat der oder haben die Täter daran nichts verändert, es sind keine akuten Extraktionen oder Abbrüche zu erkennen. Aber etliche behandelte Kariesschäden. Auf jeden Fall wird dieses Zahnschema geeignet sein, das Opfer zu identifizieren. Falls diese Person in einem Land gewohnt hat, in dem die Zahnärzte Patientenakten führen und Sie den richtigen Zahnarzt finden können. Aber das Schönste …« Er legte eine Kunstpause ein und genoss sie sichtlich.

»… ist was?«

Dr. Mertes strahlte. »Kein Gefrierbrand. Sorry, das lag mir auf der Zunge. Da wir von Zunge sprechen.« Er nahm mit einer langen Pinzette einen flachen Gegenstand aus einem durchsichtigen Plastikbeutel. »Der Schädel hatte einen Personalausweis in der Mundhöhle. Keine Zunge, aber einen Personalausweis.«

Ein ausgewählter Fundort und ein Perso im Mund. Der Klumpen in ihrem Magen wurde schwerer. »Saubere Schnittkanten, also ein Profi? Chirurg? Bestatter? Pathologe oder gar Rechtsmediziner?«

Mertes schob das Plastikkärtchen wieder in den Beutel, der bereits beschriftet war, und zuckte mit den Schultern. »Oder Schlachter, Metzger oder Kannibale mit guter Ausrüstung.«

»Geschlecht?«

»Ja.« Er schüttelte den Kopf, die weiße Kapuze knisterte. »Unmöglich, das hier zu sagen. Blut und DNA kann ich erst im Institut analysieren. Hier kann ich nicht mal die Körpergröße schätzen, und das wird auch im Institut schwer genug, erwarten Sie da nicht zu viel.«

Sie nickte. »Wie kriegen Sie das Opfer ins Labor, ohne dass es auftaut?«

»Knifflig, darauf sind wir nicht vorbereitet.« Das schien ihm Spaß zu machen. »Wir bräuchten eine Art Kühltasche.«

»Moment.« Talvi drehte sich um und ging die drei Schritte bis zur obersten Treppenstufe. »Horn!«

»Ja?« Er drehte sich um.

»Sie haben doch eine Kühlbox im Auto, oder?«

»Ja. Warum?«

»Die Spurensicherung bringt damit den Schädel ins Labor.«

Horn verzog das Gesicht. »Frau Caster, die ist privat, die gehört zum Angelzeug. Die kann ich doch dann wegwerfen.«

»Kaufen Sie sich eine neue und setzen Sie sie auf die Spesenabrechnung. Wenn jemand meckert, schicken Sie ihn zu mir. Und wir brauchen Eis oder Kühlakkus oder so etwas, damit der Schädel beim Transport nicht auftaut. Vielleicht gibt's am Getränkestand noch was, bitte fragen Sie mal.«

»Okay.« Horn ging mit gesenktem Kopf in Richtung der Langen Theke.

Doc Mertes hatte sich in die Truhe gebeugt und nahm mit der Pinzette Proben links und rechts des Schädels. »Ein Fall für das Ordnungsamt, wenn meine Kenntnisse in Parasitologie mich nicht im Stich lassen. Einige von diesen Dingen gehören nicht in eine Kühltruhe, auch wenn sie tiefgefroren sind.«

»Können das Spuren sein, die zur Tat gehören? Zum Täter?«

Er richtete sich auf und verzog das Gesicht. »Die Kälte hier drin und eine dauernde Zwangshaltung sind Gift für meine eigene Halswirbelsäule. Frau Caster, die übliche Aufgabenteilung ist, dass ich die Spuren am Opfer für Sie quantifiziere und qualifiziere und Sie das dann zu einem Gesamtbild zusammensetzen. Oder?«

»Wobei Ihre geschätzte Meinung selbstverständlich willkommen ist.«

Sein rechtes Auge zuckte hinter dem Brillenglas. War das ein Zwinkern?

Er kam nicht zu einer Antwort. Draußen schrie eine Frau, ihre Stimme überschlug sich.

Susi hatte weiterhin einen Bogen um die übel riechende Plastiktüte gemacht. Sollte sich doch Franky gleich darum kümmern. Seine Bude, sein Problem.

Sie war endlich mit zwei Armen voll leerer Bierflaschen aus dem Wagen getreten und hatte sich wie immer zur Seite drehen müssen, die Tür war zu schmal. Dabei hatte sie gleich gesehen, dass ein Stapel Bierkästen schief stand. Drei leere Kästen standen gerade, die beiden darauf standen schief, als hätte jemand den Stapel abgeknickt wie einen Besenstiel.

Außer ihr hatte hier keiner sortiert und gestapelt. Zumindest seit gestern Mittag nicht, da hatte sich Andrea plötzlich aus dem Staub gemacht. Ihr wär übel, hatte sie gesagt. Susi hatte also den Tag und den langen Abend allein machen müssen. Franky sah es nicht gerne, wenn eins seiner Mädels allein im Wagen war. Nicht mit all den Besoffenen, sagte er immer. Aber mehr Leute einzustellen fiel ihm auch nicht ein.

Sie war immer ordentlich, denn nur mit Ordnung ging es schnell, und sie verkaufte lieber, als zur Stoßzeit hinter der Bude mit Leergut zu hantieren. Schließlich war sie am Umsatz beteiligt, und Andrea würde sie für gestern rausrechnen, den Laden hatte sie allein gestemmt. Und es war kein schlechter Abend gewesen. Der letzte Abend war meistens gut, warum auch immer. Die Leute konnten sich einfach nicht trennen.

Die beiden Kästen oben auf dem schiefen Stapel passten nicht zusammen. Der untere war für Halbliter-Euroflaschen, der obere für die kurzen Stubbis. Frechheit, ihr während des Festes, wenn sie vorn alle Hände voll zu tun hatte, das Leergut hinter dem Rücken wegzuklauen. Nur gut, dass sie immer dreimal prüfte, ob ihr Auto abgeschlossen war.

Sie hatte die Flaschen in ihren Armen geübt in leere Kästen rutschen lassen, sie wollte beim Abbauen nicht noch mehr Glasbruch oder sogar Schnittwunden riskieren. Mit den freien Händen hatte sie den Stubbi-Kasten vom schiefen Stapel genommen. Der war leer gewesen, aber der Eurokasten darunter nicht.

Der Boden des Stubbi-Kastens hatte einen viereckigen Abdruck auf dem blutigen Knochen des Schädels hinterlassen. Sie sah die leeren Augenhöhlen und das Grinsen der frei liegenden Zähne. Zwischen Ober- und Unterkiefer streckte der Schädel ihr eine flache Plastikzunge entgegen. Susi konnte sich nicht bewegen und nicht atmen.

Plötzlich stand ein junger Mann neben ihr. »Haben Sie mal Eis für uns?«

Jetzt konnte sie schreien.

Und Kommissar Horn kriegte das mit voller Wucht ab. Er machte einen Schritt zurück und verschwand im Inneren des Getränkewagens. Dann kam er wieder heraus, gab der schreienden Susi Klammek zwei leichte Ohrfeigen und zog sie am Arm mit sich nach vorn in den Wagen. Draußen war schließlich ein Fundort. Er platzierte die Frau neben der alten Frau Brehm an der Theke.

»Kollege Altay, die beiden Damen brauchen etwas zu trinken. Aus medizinischen Gründen. Aber achten Sie darauf, dass sie vernehmungsfähig bleiben.«

»Ich dachte –«

»Später.«

Horn sah seine Chefin herbeieilen, die rechte Hand am Pistolenholster hinten an der Hüfte. Er schüttelte den Kopf und machte dann mit zwei Fingern der linken Hand das Victoryzeichen.

Wir haben einen zweiten, sollte das wohl heißen. Talvi fand diese Geste unglücklich. Sie stand neben ihm.

»Das wird noch dauern«, sagte Horn. »Wir brauchen Scheinwerfer.«

Talvi nickte. »Ich rufe an. Wo liegt er?«

Das ist kein Zufall, ging ihr durch den Kopf. Wir laufen durch eine Inszenierung.

Horn machte eine Kopfbewegung. »Hinten in einem leeren Bierkasten.«

Seine Chefin hörte nur mit einem Ohr zu. Sie hatte schon die technische Unterstützung des KDD in der Leitung und ging beim Sprechen in Richtung des Imbisswagens, wo Doc Mertes oben an der Treppe stand und ihr entgegenblickte. Sie nickte ihm zu. Die Presse wird uns grillen, wir werden unter Flutlicht arbeiten und stehen jetzt schon unter Zeitdruck. Fehlt nur noch, dass Dr. Worges hier auftaucht.

Staatsanwalt Dr. Worges saß im Auto. Vor vier Minuten hatte er den Anruf erhalten, vor drei Minuten den Blick seiner Frau ignoriert, weil er am Sonntagabend wegmusste, und jetzt hatte er nur noch zwei Kilometer bis zum Festgelände.

KHK Bergmann lag im Krankenhaus, schon seit Wochen. Worges würde es abstreiten, aber er rechnete nicht damit, dass sie noch einmal zum Dienst erschien. Er wäre auch losgefahren, wenn die alte Bergmann vor Ort zuständig wäre. Am Sonntagabend und trotz der Blicke seiner Frau. Bergmann war mit all ihren Macken seine beste Kraft und wusste, was sie tat. Aber er hätte sich nicht so beeilt. Das war schon die zweite rote Ampel.

Die weißen Overalls der Spurensicherung – Talvi konnte wegen der Masken ihre Gesichter nicht erkennen, und in den Overalls sahen sie alle gleich aus, wie unbeholfene Stormtrooper – hatten die Lange Theke weiträumig abgesperrt. Eigentlich hatten sie einen einzigen großen Fundort, denn die Absperrungen um den Imbisswagen und um die Trinkbude stießen aneinander. Die Scheinwerfer waren aufgebaut, gerade startete jemand einen Generator, und zwei Sekunden später stand Talvi mit Horn im Flutlicht. Rasch ging sie aus dem Lichtkegel und setzte drauf, dass Horn ihr folgte.

Um die beiden Absperrungen war eine zweite Sperrzone errichtet worden, damit keine Schaulustigen zu nahe kamen. Talvi ging es dabei weniger um zertrampelte Spuren als um Fotos, die bei Facebook und Co. auftauchten, bevor sie die Lage im Griff hatten. »Bei Social Media ist man immer in der Defensive«, hatten die Dozenten betont.

Sie sah Streifenpolizisten in Uniform und Kollegen in Zivil zwischen den letzten Buden und Lieferwagen durch die beginnende Dunkelheit stolpern und Flatterband spannen. Wahrscheinlich ist bald die ganze Polizei von Greifswald hier vor Ort. Auch nicht gut. Aber Talvi nahm nicht an, dass es sich bei zwei abgetrennten Köpfen auf einem Jahrmarkt um eine Ablenkung handelte, um in Ruhe noch etwas Größeres durchziehen zu können.

»Die Kollegen von der Spurensicherung sagen, auch der zweite Schädel hat seinen Perso im Mund.« Horn bekam kaum Luft.

Der Pommesklumpen in ihrem Magen veränderte seine Lage, sobald sie sich einen Schädel mit einem Personalausweis als Zunge vorstellte. Aber es half nichts, als Leitende musste sie sich den Fund persönlich ansehen.

»*Einen* Perso, Horn. Nicht zwingend *seinen* Perso. Oder *ihren*.«

Der Lagerbereich hinter der Trinkbude bestand aus breit getretenem Gras und Matsch. Getränkekästen und leere Fässer standen durcheinander, dazwischen war nur ein schmaler Gang frei, um die Bude von hinten erreichen und aufschließen zu können. Die Kollegen von der Spurensicherung hatten schon aufgegeben, in dem Matsch nach brauchbaren Fußspuren zu suchen, und winkten ab, als Talvi um Überzieher bat. »Fundort ist freigegeben, Frau Castor. Aber bitte noch nichts anfassen. Mertes war noch nicht dran.«

»Caster. Danke.«

Das Gesicht hinter der weißen Maske wandte sich ab.

Vorsichtig näherte sie sich dem halbhohen Stapel aus Bierkästen, an dem bereits die nummerierten Pfeile der KTU klebten. Die Griffbereiche und Ränder der Kästen waren mit dunklem Fingerabdruckpulver bedeckt. Würde mich wundern, wenn wir hier etwas Verwertbares finden. Der Täter hat nicht im Affekt gehandelt, er hat das lange vorbereitet. So jemand hinterlässt keine Fingerabdrücke und auch keine auffälligen Fußspuren. Er lässt auch nicht seine Jacke mit Brieftasche und Ausweis zurück. Aber er hat uns zwei Ausweise dagelassen. Wird einige Zeit dauern, bis wir wissen, ob die Ausweise zu den Schädeln gehören oder nicht.

Der zweite Schädel lag schräg in dem fast leeren Bierkasten. Drei leere Flaschen standen noch drin, so eingeordnet, dass sie von außen den Blick auf den Schädel versperrten. Er wollte, dass jemand beim Hochheben der Kästen einen Schreck kriegt. Er wollte diesen Effekt.

Der schräge Schädel grinste sie keck an. Ganz gute Zähne, vielleicht hilft auch hier das Zahnschema. Wenn wir wissen, ob wir die Zahnärzte in Greifswald oder die in Albanien fragen müssen. Sie konnte in dem offenen, lippenlosen Mund Amalgamfüllungen sehen, zwei Stück auf der rechten Seite. Nach albanischer Arbeit sieht das nicht aus. Aber darum soll sich Doc Mertes kümmern.

Der zweite Schädel schien genauso lange an der Luft gelegen zu haben wie der erste. Das wenige nach dem Abschwarten der Kopfhaut ausgetretene Blut war ähnlich stark vertrocknet und das Eisen darin durch den Sauerstoff der Umgebungsluft oxidiert, daher auch hier die dunkle Farbe des Schädelknochens. Forensische Aspekte der Kriminalistik, erstes Semester.

Sie beugte sich über den Kasten, weil sie die Stellen sehen wollte, an denen der Schädel abgetrennt worden war. Ein süßer und trotzdem harter Geruch stieg ihr in die Nase. Bevor der Geruch ihren Mageninhalt erreichen konnte, richtete sie sich wieder auf. Sie hatte nichts Besonderes erkennen können, es schien ein glatter Schnitt zu sein, wie bei Nummer eins.

»Das ist mein Job, wenn ich mich nicht irre.« Doc Mertes stand neben ihr und suchte nach einem trockenen Platz, auf dem er seine schwarze Tasche abstellen konnte. »Wird nichts mit dem gemütlichen Sonntagabend. Komplexer Fundort hier, das wird noch einmal ein bis zwei Stunden dauern, bis wir uns alles angesehen haben. Hatte gerade den Schampus offen und die Blondine auf dem Sofa, als der Anruf kam. Jetzt ist der Schampus warm und die Blondine kalt.« Er zwinkerte ihr zu und schien zu erwarten, dass sie amüsiert auf seinen Spruch reagierte.

Das schaffte sie nicht schnell genug, und er wandte seinen Blick dem Schädel zu. Der würde ihm mehr erzählen als diese neue Kommissarin. »Hat Horn Ihnen schon gesagt, dass die Spurensicherung auch hier einen Ausweis gefunden hat? Den hat mein Assistent gleich eingetütet.«

»Ja. Hat er. Was halten Sie davon?«

Mertes zuckte mit den Schultern, antwortete dann aber im ganzen Satz. Fast. »Große Ähnlichkeit zum ersten Fund. Ähnlich abgetrennt, ähnlich abgeschwartet, ähnlich zur Schau gestellt. Ein Ausweis statt Zunge, entweder um uns zu helfen oder um uns in die Irre zu führen. Nageln Sie mich nicht darauf fest, aber bei diesem Schädel denke ich spontan an eine Frau. Der Schädel sieht schmaler aus, fragiler, verletzlicher. Auch wenn das kaum noch geht.«

Talvi nickte. Das war auch ihr Bauchgefühl gewesen, beim ersten Blick. Dann also wahrscheinlich ein Mann und eine Frau. Beziehungstat? Eifersucht? Welche Nachricht sollen wir hier erkennen?

»Wo ist der Ausweis jetzt?«

Er machte eine Armbewegung an ihr vorbei nach hinten. »Den

hat Schneider am Auto.« Sie verstand den Wink, er wollte jetzt in Ruhe arbeiten. War ja auch eng genug.

»Danke.« Talvi drehte sich in dem schmalen Gang zwischen den Kästen auf der Stelle und stieg über das Flatterband.

»Frau Kommissarin?«, rief er ihr nach.

Sie drehte sich um. »Ja?«

»Suizid kann ich ausschließen.«

Talvi ging auf das Auto der KTU zu, um sich den Ausweis anzusehen. Sie schaffte es nicht bis dorthin.

Wieder ertönte ein Schrei. Eine unbekannte Männerstimme rief erst »Nein!«, dann nach Hilfe. Unruhe entstand, mehrere Beamte liefen gleichzeitig los. Sie gestikulierten mit den Armen, als gelte es, einen Fluchtweg abzuschneiden. Jemand rief mit lauter Stimme etwas, das sie nicht verstand. Talvi blickte sich um, konnte keine Bewegung sehen, keine laufende Person, keinen Kampf, keinen Angreifer. Hinter ihr waren die leeren Kästen der Trinkbude, Mertes stand im weißen Overall dazwischen und sah sich um, trotz der Entfernung erkannte sie seine Stirnfalten zwischen Kapuze und Maske. Er hatte den Kopf eingezogen, als erwarte er einen Schlag oder einen Schuss.

Vor ihr stand in einiger Entfernung – da waren einmal zwei breite Gänge auf dem Rummelplatz gewesen – der Wagen der KTU. Die beiden Overalls daneben waren erstarrt. Rechts und links standen Schaustellerwagen, Anhänger, die Zugmaschine eines Sattelschleppers, ein paar bepackte Europaletten und eine Kehrmaschine der Stadtreinigung mit orangem Blinklicht. Niemand saß auf dem Fahrersitz. Es war überhaupt sonst niemand zu sehen.

Außerhalb ihres Sichtfeldes war alles dunkel. Trotzdem legte sie reflexartig die Hand auf die Waffe, zum zweiten Mal an diesem Abend.

Dann kam ein weiterer Schrei. »Sicher!«

Das war Horns Stimme. Die Unruhe war wie weggeblasen, die Erleichterung war spürbar, auch bei den Kollegen, die sie von ihrem

Standort aus gar nicht sehen konnte. Aber der Schreck blieb noch in der Luft.

»Chef?« Auch das war Horns Stimme. Laut, aber nicht mehr bestimmend, sie war brüchig, und er hatte nicht tief Luft holen können. Talvi kannte jetzt die Richtung, in die sie musste. Mit schnellen Schritten und verdrehtem Oberkörper, denn sie wollte ihre Waffe noch nicht loslassen, lief sie in Kurven durch die Kulisse des halb leeren Rummels.

»Chef?« Das war noch mal Horn.

»Hier! Unterwegs!«, rief sie im Laufen.

Er hatte keine Warnung gerufen, kein Codewort, das beruhigte sie. Hätte er »Läuft!« gerufen, dann wäre ein Täter auf der Flucht. Bei »Zwei« würde es sich um zwei Täter handeln, und mit »Abstand!« hätte er ihr mitgeteilt, sie solle sich nicht nähern, weil akute Gefahr drohte. Ein einfaches »Chef?« diente nur der Orientierung. Und als Ventil für ihn. Schreien befreit, das war so alt wie die Menschheit.

Sie lief aus dem Schatten zwischen zwei Wagen heraus und kam neben einem Autoscooter zum Stehen. Horn und drei Beamte standen mit gezogenen, aber gesenkten Waffen neben dem Fahrgeschäft. Ein Mann in Arbeitsstiefeln, schmutzigen Jeans und einer dicken karierten Jacke hielt sich mit einer Hand an einem Pfosten des Autoscooters fest. Alle fünf standen unbewegt und starrten auf eines der kleinen Fahrzeuge. Der metallicblaue Lack glänzte im grellen Licht der Arbeitslampen, die für den Abbau angeschaltet worden waren. Der Wagen stand in einer Reihe von insgesamt sechs Fahrzeugen an der rechten Ecke der Fahrbahn. Grün, rot, gelb, golden, die letzten beiden Wagen waren noch abgedeckt. Alles Metalliclack, grell und mit dicken Nummern versehen für ein Rennen, das sich im Kreis drehte und keine Ordnung kannte. Eine Plane hing quer über den Fahrzeugen. Talvi nahm an, dass man sie heruntergezogen hatte, um die Fahrzeuge verladen zu können.

»Was ist los?«

Horn drehte den Kopf und sah sie an. »Nicht unser Tag heute.« Er war blass.

»Waffen weg«, ordnete sie an. »Horn, Sie kümmern sich um den Augenzeugen.« Talvi nahm an, dass es sich um einen Zeugen handelte. Niemand widersprach. Horn nickte, steckte seine Waffe weg, die drei Beamten machten es ihm nach. Etwas von der Spannung löste sich.

Talvi stieg langsam die drei Stufen aus geriffeltem Metall hinauf, die von dem unebenen Vorplatz zur Fahrbahn führten. Im grellen Licht hatte der Autoscooter nichts mehr gemeinsam mit den bunten, blinkenden und lauten Fahrgeschäften, an die sie sich von früher erinnern konnte. Es war einfach eine große viereckige Fläche, auf der mit dicken Gummiringen umrandete kleine Zweisitzer standen. Vom Heck der Wagen führte eine Stange an ein Metallnetz, das etwa drei Meter über der Fahrbahn gespannt war. Die zwei Dutzend kleinen Wagen standen aufgereiht in eine Richtung, wie Kühe vor dem Melken oder Vieh vor der Schlachtbank.

Sie folgte ihrem Schatten bis zu den sechs halb abgedeckten Fahrzeugen in einer hinteren Ecke der Fahrfläche. Ihre Fingernägel drückten in die Handflächen. Auf der Sitzbank des blauen Zweisitzers lag ein menschlicher Schädel. Die Augenhöhlen waren leer, die Haut war abgezogen, die Lippen fehlten, und zwischen den grinsenden Zahnreihen steckte ein flaches Stück rechteckiges Plastik.

Am meisten war sie von ihrer eigenen Reaktion überrascht. Der Schädel in der Kühltruhe hatte sie abrupt getroffen, plötzliche Konfrontation mit dem Tod, mit Brutalität, mit Gewalt, mit dem Überschreiten von Tabugrenzen. Ihre Schutzmechanismen hatten eingesetzt, hatten Schock und Ekel verdrängt, sie musste Profi sein und einen klaren Kopf behalten. Ihr war bewusst, dass sie damit ihre Reaktion nur auf später verschoben hatte. Der Schädel im Bierkasten war auch heftig gewesen, genauso plötzlich, begleitet vom Schreien der Frau, erschreckend auch durch den Ort, ein Menschenkopf zum Müll gelegt. Dieser dritte Schädel vor ihr auf der Sitzbank, angetrocknete Fleischreste auf menschlichem Knochen, leere Augenhöhlen und ein Scheißegal-Grinsen, machte ihr kaum noch etwas aus.

Die abgetrennten Halswirbel und der Hinterkopf würden ein schmatzendes Geräusch machen, wenn Doc Mertes und seine Truppe den Schädel von der Sitzbank aus Kunstleder lösten. Werde ich heute Nacht schlafen können? Oder soll ich gleich durchmachen? Ihre Uhr zeigte halb zehn. Mertes' Blondine wird weg sein, wenn er nach Hause kommt. Wo immer das ist. Bei mir wartet niemand.

Sie ging nicht näher heran, beugte sich nicht nach vorn. Für die Spurensicherung und für Mertes war das wieder ein komplexer Fundort, hier hatten sich in den letzten drei Tagen Dutzende, vielleicht Hunderte von Leuten herumgetrieben. Die Fahrzeuge würden mit Fingerspuren, DNA, Essensresten, Kaugummis, Taschentüchern, Zigarettenkippen und so weiter verseucht sein. Und es sah nicht so aus, als würden sie jeden Abend gesäubert und desinfiziert. Hier konnten sich Spuren aus ganz Deutschland angesammelt haben.

Dumm war der Täter nicht.

Talvi sah, dass Horn noch neben dem Mann mit der karierten Jacke stand. Sie legte dem Mann die Hand auf den Arm. »Guten Abend. Mein Name ist Talvi Caster, Polizei Greifswald. Ich leite die Ermittlungen und würde Ihnen gerne ein paar Fragen stellen. Sie haben das Opfer gefunden?«

Der Mann nickte. Er war Mitte dreißig, unrasiert und hatte strohige dunkle Haare. Unter der offenen Karojacke trug er ein Lonsdale-Sweatshirt, es schaute unten aus den Ärmeln und unter dem Saum der Jacke hervor. Die Finger, die der Mann um den Pfosten gekrallt hatte, hatten braungelbe Fingerkuppen und schwarze Nägel. Talvi sah, dass der Mann noch immer starr auf das blaue Fahrzeug mit dem Schädel blickte, und zog ihn am Ärmel seiner Jacke zu sich herum.

»Sprechen Sie Deutsch?«, fragte sie nach ein paar Sekunden, in denen er sich nicht bewegt hatte.

Der Mann nickte wieder. Er wollte etwas sagen, krächzte nur, räusperte sich, krächzte wieder, räusperte sich lauter und spuckte

Schleim an ihr vorbei zur Seite. »Ich bin Ronny. Ich fahre mit«, brachte er dann heraus.

»Haben Sie auch einen Nachnamen?« Horn zog sein Notizbuch hervor.

Ronny nickte. »Klar. Letzek. Ronny Letzek. Ich fahre mit. Aufbau, Abbau, kleine Reparaturen. Viel Arbeit und wenig Geld.« Er zuckte mit den Schultern. »Und jetzt noch diese Scheiße. So ist die Welt.«

»Kann sein. Kollege Horn, Sie nehmen die Aussage von Herrn Letzek auf. Er soll morgen ins Büro kommen zum Unterschreiben.«

»Ey, morgen müssen wir hier weg sein. Morgen Abend ist Aufbau in Frankfurt-Oder.«

Talvi schüttelte den Kopf. »Niemand kommt von hier weg. Nicht, bevor wir fertig sind. Wenn Ihr Chef meckert, schicken Sie ihn zu mir.«

»Chef meckert immer.« Ronny ließ den Kopf hängen.

»Ich sehe zu, dass ich die Spurensicherung aufhalte und Mertes finde. Wir brauchen ihn hier.«

Horn nickte, ohne den Blick von Ronny Letzek zu wenden. »Bringen Sie ihm schonend bei, dass er eine Nachtschicht hat.«

»Schonend?«

»Sagen Sie ihm, er kann noch mehr Überstunden abrechnen.«

Aber das wird seine fiktive Blondine auch nicht wieder auf die Couch bringen.

Den Weg zurück zur Langen Theke, wo sie Doc Mertes noch vermutete, zeigte ihr das Licht der Scheinwerfer. Trotzdem knallte sie mit dem Schienbein ungebremst gegen eine quer stehende Deichsel und schrie vor Schmerz auf. Humpelnd kam sie bei der Langen Theke an und duckte sich unter der Absperrung hindurch. Im Film ist jetzt immer einer von der Streife da, der einem freundlich das Flatterband hochhält. Im Bücken sah sie zur Seite. Wo die beiden Absperrungen zusammentrafen, stand eine silberne E-Klasse. Die war eben noch nicht da gewesen, und Talvi wusste sofort, warum sie hier stand. Und sie wusste, ohne ins Innere des Wagens sehen zu können, dass die Lederpolster eine Farbe hatten, für die sie bisher keinen anderen Ausdruck als »Katzenscheiße« gefunden hatte.

Staatsanwalt Dr. Worges war eingetroffen.

Worges stand mit dem Rechtsmediziner ein paar Schritte vom Fundort des zweiten Schädels entfernt, unmittelbar neben den Fässern und den gestapelten Bierkästen, von denen die Hintertür der Trinkbude belagert wurde. Sie unterhielten sich halblaut, drehten aber ruckartig die Köpfe, weil eine Gestalt in einem dunklen Parka aus der Dunkelheit in ihre Richtung humpelte. Beide wichen einen halben Schritt zurück, bevor sie Talvi Caster erkannten.

Mann, die hat Nerven, hier so rumzuschleichen. »Guten Abend, Frau Caster. Ich bin froh, dass Sie schon vor Ort sind.« Worges hoffte, dass seine Stimme Autorität ausstrahlte, trotz der Umgebung und der Uhrzeit.

»Sie sind schon hier?«

Eine Feststellung, aber formuliert als Frage. Wird die jetzt frech? »Die Wache hat mich natürlich informiert. Leider war wohl nicht genug Zeit, Sie zuerst einzubeziehen. Das mag unglücklich sein, aber bei einem Fall dieser Größenordnung ist das mehr als vertretbar, finde ich. Ich werde viele Fragen zu beantworten haben, da ist es notwendig, dass ich von Anfang an eng eingebunden werde.« Er sah ihr dabei streng in die Augen und machte das Gleiche dann bei Dr. Mertes. »Durch die Abwesenheit von Kriminalhauptkommissarin Bergmann liegen die Ermittlungen ja bei Ihnen.«

Worges merkte, dass sein bedauernder Unterton nicht zu überhören war, und ergänzte eilig: »Was natürlich vollkommen richtig ist.« Das machte die Sache aber nicht besser, und er ärgerte sich. In den wenigen Wochen hatte sich diese Talvi Caster hier noch keinen Namen machen können und auch keine Freunde. Er hatte befürchtet, dass sie zu sehr unter die Fittiche der alten Bergmann geraten würde, mit der er seit Jahren im Clinch lag. Die Alte wollte einfach nicht akzeptieren, dass der leitende Staatsanwalt genau das war, leitend. Wegen ihrer Erfolge hatte er sich bisher nie offen mit ihr anlegen können. Jetzt war KHK Bergmann in der Klinik und würde wohl nicht zurückkommen, sagte der Flurfunk. Sein Terminkalender hatte es noch nicht erlaubt, sie im Krankenhaus zu besuchen. Und er würde dafür sorgen, dass das so blieb.

Worges rückte die Krawatte zurecht, aus keinem anderen Grund, als Dr. Mertes und dieser Frau mit Gesichtsbehinderung zu zeigen, dass ein leitender Beamter auch am späten Sonntagabend auf einem Rummelplatz angemessen gekleidet sein kann. Die Tatsache, dass wir hier auf einem Jahrmarkt stehen, heißt ja nicht, dass wir uns auch so anziehen müssen.

Jetzt trat eine weitere Gestalt aus dem Dunkel. Einen halben Kopf größer als die Caster, sportliche Lederjacke, dunkle Schuhe. An den Namen dieses Mannes konnte er sich erinnern. »Guten Abend, Herr Horn.«

»Guten Abend, Herr Staatsanwalt.«

»Tut einfach so, als wäre ich nicht da.« Mertes streifte die weiße Kapuze zurück und öffnete den Reißverschluss unter dem Kinn eine Handbreit. »Wir sind für heute hier fertig. Aber ich kann die Fundorte noch nicht freigeben. Wir müssen bei Tageslicht alle noch mal durchsehen. Jetzt haben wir zu viele Schatten. Und ohne die Lampen sehen wir gar nichts.«

Dr. Worges streckte ihm die Hand entgegen. »Selbstverständlich, Herr Mertes. Aber die Sonderkommission beginnt gleich morgen früh mit der Arbeit.«

Die Caster funkte ihm dazwischen. »Nein.«

Worges sah sie an, runzelte die Stirn. Was sollte das denn? »Nein?«

»Wir sind hier noch nicht fertig. Wir haben einen dritten Schädel. Auf dem Autoscooter. Kommen Sie.«

Sie standen im grellen Licht der Arbeitslampen auf dem Unterbau der Scooterhalle. Weiße LED-Lampen leuchteten die Fahrbahn aus wie einen OP-Tisch.

Ronny Letzek war nicht mehr zu sehen, und Talvi fragte sich, ob Horn von ihm eine gültige Anschrift erhalten hatte für den Fall, dass Letzek morgen nicht freiwillig zur Unterschrift unter seine Aussage auftauchen würde.

Wegen des grellen Lichtes hatte sie die Kapuze ihres Parkas wieder übergezogen. Worges sah in diesem Licht sehr blass aus, seine Krawatte hatte eine undefinierbare Farbe angenommen. Als Neue hatte sie bisher nur wenig mit ihm zu tun gehabt. Er galt als hartnäckig, die Brillengläser vergrößerten seine Augen etwas, und er schien damit um die Ecke sehen zu können. Die Brille kam ihr vor wie aus der Fernsehwerbung, das Sakko war zu breit für seine Schultern. Durch die Haare sah man die Kopfhaut schimmern, in zehn Jahren würde er kahl sein. Vielleicht auch schon in fünf.

Es war gleich Mitternacht. Die Spurensicherung hatte gerade eingepackt. Talvi wartete darauf, dass Doc Mertes mit der Arbeit begann. Und Mertes schien auf eine Art Freigabe oder Aufforderung von Worges zu warten.

Wie viele Leichen hat der eigentlich schon selbst gesehen? Sie verdrängte die Idee, ihm ein Selfie mit dem Schädel vorzuschlagen. Das wäre seiner Karriere sicher nicht zuträglich. Bei Social Media ist man ja gleich in der Defensive. Aber sie wurde diese Idee nicht so schnell wieder los.

Schließlich schaffte es Worges, den Blickkontakt mit dem abgetrennten Kopf abzubrechen. Er räusperte sich. »Schon komisch, wenn es so ruhig ist. Sonst ist hier ein Krach, als hätte jemand eine Zoohandlung angezündet.«

Niemand reagierte. Zu spät versuchte Horn ein Lächeln.

Greifswald, 4. Oktober 2021

Vernehmung des KK Sebastian Horn, Polizeiinspektion Anklam, Polizeihauptrevier Greifswald, in der Ermittlungssache Talvi Caster (KOK), Aktenzeichen 9 Js 451/21

»Ich habe immer viel von ihr gehalten. Als Chefin und auch als Mensch.

Natürlich musste nach dem viel zu frühen Tod von Frau KHK Bergmann, den wir alle sehr bedauern, der Eindruck entstehen, es gäbe eine Konkurrenzsituation im Team. Das ist nicht zutreffend. Wir waren uns immer einig, dass allein die fachliche Qualifikation entscheiden sollte, nichts anderes.

In der ›Soko Fischerfest‹, das war die offizielle Bezeichnung, wurde unter Leitung von Frau KOK Caster sehr professionell und zielgerichtet gearbeitet. Das zeigen meiner Meinung auch die Ermittlungsunterlagen, die ja hauptsächlich von der Kollegin KA Kressin geführt wurden. Ich kann mich über die Zusammenarbeit überhaupt nicht beschweren und hoffe, Frau Caster würde das bestätigen.

Ja, zum Duzen ist es nie gekommen, auch wenn das ja im Team eigentlich normal und üblich ist, wenn man so eng zusammenarbeitet und so viel Zeit miteinander verbringt. Mit der Kollegin Kressin ist das auf jeden Fall nie ein Problem gewesen. Ich glaube auch, Frau KOK Caster hat das ein oder zwei Mal in den Raum gestellt, aber – wie sage ich das jetzt – es war nicht so einfach, ihr näherzukommen. Da war immer eine gewisse Distanz. Kein Wunder, bei dem, was sie erlebt hat.

Daran lag es wohl auch, dass sie keinen privaten Kontakt suchte. Sogar beim Schießtraining war sie immer alleine.

Frau Casters Entscheidung kann ich in keiner Weise nachvollziehen. Ich kann nur hoffen, und ich denke, da spreche ich im

Namen der ganzen Soko und der anderen Kollegen, dass die Zusammenarbeit mit uns nicht dafür ausschlaggebend war.

Können Sie schon sagen, wann die Entscheidung über die Nachfolge von Frau KHK Bergmann getroffen wird? Sind meine Unterlagen vollständig?«

Montag, 13. September 2021, 7.30 Uhr

Dr. Worges hatte die Soko noch am Sonntagabend ausgerufen und alle Mitglieder per Handy informiert. Die neue Kollegin KOK Caster solle die Soko Fischerfest leiten.

Für Horn hieß das zweierlei: Worges hatte mächtig Bammel vor dem Fall, und er hatte sich schon entschieden, wer die Prügel einstecken würde, falls etwas schiefging. Horn hätte einen Kasten Bier gewettet, dass die Caster in vier Wochen nicht mehr da sein würde.

Dass bei so einem Fall etwas schiefging, war ja unausweichlich.

Der alte Pfahls saß gerade am Tisch, die weißen Haare hatte er ordentlich gekämmt, aber sein Gesicht war müde. Er hatte noch wenige Wochen bis zum Ruhestand. Pfahls war seit Langem der einzige Mann, den Talvi mit Cordanzug und weißem Oberhemd gesehen hatte.

Was der hier noch helfen soll? Bis der Fall abgeschlossen ist, feiern die hier seinen Abschied. Vielleicht ist das Worges' Art, Rache zu nehmen.

Neben Pfahls saß CK, Kommissaranwärterin Cornelia Kressin. Den Spitznamen CK hatte sie bekommen, weil sie an ihrem ersten Tag mit einer Calvin-Klein-Jeans vom Polenmarkt aufgetaucht war. Auch das war vor Talvis Ankunft gewesen, die Bergmann hatte das erzählt. Zwei Jahre aus der Polizeischule, erste Stelle hier in Greifswald, eine Berufsanfängerin. Genau wie ich. Ich habe zwar mehr Ausbildung, aber weniger Erfahrung als diese Blonde, die dauernd zu Horn rüberschielt. Jeden Monat eine andere Frisur, bis jetzt. Gute Schützin im Schießstand, aber sie hat noch nie eine Waffe im Einsatz gezogen. Das habe ich ihr voraus, aber es hat nichts geholfen. Jetzt ist sie nervös, dreht den Kaffeebecher auf dem Tisch. Ihre erste Soko, das erste Mal mit den großen Hunden heulen. Willkommen im Club.

Was war das hier überhaupt für eine Soko? Es waren nur die üblichen Beamten der Mordkommission anwesend, keine zusätzlichen Ermittler, keine Kollegen von anderen Abteilungen oder anderen Teams, sie hatten keinen größeren Raum und keine bessere Ausrüstung.

Wir haben nur mehr Druck. Wahrscheinlich braucht Worges den Begriff Soko für seine Pressekonferenz.

Horn saß neben Talvi und schräg gegenüber von CK. Er wirkte ausgeruht und voller Körperspannung, war schlank, hatte breite Schultern und breite Handgelenke. Seine Hände waren gepflegt, das mochte Talvi, aber seine Augen mochte sie nicht.

Nicht am Tisch saß KHK Bergmann. Sie lag im Krankenhaus, und niemand wusste, ob sie wiederkommen würde. Alle wussten, dass niemand das wusste, und niemand sprach über sie. Sie war bei der Kripo Greifswald eine lebende Legende und hatte Talvi in den ersten Wochen unter ihre Fittiche genommen, bevor sie über Nacht eingeliefert worden war.

Jetzt hatte Talvi ihren Schreibtisch und ihren Wagen, aber nicht ihren Job. Es würde eine Stellenausschreibung geben, hatte sie gehört. Sobald es sie geben musste. Das hieß wahrscheinlich, dass hinter den Kulissen schon daran gearbeitet wurde. Alle könnten sich darauf bewerben, hatte Worges verlauten lassen, inoffiziell natürlich. Wahrscheinlich machten sich viele Kollegen Hoffnungen. Talvi tat das nicht, aber das glaubte ihr niemand. Warum sonst war sie ausgerechnet nach Greifswald gekommen, wenn nicht schon klar war, dass sie diesen Job kriegen würde, bei ihren Qualifikationen.

Offiziell hatte sie hier so etwas wie Probezeit. Welpenschutz hatte sie nicht. KHK Bergmann und Staatsanwalt Dr. Worges waren gebeten worden, sich vierzehntägig kurz über die Leistungen und die Führung von KOK Caster mit dem LKA Schwerin auszutauschen. Jetzt lag die Bergmann flach und sprach nicht, und nur Dr. Worges konnte über KOK Caster sprechen.

Er saß am Kopfende des Tisches und hatte seinen Kaffee nicht angerührt. Die Begrüßung hatten sie schon hinter sich. Talvi hatte sich gefragt, wie er die Gruppe ansprechen würde. »Liebe Kollegen« konnte er nicht sagen, denn sie waren nicht seine Kollegen. »Liebe Mitarbeiter« ging auch nicht. Sie einzeln namentlich anzusprechen wäre irgendwie albern gewesen, schließlich wussten sie alle, wie sie hießen. Er hatte einfach »Guten Morgen« gesagt, und das war's.

Jetzt schob Worges den vollen Kaffeebecher, den CK ihm mit einer Untertasse mit Milch und Zucker daneben hingestellt hatte, noch weiter von sich weg. »Wir sind alle überrascht von den Schädelfunden von gestern Abend. Ich nehme an, diejenigen, die nicht vor Ort waren, haben zwischenzeitlich die Bilder gesehen und die dürftigen Zeugenaussagen gelesen. Aber jetzt noch einmal für alle. Also, was haben wir? Frau Caster?«

Darauf war sie vorbereitet. Zwar hatte der Klumpen Pommes sie wach gehalten, mit diesem Klumpen im Bauch und den Bildern im Kopf war an Schlaf lange nicht zu denken gewesen. Aber sie hatte mit Absicht den Wecker auf vier Uhr dreißig gestellt und sich zu Hause an den Schreibtisch gesetzt. Sie hatte nicht gefrühstückt, doch ihre Notizen waren fertig.

Alle Blicke lagen auf ihr. In den letzten Wochen war sie einfach da gewesen, als Fremdkörper in einem Team, das keins war. Nun stand sie quasi auf der Bühne, auch wenn sie eigentlich saß. Sie holte tief Luft und hoffte, dass niemand es merkte.

»Gestern Abend wurden beim Abbau des Fischerfestes drei menschliche Schädel gefunden. Von diesen drei Schädeln sind zwei männlich und einer weiblich, davon gehen wir auf jeden Fall aus, bis die Berichte aus dem Labor vorliegen, gestützt auf die vorläufige Expertenmeinung von Herrn Dr. Mertes. Die drei Schädel wurden an unterschiedlichen Stellen auf dem Gelände gefunden, in der Kühltruhe eines Imbisswagens, in einem leeren Bierkasten hinter einem Getränkestand und auf der Sitzbank eines Fahrzeugs in einem Autoscooter. Alle drei Schädel sind zwischen dem ersten und zweiten Halswirbel vom jeweiligen Körper abgetrennt worden, von den Korpern haben wir jedoch noch nichts gefunden. Weder ganze Körper noch weitere Leichenteile. Allen Schädeln ist die Kopfhaut abgezogen worden, die Augen und die Gehirne wurden entfernt, ebenfalls fehlen die Lippen und die Zungen. Wir gehen bis auf Weiteres davon aus, dass diese Gleichheit der Tatmerkmale auf denselben Täter oder dieselbe Tätergruppe schließen lässt. Auch das weiterhin unter Vorbehalt, bis wir die Ergebnisse von Herrn Dr. Mertes haben. Wir müssen zudem in die Überlegungen einbeziehen, dass der Täter – egal, ob Mann, Frau oder mehrere – die Schädel so auffällig positioniert hat, weil sie gefunden werden sollten, entsprechend könnte auch der Täter gefunden werden wollen, aus Gründen der Publicity. Dafür spricht auch die Tatsache, dass alle drei Schädel einen Personalausweis im Mundbereich hatten, entweder anstelle der Zunge oder zwischen die Kiefer geklemmt. Es handelt sich in allen drei Fällen um deutsche Personalausweise, die noch gültig sind. Wir haben jedoch bislang keine Anhaltspunkte dafür, dass die drei Ausweise tatsächlich den drei Schädeln beziehungsweise den ermordeten Personen zugeordnet werden können.«

Worges unterbrach sie. Darauf hatte sie schon gewartet.

»Was haben wir zu den Ausweisen?«

Talvi sah auf ihre Liste. »Ausweis Nummer eins, aus dem Imbisswagen: männlich, deutsche Staatsangehörigkeit. Wolf Bundt, mit Adresse in Greifswald. Foto und Adresse passen zu einem Unternehmer aus der Stadt. Dem Mann gehört ein Reifenhandel mit drei Filialen im Stadtgebiet. Wohnanschrift in der Innenstadt.« Sie blickte auf.

Horn nickte. »Kenne ich, da gehe ich auch hin. ›Mit Bundt läuft's rund.‹ Steht auf den Plakaten.«

Worges räusperte sich. »Bitte machen Sie weiter.«

Talvi nickte. »Ausweis Nummer zwei, vom Getränkestand: weiblich, deutsche Staatsangehörigkeit. Yvette Imken, Greifswalder Meldeadresse. Ernst-Thälmann-Ring. Sorry, das sagt mir noch nichts.«

Der alte Pfahls runzelte die Stirn. »Stadtteil Schönwalde II, Plattenbauten. Sozialer Brennpunkt. Viele Stammkunden von uns.«

»Danke. Und Ausweis Nummer drei, aus dem Fahrgeschäft: Dr. Elias Tschernig, auch eine Greifswalder Adresse. Es kann sein, dass er im Krankenhaus arbeitet. Dort wird ein Elias Tschernig auf der Website der Notfallambulanz genannt. Müssen das natürlich noch bestätigen.«

»Frau Kressin, können Sie das bitte festhalten? Danke.« Worges blickte die junge Frau dabei nicht an. Sie wartete, und Talvi gab ihr rasch als Bestätigung ihre Notizen. CK stand auf und begann, die Namen und Adressen auf ein Flipchart zu schreiben.

»Die passen nicht zusammen«, stellte Worges fest. »Ich sehe noch keine Verbindung zwischen den Opfern. Plattenbau, Reifenhändler, Arzt. Die Wohnadressen liegen weit auseinander, wenn ich das richtig sehe.«

»Wir wissen noch nichts.« Talvi wollte ihm nicht den gesamten Redeanteil überlassen. »Vielleicht standen die Opfer in Verbindung, vielleicht waren sie sogar miteinander verwandt. Auch wenn das unwahrscheinlich ist«, setzte sie rasch hinzu, nachdem sie Worges' kritischen Blick bemerkt hatte. »Aber wir denken schon zu weit. Wir haben noch keine Hinweise, dass die gefundenen Ausweise tatsächlich zu den drei Opfern gehören. Vielleicht will der Täter uns nur in die Irre führen und Zeit gewinnen. Kollege Horn wird als Erstes beim Einwohnermeldeamt nachfragen, ob die Ausweise vielleicht als gestohlen gemeldet wurden.«

Horn machte sich eine Notiz. »Okay. Gleich als Erstes.«

»Wenn Sie mit der Vermutung recht haben, dass der Täter gefunden werden will, dann würde auf Zeit zu spielen dazu nicht passen. Auf jeden Fall müssen Sie und Ihr Team mit absoluter Diskretion ermitteln. Ich möchte nicht, dass Sie bei den Familien der Ausweisinhaber auftreten und von Todesfall oder Mord oder Opfer einer Straftat – oder wie immer Sie das nennen würden – sprechen. Bis wir eine amtliche Feststellung von Dr. Mertes haben, sollten wir maximal von potenziellen Vermisstenfällen ausgehen.«

Das hätte Talvi genauso gesehen. »Das habe ich schon geprüft. Keine der drei Personen ist als vermisst gemeldet. Aber auf jeden Fall brauchen wir von allen drei Ausweisinhabern eine DNA-Probe.«

»Für ein Ausschlussverfahren«, betonte Worges.

CK vermerkte das auf dem Flipchart. Sie hatte eine weiche, geschwungene Handschrift.

So hat meine Lehrerin in der Grundschule geschrieben. Ist das die Schrift einer Lehrerin oder einer Musterschülerin? Talvi hatte keine Zeit, darüber nachzudenken, ob die Schrift zu Cornelia Kressin passte oder nicht.

»Wer hat die Leichen beziehungsweise die Schädel gefunden? Passt da etwas zusammen?«

»Der Schädel Nummer eins, wir nummerieren in zeitlicher Reihenfolge des Auffindens, das hat keine Relevanz für die Reihenfolge der Taten oder die Reihenfolge des Ablegens der Schädel, wurde von der Besitzerin und Betreiberin eines Imbisswagens gefunden. Frau Rita Brehm, dreiundsechzig Jahre alt. Schädel Nummer zwei, Getränkestand, von der Angestellten Susanne Klammek, sechsundzwanzig, sie hat auch die Notfallzentrale informiert. Beide waren bei unserem Eintreffen deutlich alkoholisiert und standen unter leichtem Schock, so hat Dr. Mertes das kurz diagnostiziert. Ich habe angeordnet, dass sie vor Ort bleiben, damit wir die vollständigen Aussagen heute Vormittag bekommen. Länger will ich nicht warten.«

Pfahls sah auf. »Soll ich da hinfahren?« Talvi zögerte nur kurz. Wenn ein älterer Herr bei den beiden Damen vorstellig wurde, war vielleicht am meisten von ihnen zu erfahren. »Gute Idee, gerne.«

Worges nickte. »Kurzzeitgedächtnis. Vor allem, wenn Alkohol im Spiel ist. Da müssen wir Glück haben, wenn wir überhaupt etwas Verwertbares erhalten wollen. Und Nummer drei?«

»Schädel Nummer drei im Autoscooter. Gefunden von einem Ronny Letzek, zweiunddreißig Jahre alt. Gelegenheitsarbeiter, mitfahrende Aushilfe. Kollege Horn hat gestern Abend eine erste

Aussage aufgenommen, die Herr Letzek heute unterschreiben soll.«

Worges' Blick ging zu KK Horn. »Und?«

Horn sah nicht von den Unterlagen auf. »Nicht viel. Nach dem offiziellen Ende des Fischerfestes warten alle noch etwas, bis die letzten Gäste wirklich weg sind. Dann hat Letzek mit dem Zusammenschieben der Fahrzeuge begonnen, die müssen als Erstes von der Fläche in die Container. Dazu gehören auch die sechs Fahrzeuge, die gestern nicht im Einsatz waren. Der Andrang am letzten Tag war nicht mehr so stark, also standen diese sechs Fahrzeuge hinten in einer Ecke auf Stand-by und waren mit einer Plane abgedeckt. Letzek wollte die sechs in die Schlange einreihen, damit sie nacheinander in die Container geschoben werden konnten. Die waren schon per Lkw unterwegs, die Container konnten nicht auf dem Gelände gelagert werden. Die hat man irgendwo am Stadtrand geparkt.«

»Ist es möglich, dass der Schädel Nummer drei mit diesem Lkw gebracht wurde?«

Horn schüttelte den Kopf. »Nein, der Lkw mit den Containern war noch unterwegs, als der Schädel auf der Sitzbank gefunden wurde. Letzek zog die Plane von den Fahrzeugen und fand den Schädel. Er ist dann auf einen Beamten zugestolpert.«

»Alkoholeinfluss?«

Horn schüttelte wieder den Kopf. »Nicht festzustellen. Wir hatten keinen ausreichenden Anlass für eine Atemalkohol-Bestimmung oder eine Blutentnahme. Einfach nur Schock. Kann man sich ja vorstellen.«

»Armer Kerl.« Worges sagte das zu niemand Besonderem, und alle wussten jetzt, dass Ronny Letzek ihn nicht interessierte. »Hoffentlich ist die Aussage überhaupt verwertbar.«

»Wüsste nicht, was wir von ihm erfahren sollten.« KK Horn faltete seinen Notizzettel der Länge nach. »Wird sich wohl kaum dran erinnern können, dass jemand vor seinen Augen einen Schädel unter die Plane geschoben hat.«

»Gibt es eine Videoüberwachung auf dem Gelände? Oder bei einem der drei Stände?«

»Das habe ich mir gestern Abend schon angesehen. Bei dem Gelände werden nur die Ein- und Ausgänge überwacht, aber es gibt keine Aufzeichnungen. Datenschutz«, sagte Horn und zuckte mit den Schultern. »Und das Gelände ist nicht wirklich abgetrennt oder eingezäunt. Im Prinzip gibt es da freien Zugang aus allen Richtungen.«

KA Kressin begann ein neues Blatt auf dem Flipchart und schrieb »Fundorte« als Titel darüber. Dann schrieb sie das Wort »Video« und strich es sauber einmal durch.

Talvi war dankbar für den Themenwechsel. »Die Fundorte wurden gestern untersucht, aber Mertes will bei Tageslicht noch einmal hin. Wir werden also belastbare oder gerichtsfeste Ergebnisse zu allen drei Fundorten erst morgen haben, schätze ich. Und das auch nur, wenn sie die Nacht durcharbeiten.«

»Davon gehe ich aus. Sie können Herrn Dr. Mertes gerne von mir mitteilen, dass die Schädelfunde für unser lebendiges Greifswald mit seinen Touristen und Studenten sehr heikel sind und zur Katastrophe werden, wenn wir das nicht umgehend aufklären. Da spielen Nachtschlaf oder Urlaub keine Rolle. Das gilt natürlich für alle hier. Frau Caster, wenn Sie Überstunden anordnen wollen, dann haben Sie freie Hand dafür.«

Damit hatte er die Verantwortung an sie delegiert. Talvi nickte und sah aus dem Augenwinkel, dass der alte Pfahls mit den Augen rollte. Auf der letzten Meile noch ein Gewaltmarsch.

Talvi fasste zusammen: »Wir haben drei Schädel von drei noch namenlosen Opfern, und wir haben drei Personalausweise zu drei Personen aus Greifswald.«

»Das macht es doch irgendwie überschaubar«, meinte Pfahls. »Stellen Sie sich vor, wir hätten drei Ausweise aus der ganzen Republik oder aus dem Ausland. Der Papierkram und die Abstimmung mit extern würden uns lahmlegen.«

»Auch dann würden wir die Ermittlungen professionell und

mit ganzem Einsatz führen, nicht wahr?« Worges sah Pfahls an, der alte KK musste nicken.

Wieso bist du eigentlich beim Kommissar stehen geblieben, fragte sich Talvi. Dem Alter nach müsstest du mindestens Hauptkommissar sein. Verdiente Kollegen werden kurz vor der Pensionierung auch schon mal zum Kriminalrat ernannt. Vielleicht gibt es eine gemeinsame Vergangenheit von Pfahls und Worges mit einer Begründung dafür. Und vielleicht werde ich Zeit genug bekommen, das herauszufinden.

»Ich werde als Erstes zur Wohnung von Yvette Imken nach – wie sagten Sie? – Schönwalde II fahren«, sagte Talvi. »Horn kümmert sich ums Einwohnermeldeamt und um die Aussage von diesem Ronny Letzek. Falls notwendig, lassen Sie ihn vorführen. Herr Pfahls, Sie machen bitte Druck bei Dr. Mertes, ohne seine Ergebnisse kommen wir nicht voran. Und Frau Kressin, Sie halten hier die Stellung, bis Herr Horn mit dem EMA fertig ist. Dann fahren Sie beide zum Festgelände und nehmen die Aussagen von Rita Brehm und Susanne Klammek auf. Die beiden Frauen können dann weiterreisen, aber lassen Sie sich die zukünftigen Aufenthaltsorte und Handynummern geben.« Talvi hoffte, dass sie damit alles getan hatte, um Worges zu zeigen, dass sie die Ermittlungen im Griff hatte.

»Da ist noch etwas.« CK meldete sich zum ersten Mal zu Wort. Das Flipchart hinter ihr war in der geschwungenen Lehrerinnenschrift mit den bisher bekannten Fakten bedeckt. Talvi und Dr. Worges nickten gleichzeitig.

Die Kressin sprach mit ungewohnt leiser Stimme. »Das mit den Ausweisen im Mund, zwischen den Zähnen oder statt einer Zunge. Kann das etwas Sexuelles sein? Eine Anspielung oder so etwas?«

Talvi meinte, unter dem engen T-Shirt von CK nicht nur das Muster ihres BHs, sondern auf der rechten Brust auch die Stange eines Piercings zu erkennen. Hast du das für Horn gemacht, damit er mal hinschaut? Und warum hast du nach dem ersten Nippel aufgehört? Hat's zu doll wehgetan? Kleine, du weißt nicht, was Schmerzen sind.

Worges schob seinen vollen Becher von links nach rechts und atmete durch die Nase aus. Talvi versuchte, das zu übertönen. »Das ist gut möglich, Frau Kressin. Halten Sie das bitte fest, neue Überschrift ›Hypothesen‹, okay? Das finde ich auf jeden Fall naheliegender, als etwas Politisches hinter drei bisher beziehungslosen Opfern zu vermuten.«

Mit roten Wangen blätterte CK das vollgeschriebene Blatt nach hinten und begann ein neues. Talvi nutzte die Zeit. »Lassen Sie uns einen Augenblick bei einer möglichen sexuellen Dimension bleiben. Kann es sich um einen Fetisch handeln, der ausgelebt wird? Haben wir es mit jemandem zu tun, für den Leichenteile eine besondere Bedeutung haben?«

»Das könnte ich mir bei Schädeln vorstellen.« Horn klickte zweimal mit seinem Kuli. »Doch dann würde er die Schädel behalten und beschützen, weil sie für ihn wertvoll sind. Er hat sie uns aber vor die Tür gelegt, hat auf sie verzichtet, hat sie hergegeben. Dann müssten Leichen ohne Kopf sein Fetisch sein.«

»Aber dann würde er nicht die Aufmerksamkeit auf sich ziehen, sondern seine Schätze in Ruhe genießen.« Pfahls schüttelte ebenfalls den Kopf. »Nein, einen Fetischtäter sehe ich hier nicht. Trotzdem sollten wir auch das im Auge behalten.«

CK machte eine neue Notiz, der dicke Stift quietschte auf dem Papier.

Worges räusperte sich. »Dass der Täter uns drei Personalausweise zu den Opfern gelegt hat, halten wir zunächst zurück. Diese Info bleibt im Team, nicht nach außen, nicht an die Angehörigen und nicht an die Presse weitergeben. Wir kennen die Identitäten der Opfer ja noch nicht wirklich. Verstanden?« Worges sah sich im Raum um. Alle nickten. »Und noch etwas. Es kann sein, dass dieser Fall die lokalen Mittel rasch überfordert. Ich werde vorsichtshalber prüfen, ob man uns einen erfahrenen Profiler zur Seite stellen kann.«

Das war wie ein Schlag in die Magengrube. Deutlicher hätte er nicht sagen können, dass er uns für eine Gurkentruppe hält. Talvi war überrascht, sah aber gleich die Logik dahinter. Wenn der Fall in die Hose geht, dann kann Worges die Schuld rasch auf den Externen abwälzen. Und wenn der Fall mit Hilfe des Externen gelöst wird, kann Worges sich für seine Weitsicht feiern lassen, einen echten Profi ins Team geholt zu haben. So geht *cover your ass* für Fortgeschrittene.

Will Worges das Versagen seines eigenen Teams sogar provozieren, damit er sich als Held feiern lassen kann? Dann wurde ihr klar, dass sie sich als leitende Ermittlerin um diesen Externen würde kümmern müssen. Als hätte sie nicht genug zu tun.

Greifswald-Schönwalde II, Ernst-Thälmann-Ring, Ecke Tolstoistraße. Viele Plattenbauten, alte Autos, ein kaputtes Kinderfahrrad, ein Metallskelett ohne Sattel. Talvi hatte den Wagen geparkt und sorgfältig abgeschlossen. Sie war immer froh, aus dem Ding aussteigen zu können.

Das Haus war selbst keine Platte, es stand zwischen zwei Platten und fiel trotzdem nicht auf. An der Fassade bröckelte Putz, bis in die zweite Etage war Efeu am Haus gewesen, bevor man die Pflanze abgerissen hatte. Der alte Putz war an diesen Stellen heller, die Wand wie von Adern durchzogen.

Der Name Imken stand auf einem der zwölf Klingelschilder und Briefkästen. Der Briefkasten »Y. Imken« schien nicht voll zu sein. Entweder hat sie ihre Post heute früh herausgeholt, und es geht ihr gut, oder sie kriegt wenig Post. Oder es liegt seit Tagen etwas drin und wartet. Talvi schob die Finger durch den Schlitz, aber sie konnte nichts ertasten.

Sie klingelte bei Imken. Ein Bus fuhr hinter ihr vorbei. Nichts passierte, niemand öffnete. Auf dem Klingelschild auf gleicher Höhe neben »Imken« stand »Krollant«, das musste die Nachbarwohnung auf der gleichen Etage sein. Sie klingelte dort. Nichts geschah. Dann plötzlich summte es, und das Schloss sprang auf. Schnell drückte sie die Tür auf und betrat das Haus.

Es war still, und es roch nach Putzmittel. Talvi sah sich die Rückseiten der Briefkästen an, sie waren sämtlich unbeschädigt.

»Ja?« Eine Frauenstimme von oben. Die Frau schien bei etwas gestört worden zu sein.

»Moment!«, rief Talvi als Antwort. Sie ging die Treppe hinauf, einen Fahrstuhl gab es für die sechs Etagen nicht, und machte absichtlich laute Schritte auf den gesprenkelten Steinstufen, damit sie oben zu hören waren.

Auf dem ersten Treppenabsatz gab es zwei Holztüren, zwei Namensschilder, zwei Fußmatten. Eine davon zeigte mit zwei aufgemalten Schuhabdrücken, wie man hier zu stehen hatte, die andere hatte einen Aufdruck von Batman und Robin. Vom vielen Füßeabtreten fehlten den beiden Comicfiguren die Gesichter. Talvi roch ein unbekanntes Gewürz, das hier den Geruch nach Putzmittel verdrängt hatte. Sie ging weiter.

Auf dem zweiten Absatz hörte sie indische Popmusik aus einem schlecht eingestellten Radio.

Auf dem dritten Treppenabsatz war die rechte Tür geöffnet, eine Frau in Faltenrock und Sweatshirt stand im Rahmen. Die linke Tür hatte keine Fußmatte, aber den Namen Imken am Klingelschild.

»Ja?« Die Frau konnte jetzt Talvis Gesicht sehen, und Unbehagen mischte sich in ihre Stimme.

Talvi kannte das. Die meisten sahen ihr ins Gesicht und wollten nach der Schrecksekunde höflich sein, politisch korrekt, vielleicht auch inklusiv. Unbehaglich, unvorbereitet und ungeübt in dieser Konfrontation wollten sie neutral bleiben, sich von den Narben nicht ablenken lassen und versuchten, ihr nur in die Augen zu sehen. Sie sprachen dann unbeholfen, fanden die richtigen Worte nicht und mussten sich auf jede Bewegung konzentrieren. Die Körpersprache glich der eines unbegabten Schauspielers, und über ihre Stimme kam das raus, was sie verschweigen wollten, Unbehagen, Abscheu und immer die Hoffnung auf ein schnelles Ende des Gesprächs.

Corona war eine gute Zeit gewesen, die Maske war der große Gleichmacher.

»Guten Tag, Frau Krollant. Mein Name ist Talvi Caster, Kripo Greifswald.« Sie hielt der Frau ihren Ausweis hin, aber die schaute an ihrem Ausweis, an ihrer Hand und an ihrem Arm vorbei auf die Narben in Talvis Gesicht. Dann sagte sie »Entschuldigung« und meinte es nicht so.

Mitleid, hatte Talvi gelernt, war scheiße. Wer Mitleid zeigt, der sieht die Narben, nicht die Ursachen. Mitleid war das Letzte, das sie wollte. »Das passiert häufig. Kein Problem.« Sie steckte ihren Ausweis ein und sorgte dafür, dass Frau Krollant dabei einen Blick auf die Waffe werfen konnte, die sie im Holster am Gürtel trug. »Ich möchte zu Frau Imken, aber sie macht nicht auf.«

Als Frau Krollant zur Nachbartür hinübersah, hatte Talvi kurz Zeit, sie näher zu mustern. Ende dreißig, geschätzt, Haare dunkel und bis auf die Schultern. Rundes Gesicht, runde Nase. Das Sweatshirt war dunkelgrau und zu kurz, zwischen dem Saum und dem Faltenrock sah Talvi einen schmalen Streifen von etwas Hellblauem. Das Grau des Sweatshirts und das Blau der Unterwäsche – oder was es auch immer war – passten für Talvi nicht zum Grün des Rockes und zu den geringelten Kniestrümpfen. Und nicht zu der dicken Schicht Lippenstift in einem dunklen Lila. Aber sie war nicht als Modeberaterin hier. Und schon gar nicht als Lebensberaterin.

»Haben Sie Frau Imken heute schon gesehen? Oder gestern?«

Die Frau im Türrahmen schüttelte den Kopf. »Ist etwas passiert?«

»Kennen Sie sie näher?«

Wieder Kopfschütteln. »Nein, wir haben uns nicht häufig gesehen. Sie wohnt ja erst seit ein paar Monaten hier.« Frau Krollant ließ das in der Luft stehen, als würde es alles erklären. Als sei jetzt genug gesprochen worden. Als möge das Gespräch jetzt bitte vorbei sein.

»Ist sie regelmäßig zu Hause?«

Schulterzucken statt Kopfschütteln. Frau Krollant schob die Hände in die Rocktaschen. »Sie hatte einen festen Job, soweit ich weiß. In einem Hotel, glaube ich. Oder auch zwei.«

»In zwei Hotels?«

»Zwei Jobs, meine ich. Mehr weiß ich wirklich nicht.« Ist jetzt genug, sagte sie nicht. Talvi las das in ihren Augen.

»Haben Sie vielleicht einen Schlüssel von der Wohnung?«

»Haben Sie einen Durchsuchungsbefehl?« Frau Krollants Augen glitten weiter unruhig über Talvis Gesicht.

»Noch nicht«, sagte Talvi. Ein Durchsuchungsbeschluss für die Wohnung von Yvette Imken war noch nicht einmal diskutiert worden. Und sie hatte keine Ahnung, wer der zuständige Untersuchungsrichter war und wie leicht oder schwer er sich überzeugen ließ. »Ich würde nur gerne mit ihr sprechen und erfahren, ob es ihr gut geht. Wir haben nur ein paar Fragen.«

Die Frau wich Talvis Blick aus. »Von Frau Imken habe ich keinen Schlüssel.« Ein kurzes Lächeln. »Aber von Steve.«

»Wer ist das?«

»Stephan. Ich habe ihn Steve genannt, er war so ein amerikanischer Typ, sportlich, starkes Kinn.« Ihre Stimme wurde weicher, und ihr Blick ging zur Nachbartür. »Er konnte gut zuhören.«

»Ist er tot?«

»Nein. Weggezogen. Er hat vor Frau Imken hier gewohnt. Und von ihm habe ich den Schlüssel. Wegen der Blumen und der Pakete«, setzte sie schnell hinterher. »Steve war ja viel unterwegs. Ich hab dann wohl vergessen, den Schlüssel zurückzugeben, als er weg ist. Und Frau Imken hat nie danach gefragt.«

»Hat sich in der Wohnung viel verändert?«

»Ich war da nicht mehr drin!«

»Natürlich nicht. Ich würde gerne nachsehen, ob bei Frau Imken alles in Ordnung ist. Haben Sie aus der Wohnung etwas gehört? Laute Musik oder Schreie? Oder dass etwas umgefallen ist?«

»Mein Gott, nein. Da war nichts. Kann ich Ihnen den Schlüssel denn so einfach geben?«

»Ich bin die Polizei.« Talvi hoffte, dass dieses Argument für ihr Gegenüber irgendwie Sinn ergab. Die Frau zögerte.

»Ich werde den Schlüssel dann an mich nehmen und dafür sorgen, dass entweder Frau Imken oder der Hauseigentümer den

Schlüssel erhält. Dann kann man Ihnen nicht mehr vorwerfen, sich eventuell unbefugt Zugang zu einer fremden Wohnung verschafft zu haben. Das ist doch für Sie momentan eine sehr unglückliche Situation, Frau Krollant.«

Die Frau zögerte noch immer, aber ihre Schultern waren herabgesunken. Jetzt den Sack zumachen. Zweites Seminar in Verhörtechnik. Talvi streckte ihr die rechte Hand entgegen, die Handfläche nach oben.

An dem Schlüsselring hingen ein einzelner Schlüssel und ein rotes Plastikherz an einer kurzen rosa Schnur. Bevor Talvi die Tür zu Yvette Imkens Wohnung geöffnet hatte, war Frau Krollant mit rotem Kopf in ihre Wohnung verschwunden und hatte die Tür laut geschlossen. Vielleicht war sie ihr auch nur aus der Hand gefallen.

Zur gleichen Zeit bog ein Motorradfahrer von der B 109 auf das Gelände der Oil!-Tankstelle an der Grimmer Landstraße ab. Er hatte hundertachtzig Kilometer auf der A 20 hinter sich und seine Entscheidung trotz der langen Zeit alleine auf der Maschine nicht geändert. Es war ihm nicht einmal schwergefallen, langsam zu fahren.

Er durfte nicht auffallen, das Motorrad mit den beiden Gepäckkoffern hatte er in Bad Segeberg gestohlen, die Kennzeichen in Travemünde von einer Maschine aus Greifswald. In einem Touristenort war die Chance, Kennzeichen einer anderen Stadt zu finden, immer höher. Trotzdem hatte es gedauert, bis er den richtigen Kandidaten gefunden hatte. Doch er hatte keinen Schlüssel, um die Koffer zu entfernen oder zu öffnen und den Inhalt zu entsorgen und Gewicht zu sparen. Und den Inhalt zu entsorgen hieß auch, Spuren zu hinterlassen.

Für sein Vorhaben spielte Zeit keine Rolle. Jetzt fuhr er in Greifswald eine Maschine mit Greifswalder Kennzeichen. Versteck dich in der Menge. Sein Handy war ein Prepaidgerät, gekauft im Internet und geliefert an die Adresse eines Bekannten, der nichts davon wusste. Den Führerschein hatte er nach seiner Verletzung verloren, aber natürlich konnte er noch fahren. Das verlernte man nicht, auch wenn er während der Zeit in der Zelle nur in Gedanken hatte fahren können.

Die Strecke von Lübeck über die B 207, die A 20 und dann die B 109 bis Greifswald war er in Gedanken Dutzende Male gefahren.

Er hielt an Säule zwei, die war am weitesten von der Kasse entfernt, und das Risiko, dass sein gestohlenes Kennzeichen von der Kasse aus gesehen werden konnte, war geringer. Natürlich gab es hier Kameras, aber er setzte darauf, dass es keine Aufzeichnungen gab. Und wenn, dann würde die Auswertung länger dauern als sein Vorhaben.

Der Mann stieg ab und streckte die Beine. Die lange Fahrt war ungewohnt, Muskeln und Gelenke taten weh, besonders die Schultern. Aber Schmerz war kein Thema für ihn. Nicht nach dem, was er durchgemacht hatte.

Die Handschuhe ließ er an, den Helm mit dem verspiegelten Visier ebenfalls. Ein Schild an der Zapfsäule forderte alle Motorradfahrer auf, den Helm abzunehmen. Das gleiche Schild sah er an der Eingangstür, also gab es drinnen auch Kameras. Er tankte voll, schraubte den Tankdeckel zu und betrat den Verkaufsraum. Vor ihm stand eine junge Frau, sie gehörte zu dem tiefergelegten Polo an Säule sechs und sah auch so aus. Manche Sachen hatten sich nicht geändert.

Die Frau an der Kasse hatte eine Dauerwelle, trug eine bunte Kittelschürze über einem gelben Pullover und sah ihn mit gerunzelter Stirn an der jungen Frau vorbei an. Er ignorierte sie.

Die junge Frau bezahlte, zwanzig Liter Super, zwei Camel, eine BILD, zwei Red Bull, eine Klapperdose Kaugummi. Manche Sachen änderten sich nie.

»Nehmen Sie bitte den Helm ab?«

Nein, dachte er, ich will dir nicht den Tag versauen. Er schüttelte den Kopf, legte einen Fünfziger auf die Theke, ging hinaus und fuhr weiter in Richtung Innenstadt. Aus dem Hotelzimmer würde er später die erste SMS schicken. Und dort konnte er den Helm abnehmen.

Der Schlüssel passte. Talvi zog weiße Handschuhe aus der Jackentasche. Am Schlüssel wären keine verwertbaren Abdrücke, nachdem er einige Monate in den Händen von Frau Krollant war, aber an der Tür und in der Wohnung wollte sie kein Risiko eingehen. Beim Überziehen der dünnen Plastikhandschuhe in der Wohnung einer fremden Frau wurde sie immer an Termine beim Frauenarzt erinnert. So musste sich diese Wohnung nun fühlen.

Sie drückte die Tür mit dem Ellenbogen auf, von innen mit dem Ellenbogen wieder zu, das Schloss schnappte laut ein.

In der Wohnung war es still. »Frau Imken? Talvi Caster, Polizei Greifswald. Bitte erschrecken Sie nicht.«

Es blieb still. Unten auf der Straße hupte ein Auto, auf der anderen Seite der Tür, hinter ihrem Rücken, ging jemand die Treppe hinunter. Er oder sie blieb nicht stehen, auch wenn ihr Ruf mit Sicherheit im Treppenhaus gehört worden war.

Talvi fand den Lichtschalter. Sie durfte nicht hier sein, sie hatte die Wohnung widerrechtlich betreten, ohne richterliche Anordnung und mit einem Schlüssel, von dem die Bewohnerin nichts wusste. Das würde sie Worges irgendwann erklären müssen, vielleicht berief sie sich dabei auf das Allerweltsargument »Gefahr in Verzug«, ein wunderbar unbestimmter Rechtsbegriff, mit dessen Auslegung man Bibliotheken füllen konnte. Das schoss ihr in dem Moment durch den Kopf, in dem der Flur vor ihr hell wurde.

Doppelt gut, dass ich Handschuhe anhabe. Vielleicht ist es hinterher besser, dass ich nie hier gewesen bin. Sie würde auch keine Fotos machen.

Der Flur vor ihr war eng, das war bei der Größe der Wohnung zu erwarten gewesen. Auf einem grauen Linoleumfußboden lag als Schmutzfänger ein grober brauner Läufer. Eine gute Quelle für die KTU, die würde sich gerne den Dreck ansehen, der sich darunter angesammelt hatte. Rechts standen zwischen zwei Türen drei Paar Schuhe, Sneaker, billige Pumps und ein paar bunte Flip-Flops, die vielleicht als Hausschuhe dienten. Das konnte schon mal bedeuten, dass Frau Imken gerade nicht zu Hause war. Über den Schuhen hing in Kopfhöhe eine Garderobe, zwei Jacken, ein Schal. Und eine Handtasche. Das sprach wiederum dafür, dass sie zu Hause war. Oder sie hatte mehr als eine Handtasche.

Talvi blieb noch einen Augenblick stehen, lauschte und stellte sich auf den Geruch der Wohnung ein. Es roch nicht nach Blut, nicht nach Exkrementen, nicht nach Verwesung. Es roch – sie war nicht wirklich sicher – eher nach Bauernhof, nach Tier und Heu. Vielleicht eine Duftkerze oder eine offene Flasche mit Badezusatz.

»Frau Imken?«

Sie hörte nichts. Niemand antwortete, niemand bewegte sich, nichts raschelte. Talvi hörte ihre Sohlen auf dem groben Teppich, auch wenn sie sich nicht bewegte. Sie machte einen Schritt in Richtung der nächsten Tür, der Teppich knirschte.

Es war die Küche, wie sie mit einem Blick sah. Die Einrichtung war deutlich älter als der Teppich, auf dem sie stand, und Talvi nahm an, dass die Mieterin sie von dem Vormieter übernommen hatte. Von Stephan, alias Steve, an dessen Schlüssel Frau Krollant das rote Herz gebunden hatte. Hoffentlich hat Steve dir dafür nicht zu viel abgenommen.

Der Herd schien in Ordnung, aber die Arbeitsplatte war zerkratzt und an der vorderen Kante vor Nässe aufgequollen. An einem kleinen Tisch stand nur ein Stuhl mit dünner Lehne, mehr Platz war nicht. Zwei Unterschränke, zwei Oberschränke, ein blauer Treteimer. Talvi betätigte das Pedal, die eingelegte Mülltüte war halb voll, oben lag ein halber Apfel mit Bissspuren. Sie schätzte, dass der Müll zwei Tage alt war, mindestens. Aber vielleicht war der Apfel schon alt gewesen, bevor die Imken ihn weggeworfen hatte. Auch das war ein Thema für die KTU, wenn sie hier jemals etwas zu tun bekam. Das Spülbecken war trocken. Zuletzt waren ein Becher und ein Teller abgespült worden, sie lagen trocken auf dem zerkratzten Ablaufblech.

Der Kühlschrank begann zu brummen, als wolle er auf sich aufmerksam machen. Er sah innen so aus wie Talvis eigener Kühlschrank. Single-Portionen aus dem Discounter. In der Tür eine Tüte

Milch, das Haltbarkeitsdatum war gestern abgelaufen. Daneben eine halbe Flasche Weißwein mit mühsam wieder reingedrücktem Korken. Butter, Käse, zwei Becher Joghurt. Sie schloss die Tür. Ein paar schnelle Blicke durch die Schränke zeigten auch nur, was sie erwartete. Teller, Tassen, Besteck, Gewürze, Plastikschalen mit und ohne Deckel. Unspektakulär. Normal.

Neben der Küche lag das Bad. Logisch, dachte Talvi, so konnte man beim Bau des Hauses die Abflüsse beider Räume in einem Versorgungsschacht zusammenbringen. Es gab eine Dusche, keine Wanne, auch dieser Raum war eng. Also gab es auch nur ein schmales Fenster, davor hing das WC an der Wand, sehr nahe daneben das Waschbecken. Die Duschtasse und das Waschbecken waren trocken, genau wie die Handtücher, die über der Stange hingen.

Viel Platz nahm ein Wandschrank ein, der in diesen Ausmaßen vom Architekten sicher nicht vorgesehen war. Auf den ersten Blick ein Ikea-Modell, er war in dem schmalen Raum so ausladend, dass Yvette Imken sich beim Abtrocknen sicher oft daran gestoßen hatte.

Der Schrank war voller Kosmetika. Talvi fand keine neue Packung, alle Tuben, Flaschen, Tiegel, Flakons, Dosen, Lippenstifte, Pinsel und so weiter waren in Gebrauch. Es gab ein paar Sachen, die in Talvis Augen zu teuer für die Wohnung waren, aber da konnte sie sich irren. Das war nicht ihre Welt. Oben auf dem Wandschrank stand ein kleines Radio, eine rote Stand-by-Lampe blinkte herunter. Damit es beim Schminken nicht langweilig wird. Kann also länger gedauert haben.

Dafür sprach auch der dickflauschige rosa Teppich, der vor Dusche und Spiegel lag. Imken wollte beim Schminken keine kalten Füße kriegen. Das Bild auf dem Personalausweis, den Doc Mertes einem grinsenden Totenschädel aus dem Mund gezogen hatte, zeigte zwar eine hübsche junge Frau, aber das schien der Imken nicht gereicht zu haben. Alle Behälter im Schrank waren sorgfältig verschlossen, das schied also als Ursache aus für den leichten Geruch nach Bauernhof und nach Heu, der auch hier in der Luft lag.

Nach kurzem Zögern schob Talvi die einzelne Zahnbürste,

die in einem milchigen Wasserglas stand, zusammen mit einer der Haarbürsten in einen Klarsichtbeutel, den sie aus der Tasche zog. In einen zweiten Beutel legte sie den angebissenen Apfel aus dem Mülleimer in der Küche, obwohl sie nicht wusste, wie lange sich DNA-Spuren und Fruchtsäure vertrugen. Darum sollte sich Doc Mertes kümmern.

Dem kleinen Bad gegenüber lag das Schlafzimmer. Die rosa Vorhänge waren zugezogen, Talvi rührte sie nicht an. Sie hatte nicht viel Erfahrung in fremden Schlafzimmern. Das hier wirkte auf sie leer, auch wenn es wie die anderen Räume, die sie bisher gesehen hatte, nicht geräumig und eng möbliert war. Das Bett war nicht gemacht, die Bettwäsche mit zwei Arten von rosa Streifen lag da, als sei die Bewohnerin gerade aufgestanden und weggegangen. Es war ein breites Einzelbett oder ein schmales Doppelbett, eine Matratze, ein Kopfkissen, eine Decke, ein Nachttisch mit Schublade. Auf dem Nachttisch stand eine kleine Lampe, sonst nichts. Keine Tabletten, kein Buch, kein Glas. Nur eine Lampe.

Die Tabletten fand sie in der Schublade. Aspirin gegen Kopfschmerzen und eine halb volle Packung Halcion. Das war ein verschreibungspflichtiges Schlafmittel. Sie würden also einen Arzt finden können, der ihr das verschrieben hatte. Talvi fragte sich, wie lange die Imken gebraucht hatte, um die Packung halb leer zu kriegen. Auf jeden Fall war es eine weitere Chance, die Übereinstimmung zwischen einem der abgetrennten Schädel und dem Personalausweis zu prüfen. Das Mittel war hoffentlich irgendwie im Blut nachweisbar. Und sie hoffte, dass das bisschen Blut, das noch am Schädelknochen klebte, dafür ausreichte.

Neben den Tabletten lag ein Fünferpack Kondome. Fünf ist eine große Zahl. Aber jede Zahl größer als null ist irgendwie eine große Zahl. Die größte davon ist die Eins, die anderen sind dann nur Wiederholungen. Zwei Kondome waren noch drin. Irgendwo gab es also einen Mann im Leben der Imken. Oder es hatte ihn gegeben. Vielleicht kam dieser Mann auf die Idee, sie als vermisst zu melden. Oder es gab mehr als einen.

Wenn sie nicht gleich hinter mir die Wohnungstür aufschließt und es furchtbaren Ärger gibt. Hinter ihr war alles ruhig. Ich muss so langsam weg. Ich darf nicht hier sein, und ich habe noch nichts vorzuweisen.

Die beiden Schränke, die eine Wand des Schlafzimmers einnahmen, enthielten einen Stapel Handtücher, zwei Garnituren Bettwäsche zum Wechseln und jede Menge Klamotten. Vor allem T-Shirts mit Pailletten und Unterwäsche, jede Menge davon. Talvi sah sich ein paar Stücke an. Wenn ihr das gut gepasst hat, dann hat sie eine tolle Figur gehabt. Nein, das ist falsch. Wenn ihr das gut passt, dann hat sie eine tolle Figur. Noch wissen wir ja nichts über sie. Talvi legte alles so zurück, wie sie es gefunden hatte.

In der Reihe der Kleiderbügel fielen ihr ganz links zwei Kleidungsstücke auf. Sie waren länger als die üblichen T-Shirts und Blusen, und sie passten von der Farbe und vom Material nicht zu den anderen Klamotten. Talvi zog sie vorsichtig heraus. Es waren zwei lange Blusen, eher wie Arbeitskittel, in dunklem Orange mit dunkelrot abgesetzten Kanten. Ein dünner Gürtel gehörte dazu. An der linken Brustseite eines Kittels schwang ein Namensschild aus Metall hin und her. »Hotel Boddenrose Greifswald«, mit dem passenden Logo dazu. In eine Aussparung war von der Seite ein dunkelblauer Plastikstreifen mit einem weiß eingestanzten Namen eingeschoben. »Yvette«. Sie ist ein Zimmermädchen. Oder eine Reinigungskraft. Irgendetwas hinter den Kulissen, auch wenn sie so hübsch ist. Gibt es einen Grund dafür? Wir müssen auf jeden Fall dahin.

Das Wohnzimmer war langweilig. Ein heller, aber harter Teppichboden. Ein großer Fernseher, aber ein billiges Modell. Ein schwarzes Sofa, ein Zweisitzer mit einer rosa Decke über der Lehne. Davor ein schwarzer Sessel, zu klein und zu eng, um bequem zu sein, und vielleicht nur da, um beim Fernsehen die Füße daraufzulegen. Eine Holzkiste, die jemand schwarz lackiert hatte, diente als Couchtisch. Die Wände waren blassgelb gestrichen, einige Kinoposter und Konzertplakate gaben farbige Tupfer. Der Geruch nach

Heu war hier am stärksten. Zwischen dem Sofa und der Wand – vom Fenster fiel etwas Licht auf diese Stelle – lag die Leiche.

Der Körper lag in einem Käfig. Durch die weiß lackierten Gitterstäbe sah Talvi zerzauste Haare, der Mund stand offen, die Zähne waren zu sehen. Der Boden des Käfigs war mit Kot bedeckt. Das Kaninchen lag auf der Seite, die Beine von sich gestreckt, der Körper war abgemagert, das weiße Fell hing wie ein nasser Lappen über den kleinen Knochen.

In der weißen Porzellanschale lag noch ein Rest Futter, aber die Tränke, die außen am Gitter angebracht war und deren Auslauf in den Käfig hineinhing, war leer. Das Tier war verdurstet.

Talvi schloss ab, den Schlüssel steckte sie ein. Sie würde ihn irgendwann an irgendjemanden weitergeben.

Wie lange dauert es, bis ein Kaninchen verdurstet? Ob Dr. Mertes darauf eine Antwort hat?

Greifswald, 5. Oktober 2021

Vernehmung der Frau Inge Krollant, wohnhaft in Greifswald, in der Ermittlungssache Talvi Caster (KOK), Aktenzeichen 9 Js 451/21

»Bin ich laut genug, reicht das für Ihr Gerät? Ich will ja nichts falsch machen und auch nichts doppelt erzählen müssen. Bin ziemlich durcheinander, wissen Sie. Wie war die Frage?

An diese Frau Caster kann ich mich erinnern, auch wenn ich sie nur kurz gesehen habe. Das war schon sehr unangenehm. Verstehen Sie mich bitte nicht falsch, das hat nichts mit dem Aussehen Ihrer Kollegin zu tun, dafür kann sie ja nichts, nehme ich an. Aber ich fühlte mich schon bedrängt, wie sie da ohne Vorwarnung, ohne Anmeldung vor der Tür stand. Sie hätte vorher anrufen sollen, vielleicht wäre ich ja gar nicht zu Hause gewesen.

Sie hat mich ihre Waffe sehen lassen, ich wusste gar nicht, wie ich darauf reagieren sollte. Und den Schlüssel für die Wohnung von der Frau Imken hat sie mir abgenommen. Ich hatte gar keine andere Wahl, fühlte mich unter Druck gesetzt.

Habe mir nur gesagt, na, gut, dass ich das Dings los bin. Mit der Frau von nebenan wollte ich sowieso nichts zu tun haben, die Nachbarschaft ist ja nicht besser geworden in den letzten Jahren. Aber dann war ich unsicher, ob ich den Schlüssel überhaupt hergeben durfte, ich meine, eigentlich gehörte der mir ja gar nicht. Aber diese Frau Caster hatte ja einen Dienstausweis. Den habe ich mir natürlich genau angesehen, damit der nicht eventuell gefälscht ist.

Natürlich habe ich auch nach einem Durchsuchungsbefehl gefragt, man weiß ja, wie so etwas geht. Den hatte sie aber nicht, der wär noch unterwegs, den wollte sie nachreichen, wenn das notwendig sein sollte. Darauf habe ich dann nicht bestanden, weil sie mir wieder die Waffe gezeigt hat. Und dann war ich nicht sicher, ob ich den überhaupt kontrollieren muss, schließlich bin ich ja nur die Nachbarin von der armen Frau Imken, nicht der Vermieter oder so. Da müssen Sie sich an jemand anderes wenden. Eigentlich habe ich mit alldem nichts zu tun. Und mehr kann ich Ihnen auch nicht sagen.«

Montag, 13. September 2021, 15.00 Uhr

Sie traf Horn auf dem Weg zu ihrem Büro.

»Hallo, Frau Caster. Es gibt ein paar Neuigkeiten.«

Talvi reicht. Aber das habe ich dir schon ein paarmal gesagt, es hat nicht gewirkt. »Ja? Kommen Sie mit, Horn. Ich brauche einen Kaffee. Sie trinken schwarz, oder?«

»Genau.«

Talvi holte zwei Becher schwarzen Kaffee. Sie hoffte, dass der Kaffee den Geschmack nach Heu, den sie auf der Zunge hatte, endlich wegspülen würde. Und dann war da noch der Geruch in ihrem Dienstwagen, den sie auch nicht ausstehen konnte.

»Danke Ihnen.« Horn nahm den Becher und setzte sich auf den Besucherstuhl vor ihrem Schreibtisch. Während er trank, schaffte sie es, den Schlüssel mit dem Herzanhänger in einer Schublade verschwinden zu lassen.

Sie hatte in der Reha viel Training gebraucht, damit ihre schiefe Unterlippe beim Trinken nicht zum Problem wurde. Zu Hause war das nicht so wichtig, aber in Gesellschaft und vor allem bei Kollegen war sie immer sorgfältig beim ersten Schluck. Jedes Mal musste sie sich auf die Krümmung und Breite der Tasse einstellen. Es funktionierte. Trotzdem wischte sie vorsichtshalber mit dem Handrücken über den rechten Mundwinkel. Horn hatte ihr zugesehen und leckte sich die Lippen. Sie entschied sich, das zu ignorieren. »Was gibt es Neues?«

Er lehnte sich zurück. »Also, weder der Arzt noch der Unternehmer sind zu erreichen. Wolf Bundt wohnt allein, dort geht niemand ans Telefon. In der Firma wurde er zuletzt am Freitag um die Mittagszeit gesehen. Aber das sei nicht ungewöhnlich, hieß es in der Telefonzentrale. Er sei halt der Chef und könne gehen, wann es ihm passt. Stimmt wahrscheinlich.«

»Können wir sein Handy orten?«

»Eine stille SMS? Klar, das können wir. Soll ich die KTU anweisen?«

»Freundlich drum bitten geht auch.« Sie nahm einen zweiten Schluck. »Haben Sie schon mit Nachbarn von Bundt gesprochen?«

»Da gibt es kaum Nachbarn. Da sitzen eine Anwaltskanzlei und ein Zahnarzt, da ist also nur während der Öffnungszeiten jemand. Bundt hat eine Art Penthouse-Wohnung, oberste Etage und Dachausbau in der Innenstadt. Eher ungewöhnlich für Greifswald, wusste gar nicht, dass es so etwas hier gibt. Und der Hammer, er hat einen Aufzug von der Garage im Untergeschoss bis in seine Wohnung. Da gibt es keine Nachbarn, die etwas sehen oder ihm begegnen können.«

»Mist. Um in seine Wohnung zu kommen, brauchen wir mehr als eine Vermisstenanzeige. Und nicht einmal die haben wir vorliegen. Niemand scheint ihn zu vermissen. Die Firma läuft anscheinend ohne ihn.«

Horn nickte. »Und wer soll die Anzeige stellen? Wir wissen nicht, ob er eine Freundin oder Geliebte hat. In der Firma wissen sie nichts davon. Sagen sie. Vielleicht halten sie ihm einfach den Rücken frei.«

»Und der Arzt?«

»Andere Lage. Dr. Tschernig ist zwar verheiratet, es gibt ein kleines Kind – nein, zwei Kinder, fünf und zwei Jahre. Er lebt aber getrennt, ist zu Hause – also bei seiner Frau – nicht mehr zu erreichen. Mit der Frau habe ich telefoniert, sehr niederschwellig, wie Worges das haben wollte. Habe ihr gesagt, sie soll sich bitte melden, wenn ihr Mann sich meldet. Da hat sie nur gelacht, das könne dauern, sie hätte schon seit drei Wochen nichts von ihm gehört. Nur das Geld würde pünktlich kommen. Sie fragte, ob sie ihren Mann identifizieren muss.«

Talvi zog die Augenbrauen hoch. »Und?«

Er winkte ab. »Das habe ich abgebogen. Habe gesagt, dass wir ihn nur sprechen wollen und so weiter. Sie hat dann gleich gesagt, dass von seinem Kram nichts mehr da ist.«

»Da ist keine Liebe mehr. Klar hat sie keine Zahnbürste von ihm aufbewahrt. Das wäre das Erste, was ich wegschmeißen würde. Ist die Scheidung schon durch? Wird sie erben, wenn er tot ist?«

»Ich lasse das prüfen. Sie meinen, vielleicht haben wir es nicht mit einer Tat zu tun, sondern mit mehreren?« Horn stellte den Becher ab und machte sich eine Notiz.

»Nein, das glaube ich nicht. Es wäre verdammt schwer für einen Trittbrettfahrer oder eine Trittbrettfahrerin, sich in die Sache mit den Schädeln einzuklinken. Es konnte ja niemand wissen, wann und was passieren würde. Und es wäre viel Vorbereitung notwendig. Das ist mit Sicherheit ein einziger Täter, denke ich.«

Er leerte seinen Becher. »Und bei Ihnen?«

»Ich denke, dass diese Yvette Imken tot ist. Es hat niemand aufgemacht, aber eine Nachbarin hatte einen Schlüssel, wegen der Blumen.« Hatte sie in der Wohnung überhaupt Blumen gesehen? Oder Bilder an der Wand, außer den Kinoplakaten im Wohnzimmer? »Ich habe sie dann in die Wohnung begleitet.«

Sie erzählte ihm von dem Mülleimer, den Arbeitskitteln vom Hotel Boddenrose – dabei nickte er, er schien das Hotel zu kennen – und von dem toten Kaninchen.

Horn sah sie an und schüttelte den Kopf. »Ich gebe Ihnen recht. Sie ist wahrscheinlich tot. Haben Sie –«

Talvi ließ ihn nicht ausreden, sondern legte ihm die Klarsichtbeutel aus der Wohnung Imken hin. »Können Sie das bitte zur KTU bringen? Ich bin sicher, das passt zu einem der Schädel.«

»Geht klar.« Er stand auf.

»Ich fahre zu Frau Bergmann.«

Er nickte nur und ging hinaus.

Keine Grüße an seine eigentliche Chefin, kein »Gute Besserung« und kein Angebot, mich zu begleiten. Pauline Bergmann ist für Horn nur eine frei werdende Stelle, weiter nichts.

Am Eingang hatten sie Talvi den Weg zur Palliativmedizin gewiesen. Die letzten Koordinaten, die sie von ihrer Chefin gehabt hatte, waren die der Onkologie. Es gab wohl kaum Hoffnung auf eine Besserung.

Krankenhausflure fand Talvi noch immer abstoßend. Sie hatte selbst lange genug in Krankenzimmern gelegen, davon einige Wochen Intensivstation, bis die Wunden zu heilen begonnen hatten und die Entzündungswerte runtergegangen waren. Dann Erholung, wieder essen lernen, wieder gehen lernen, wieder aufs Klo dürfen. Beim Duschen hatte sie immer das Licht ausgemacht. Und in der Reha, da hatte man sich eigentlich nur um ihren Kopf gekümmert, da waren die Flure zwar bunter gewesen, aber nicht hübscher. Zumindest hatte die Aussicht bestanden, Krankenhaus und Reha auf zwei Beinen zu verlassen. Bei Pauline Bergmann war das wohl anders.

Hinter der Eingangstür zur Palliativmedizin war es totenstill. Ein kurzer Gang lag vor ihr, zwei Türen links, drei Türen rechts. Vor den beiden linken Türen der übliche Glaskasten für das Stationspersonal, er war beleuchtet und leer. Kaffeebecher und Wasserflaschen aus Glas standen auf einem Tisch, davor zwei unordentlich zusammengeschobene Stühle. Ein Stapel Patientenakten, eine Vase mit alten Schnittblumen von der Tankstelle. Der Geruch von Desinfektionsmitteln und kalter Zigarettenrauch stiegen ihr in die Nase. So hatte es damals auch gerochen.

»Ja?«

Sie hatte niemanden kommen gehört und drehte sich um. Eine junge Krankenschwester auf Socken stand hinter ihr. Die Frau sah ihr ins Gesicht und erschrak, unterdrückte das aber sofort und lächelte abwartend. Talvi ignorierte ihre Reaktion. Kein großes Ding. Auf jeden Fall nicht für dich. Ich bin gleich wieder weg und nehme mein Gesicht mit. »Ich möchte zu Frau Bergmann.«

»Sind Sie eine Angehörige?« Die Frau hatte einen langen schwarzen Zopf und sah sie vorsichtig an.

»Eine Kollegin.« Talvi zeigte ihren Dienstausweis.

Die Frau zuckte mit den Schultern. »Steffi«, stand auf dem Namensschild über ihrer Brusttasche. »Schon okay. Zimmer zwei.«

»Wie geht es ihr?«

»Noch zwei Wochen, schätzen wir. Und sie weiß das.« Schwester Steffi sah sich um. »Haben Sie meine Sandalen gesehen? Weiß mit grünen Smileys?«

»Nein. Kommen viele Besucher?«

»Sie sind die erste. Bitte strengen Sie Frau Bergmann nicht zu sehr an. Sie wird sonst – schwierig.«

Das würde ich wohl auch. »Danke.«

Zimmer zwei war das letzte Zimmer auf der linken Seite. Talvi klopfte, das Geräusch war über den ganzen Flur zu hören. Nichts passierte. Sie klopfte noch zweimal und trat dann ein.

Der Geruch nach Desinfektionsmitteln war im Zimmer stärker als auf dem Flur, dazu kam noch eine Note von kaltem Hagebuttentee und einer Handcreme. Es gab einen kleinen Schrank, einen großen Fernseher an der Wand, den üblichen Nachttisch und ein unübliches Bett. Es war größer als ein Krankenhausbett, hatte mehr Kabel angeschlossen und mehr Kissen und Decken. Es sah auch irgendwie bunter aus als in einem normalen Krankenzimmer. Talvi war nicht sicher, sie selbst hatte während ihrer Zeit im Krankenhaus lange Zeit einen Verband auf dem Gesicht gehabt und nichts gesehen.

Am Kopfende des Bettes führten zwei Schläuche in den weißen Kissenberg, aus dem eine Pudelmütze in Regenbogenfarben herausschaute. Unter der Mütze war ein kleiner, schmaler Kopf. Talvi musste nicht nachsehen, um zu wissen, dass keine Haare mehr auf dem Kopf waren, die waren bei ihrem ersten Besuch in der Onkologie schon nicht mehr da gewesen.

KHK Pauline Bergmann war bei der Kripo in Greifswald so etwas wie eine Legende, sagte man. Sie hatte ihr Leben bei der Polizei verbracht, kein Mann, keine Kinder, keine Hobbys. Auf jeden Fall hatte niemand sie je außer Dienst gesehen, das hatte der alte Pfahls erzählt, der die Bergmann die meiste Zeit ihrer Laufbahn begleitet hatte, immer in ihrem Windschatten und immer zwei Besoldungsstufen unter ihr. Ihre Aufklärungsquote war unerreicht, die Zahl ihrer Überstunden und der Einträge in ihrer Personalakte auch, sagte der Flurfunk. Sie war nie zimperlich gewesen, und viele Verdächtige hatten sie unterschätzt, spätestens bis zur ärztlichen Versorgung nach dem Verhör. Einmal hatte sie eine ganze Nacht vor dem Haus eines Mordverdächtigen gewartet, auf einem Campingstuhl und in einen voluminösen Strickmantel gehüllt. Sie hatte nichts getan und nichts gesagt, nur still dagesessen und das Haus beobachtet. Bei Sonnenaufgang kam der Mann heraus und legte ein Geständnis ab. »Ich hatte nichts«, hatte sie den erstaunten Kollegen gesagt. »Keine Beweise und nur widersprüchliche Indizien. Aber mein Bauchgefühl und meine Einschätzung, was das für ein Mensch ist. Und warum er so etwas tun würde.«

Talvi wunderte sich nicht, dass die Bergmann und Dr. Worges nicht miteinander klarkamen. Alle wussten, wie sehr sich Worges auf den Tag freute, an dem KHK Bergmann endlich pensioniert wurde und er die Stelle neu besetzen konnte. Das würde nicht mehr lange dauern. Ihr Gesicht unter der bunten Mütze war grau und eingefallen, die Wangenknochen traten hervor.

»Hallo, Frau Bergmann«, sagte Talvi leise.

Die Frau öffnete die Augen, sie waren dunkelgrün und leuchteten.

»Talvi, sind Sie das?« Sie machte ein paar unbeholfene Versuche, sich aufzurichten.

»Warten Sie.« Talvi trat ans Bett und reichte ihrer Chefin das Bedienteil für die Rückenstütze. Während der Motor des Bettes surrte, holte Talvi sich einen der beiden Besucherstühle, die an der Wand standen, und setzte sich neben das Bett. Sie wusste nicht, warum sie hier war. Die Bergmann hatte keine Familie, ihre Kollegen kamen sicher einer Familie am nächsten. Die Kollegen und meine Schildkröten, hatte Bergmann bei Talvis erstem Besuch gescherzt, und wahrscheinlich nicht in dieser Reihenfolge.

Damals hatte eine weitere OP kurz bevorgestanden, davon hatten sich die Ärzte etwas versprochen. Pauline Bergmann nicht, und sie hatte recht behalten.

»Wie geht es Ihnen?«, fragte Talvi und fand ihre Frage im gleichen Atemzug unpassend und taktlos. In den dunkelgrünen Augen sah sie, dass die Bergmann das auch fand.

»Ich will meine Zeit nicht mit Klagen verbringen. Ich habe nicht genug davon.« Bergmann musste husten, es klang hohl und war leise, wie kalter Wind durch ein zu schmales Ofenrohr. »Zeit, meine ich.«

Lungenkrebs im Endstadium, Metastasen im ganzen Körper. Das war der Grund, warum Talvi im Wagen immer mit offenen Fenstern fuhr, der alte graue Passat war Bergmanns fahrender Aschenbecher, und der Gestank von zwei Jahrzehnten war tief in die Polster und das Plastik gezogen. Wie sollte das im Winter werden, wenn sie die Fenster nicht mehr öffnen konnte? Talvi hatte nie geraucht, das hatte einen Teil ihres Lebens gerettet, hatten die Ärzte bei ihrer Entlassung aus der ersten Klinik gesagt, nach der dritten Operation.

Die Finger, mit denen Bergmann das Bedienteil hielt, waren schmal, die Nägel waren zu lang. Talvi fühlte sich an ein Märchen aus ihrer Kindheit erinnert und versuchte, die Bilder zu verdrängen. Hätte sie etwas mitbringen sollen? Blumen, Pralinen, ein Buch? Hätte sie ihr damit eine Freude gemacht? Das konnte nur schiefgehen. Aber dann hätte sie jetzt wenigstens ein Thema, einen Aufhänger für ein Gespräch, zumindest für ein oder zwei Sätze. Sie konnte ja kaum fragen, wie lange Bergmann noch hatte.

»Wie kommt ihr voran?«, fragte die Bergmann in die Stille.

»Wir haben einen frischen Fall. Drei Opfer.« Talvi faltete die Hände im Schoß.

Bergmann hob ihre freie Hand ein paar Zentimeter. »Schon gehört. Bin zwar im Arsch, aber nicht am Arsch der Welt.« Ihr Atem rasselte.

Talvi fragte sich, wer Bergmann informierte. Bergmann selbst fragte sie nicht danach. »Wissen Sie das mit den Ausweisen?«

Die bunte Mütze wackelte kurz auf und ab. »DNA notwendig. Er will gefunden werden, legt Spuren für euch. Ihr müsst sie nur lesen.«

»Genau. Aber Dr. Mertes muss noch liefern. Wir wissen noch nicht, ob die Ausweise zu den Opfern passen oder auf jemand anders zeigen. Und die Fundorte sind katastrophal verunreinigt, jede Menge Fremdspuren. Das wird dauern.«

»Worges drängelt. Braucht Erfolge. Für die Medien.«

»Für Dr. Worges steht die Karriere im Vordergrund.« Sie wollte nicht zu viel sagen. »Und die Nachfolgeregelung.« Sie atmete ein. »Er glaubt nicht, dass Sie wiederkommen.«

»Recht hat er. Zwei Wochen noch, plus/minus. Eher minus. Dann spart der Staat viel Geld.«

»Keine guten Aussichten?«

»Kindchen, sieh mich an.« Bergmann streckte einen Unterarm aus dem gepunkteten Nachthemd. Wie Knochen in graue Folie eingeschweißt, die Muskeln waren längst abgebaut. »Der Rest ist genauso. Kein Arsch und keine Titten. Nicht dass jemand noch scharf drauf wäre.« Sie musste wieder husten und hielt sich den knochigen Unterarm vor den Mund. Ihr Oberkörper wurde geschüttelt, ihre Finger verkrampften sich. Talvi wartete.

»Unglücklich, dass ich Ihnen nicht helfen kann, Talvi. Passen Sie auf Worges auf. Der hat mich immer nur behindert und hinter meinem Rücken rumgemeckert. Er glaubt nicht, dass eine Frau diesen Job machen sollte. Habe ihm viel Ärger bereitet. Bin stolz drauf.«

Da sie ohnehin nicht in der Hoffnung gekommen war, von ihrer Chefin einen hilfreichen Rat für die Ermittlungen zu erhalten, konnte sie jetzt das Thema wechseln. »Wer kümmert sich denn um die Schildkröten?«

Die Augen leuchteten ein wenig mehr und erinnerten Talvi an Gollum. Gollum mit einer Pudelmütze in Regenbogenfarben. »Denen geht's gut. Nachbarn kümmern sich. Haben den Schlüssel und trinken wahrscheinlich meine Vorräte weg. Auch gut.« Sie sank zurück. »Ich vertrage ja nichts mehr.«

Dann war die Wohnung von KHK Bergmann jetzt genauso leer und Fremden ausgeliefert wie die Wohnung von Yvette Imken.

Sicher zu sein, dass man nie mehr in die eigene Wohnung zurückkehren würde, musste ein komisches Gefühl sein. Ein Mensch wird auf seinen Körper und die unmittelbare Umgebung geschrumpft, die er sehen und fühlen kann. Sonst nichts mehr auf der Welt. Talvi hatte das erlebt, aber sie hatte immer hoffen können, dass ihr Zug weiterfahren würde.

Bergmann hustete wieder und kniff dabei die Augen zu. »Passt auf die beiden Viecher auf, die vertragen sich nicht. Deshalb heißen sie Tom und Jerry. Und hüten Sie sich vor Worges. Und seinen Leuten«, setzte sie noch hinzu.

Talvi mochte keine Schildkröten. Sie hatte zwei Suchhunden aus der Rettungsstaffel des THW Kiel ihr Leben zu verdanken, nur ein paar Stunden später wäre es zu spät gewesen.

Sie ertappte sich dabei, an Pauline Bergmann vorbei aus dem Fenster oder an die blassgrüne Wand zu sehen. Jetzt verhalte ich mich so wie die anderen bei mir. Es war still. Pauline Bergmann hatte die Augen geschlossen. Rasch überzeugte sich Talvi davon, dass sie noch atmete, dann verließ sie das Krankenzimmer auf Zehenspitzen und stieg auf dem Parkplatz wieder in den Dienstwagen ihrer neuen Noch-Chefin. Der stank nach dem Rauch, der sie gerade umbrachte.

Die Gummistiefel hinterließen auf dem Weg zum Kuhstall zwei verschiedene Abdrücke. Am rechten Stiefel war neulich der Absatz abgerissen, da war er zwischen zwei Betondielen im Schweinestall stecken geblieben. Aber der Stiefel war noch dicht. Der große Bund mit den Schlüsseln für die Ställe, die beiden Trecker, den verstaubten Mähdrescher, die Scheune, das Lager und den Aufenthaltsraum und eine Reihe alter Türen, die man seit Jahren nicht mehr geöffnet hatte, klimperte in seiner Arbeitshose. Er war gerade erst mit Trecker und Miststreuer wieder auf den Hof gekommen, niemand hatte sich um ihn gekümmert, und niemand hatte gesehen, was er getan hatte.

Jetzt wollte er nach der Klara sehen, das würde ihn beruhigen. Der Weg führte ihn erst in den Stall, der Abstecher in den Aufenthaltsraum kam später. Ohnehin eine Frechheit vom Chef, den alten Hühnerstall als Aufenthaltsraum zu bezeichnen, nur weil dort ein wackeliger Tisch und eine rostige Kaffeemaschine standen. Er brachte seinen Kaffee von zu Hause mit, in seiner alten Thermosflasche war der zwar ab Mittag kalt, dafür schmeckte man die guten Bohnen. Er hatte sich vor Jahren an Jamaica Blue Mountain gewöhnt und war dabei geblieben, auch wenn er sich diese Sorte eigentlich nicht mehr leisten konnte.

»Hinnerk!«, rief eine tiefe Stimme vom Haupthaus.

Er drehte sich um, der rechte Gummistiefel ohne Absatz rutschte im Dreck. »Was?«

Der Chef stand in Schlappen und Hosenträgern in der Haustür, eine Ecke seines karierten Hemdes hing aus der Hose. »Wo warst du? Da ist noch kein Mist auf der Koppel, das muss heute fertig! Für Rumfahren auf fremdem Land wirst nicht bezahlt!«

Er hob bestätigend die Hand. Jau, Chef, hab verstanden. Leck mich doch.

Die Klara war jetzt wichtiger. Sie war nur eine von einundachtzig Kühen, vierzehn Kälbern und zweihundert Schweinen, für die er gerade verantwortlich war, aber sie hatte wie jede Kuh bei ihm einen Namen, und es schien ihr nicht gut zu gehen. Klara konnte mit dem rechten Vorderlauf nicht richtig auftreten, fraß nicht richtig, und ihre Milchleistung war nach unten gegangen. Das sah der Chef nicht gern. »Ich brauche jeden Liter, um dein Gehalt bezahlen zu können, Hinnerk«, sagte der Chef grinsend. Beide wussten, dass das nicht stimmte. Der Chef grinste dabei, Hinnerk nicht.

Er vermutete, dass Klara eine Dermatitis digitalis hatte, vulgo eine Erdbeerkrankheit oder auch Mortellaro. Seine Kunden hatten früher immer gelacht, wenn er Erdbeerkrankheit als Diagnose genannt hatte. Der Name war ja so lustig. Sobald die Symptome hervortraten, war es gar nicht mehr lustig. Die Klauen der Tiere entzündeten sich, sie lahmten, gaben weniger Milch, und die Fruchtbarkeit ging zurück. Für den Besitzer der Herde entstand daraus meist ein hoher finanzieller Schaden.

Der Chef würde das nicht hören wollen und schon gar nicht von ihm. Er war nur der Knecht hier, der hässliche Kerl, der auf dem Trecker seine Runden drehte und das Vieh versorgte. Dafür hatte er sich beworben, und dafür war er eingestellt worden, nicht fürs Klugschwätzen. Er hatte kein Labor mehr und keine Helferin, und der Chef lehnte es ab, Geld für Firlefanz auszugeben. Hinnerk hatte das ein paarmal versucht und war jedes Mal gescheitert. War sogar ausgelacht worden und beschimpft. Für so etwas gaben sie hier kein Geld aus.

Jetzt hielt er den Mund und tat für die Tiere, was er konnte. Die hatten ihn noch nie enttäuscht. Der Kuhstall empfing ihn mit wohliger Wärme, es roch nach Tier und Mist und dem Rest des Silagefutters auf dem Boden, das die Tiere durch die Gitter nicht hatten erreichen können. Er würde das später mit dem Besen näher ranschieben. Ein zweites Frühstück für Klara und ihre Freundinnen.

Mit ein paar kurzen Blicken hatte er Klara in der Herde gefunden, holte sich seinen Stuhl und setzte sich, um das Tier zu beobachten. Die Kühe beachteten ihn nicht. Für sie war seine Anwesenheit normal. Und den Kühen war sein Gesicht egal. Sie störten sich nicht an Narben, und sie hörten es nicht, wenn jemand nur aus dem Mundwinkel sprechen konnte.

In den ersten Monaten hatte er oft einen Flachmann dabeigehabt und sich das schließlich selbst abgewöhnt. Er wollte sich nicht zu Tode saufen, bevor alles erledigt war.

Dienstag, 14. September 2021, Vormittag

Worges hatte ihre Nummer auf seinem Handy unter »TC« gespeichert. Er wollte sich ihren Namen nicht merken müssen, ihn nicht bei jedem Anruf sehen. Sein Zeigefinger tippte auf den Eintrag. Es klingelte zweimal.

»Talvi Caster.« Ihre Stimme war ruhig und professionell. Aber sie war unterwegs, es klang nach einem fahrenden Auto. Dann konnte sie nicht weglaufen. Er war froh, ihr Gesicht nicht vor sich zu haben.

»Dr. Worges hier. Guten Tag, Frau Caster.« Immer höflich bleiben, auch bei schlechten Nachrichten. »Wie laufen die Ermittlungen? Ich habe gleich meine PK.« Sie wird ja wohl wissen, was das ist.

Die Caster berichtete ihm präzise und druckreif. »Wir hatten Zugang zur Wohnung von Frau Yvette Imken, von dort haben wir jetzt DNA-Material, das Dr. Mertes gerade auswertet, die Ergebnisse stehen noch aus. Mit Glück kennen wir dann die Identität eines der Opfer und können von da aus weiter ermitteln. In der Wohnung selbst war nichts auffällig, soweit das eine erste Augenscheinnahme ergeben hat. Der Unternehmer Bundt und der Arzt Tschernig waren bisher nicht erreichbar. Bundt hat wahrscheinlich allein gelebt, der Arzt lebte getrennt. Horn überprüft routinemäßig, ob und wie viel seine Frau jetzt erben wird, wenn er wirklich eines der Opfer ist. Wir kennen noch kein Testament, wenn überhaupt eins aufgesetzt wurde, und keinen Ehevertrag, wenn es einen gibt.«

Das gefiel ihm nicht wirklich. »Ich kann also bei der PK nur sagen, dass wir der Identität der Opfer einen Schritt näher sind, aber noch nichts bestätigen.«

»Richtig. Laufende Ermittlungen. Wir sind ja erst seit gestern Abend dran.«

Das war der Presse ziemlich egal, wie er wusste. Und ihm war es ganz bestimmt egal, er brauchte gutes Material für einen guten Eindruck.

Worges brummte, damit sie seine Unzufriedenheit hören konnte. »Frau Caster, das muss besser werden. Und das muss schneller gehen.«

»Wir tun, was wir –«

»Ich habe mich natürlich gefragt, wie ich Sie am besten unterstützen kann. Bei einem so großen Fall. Frau Bergmann kann uns ja derzeit nicht helfen mit ihrer langjährigen Erfahrung.«

Er hörte so etwas wie »Hm«, aber das konnte an der Verbindung liegen. »Ich habe ja schon gestern gesagt, dass unsere lokalen Mittel für diesen Fall vielleicht nicht ausreichen. Es kann uns ja niemand einen Vorwurf machen, dass wir auf so etwas nicht vorbereitet sind. Noch dazu unterbesetzt.« Das ließ er so im Raum stehen, denn es konnte sich auf die Kapazität ihres Teams beziehen, aber auch auf die Kompetenz. »Ich habe daher mit Hannover telefoniert und ordentlich Druck gemacht. Ein Studienfreund ist Kriminaldirektor im LKA. Er schuldet mir einen Gefallen.«

Nur die Andeutung eines Old Boys Networks, das musste reichen. Nicht dass sie auf die Idee kam, irgendwelche offiziellen Schritte zu unternehmen. »Er schickt einen seiner besten Leute. Einen echten Profiler. Junger Mann, in Ihrem Alter. Er ist schon unterwegs, hat immer eine gepackte Tasche im Büro für solche Fälle, hat mein Studienfreund gesagt. Der Mann wird sich morgen früh um neun bei Ihnen melden.« Sie war überrollt, wie beabsichtigt. Er wartete zwei Atemzüge. »Ich freue mich, dass Sie ihn mit aller Kraft unterstützen werden.«

Die Verbindung war schlecht. »... natürlich ...«, hörte er irgendwie heraus.

»Prima. Ich werde die Presse gleich informieren, dass wir bei unseren Ermittlungen nichts unversucht lassen. Ich möchte Vorwürfen, wir wären einem brutalen Serienkiller gegenüber machtlos, von Anfang an entgegentreten. Die Bürger Greifswalds haben ein Recht, sicher schlafen zu können.« Das war jetzt vielleicht zu dick aufgetragen, aber er würde es bei der PK erneut verwenden. Er wartete ihre Antwort nicht ab. »Ich danke Ihnen. Weiterhin viel Erfolg. Gute Fahrt.« Worges legte auf.

Die Bergmann hätte sich jetzt gewehrt und ihm das Leben schwer gemacht, hätte wahrscheinlich darauf bestanden, an der PK teilzunehmen. Auf keinen Fall wollte er eine Frau als Nachfolgerin haben. Einen Favoriten hatte er schon für die Stelle. Das wussten wahrscheinlich alle, doch das spielte für ihn keine Rolle. Was zählte, waren Ergebnisse. Der Weg war eben nicht das Ziel.

Aus dem Auto hatte Talvi eine kurze Besprechung organisiert. Vom Parkplatz ging sie direkt in den Meetingraum. Die anderen warteten schon und wurden still, während sie sich Kaffee eingoss. Ein überflüssiges Ritual, sie würde ihn wahrscheinlich nicht trinken, aber sie wollte sich an etwas festhalten können.

Horn und Pfahls hatten jeder einen Stapel Papier mitgebracht, Horns Stapel war höher. Es gibt also Neuigkeiten. Ich hoffe, es sind gute Neuigkeiten.

»Bevor wir starten. Dr. Worges hat mich informiert, dass wir in unserem Fall ab morgen Unterstützung durch einen Profiler vom LKA Hannover erhalten. Der Kollege ist bereits nach Greifswald unterwegs. Ungefähr um neun morgen früh wird er zu uns stoßen.«

Alle schauten auf den Tisch und schwiegen.

»Was heißt das genau?«, fragte CK dann.

»Dass wir unsere Arbeit machen und für jede echte Hilfe dankbar sind.« Diese Formulierung hatte sie im Auto entworfen und hoffte, dass »wir unsere« genügend abschottend klang und »echte Hilfe« die möglichen Beiträge von diesem Profiler erst mal in Frage stellte. Horn und Pfahls hatten anscheinend begriffen, sie nickten. CK nickte dann auch.

»Also, was gibt es Neues?«

Horn breitete seine Papiere aus. »Doc Mertes hat alles andere vom Schreibtisch geschoben und seinen Leuten Feuer gemacht. Die DNA aus der Wohnung von Yvette Imken, von der Haarbürste, der Zahnbürste und den Bissspuren an dem Apfel, ist mit der des zweiten gefundenen Schädels identisch.«

Talvi blickte auf. »Aber den Ausweis von Frau Imken haben wir beim ersten Schädel gefunden.«

»Richtig. Ihr Schädel lag im Bierkasten, aber ihr Ausweis statt einer Zunge im Schädel in der Kühltruhe.«

»Und wessen Ausweis hatte der Schädel von Yvette Imken im Mund?«

»Den von Bundt, dem Unternehmer.«

»Woher wissen wir das? Wir hatten doch noch keinen Zugang zur Wohnung und noch keine DNA.«

Pfahls übernahm die Antwort. Sie hatten sich das anscheinend gut aufgeteilt. »Zahnschema, Frau Caster. Ich habe die Zahnärzte im Umkreis der Wohnung von Bundt durchtelefoniert, nachdem Doc Mertes uns eine außergewöhnliche Brücke im Unterkiefer des ersten Schädels beschrieben hatte. Beim zweiten Anruf konnte man sich erinnern, Bundt war dort seit Jahren Patient, und der Zahnarzt sagte, so eine Brücke hätte er nur einmal gemacht, das könne nur Bundt sein. Die Unterlagen sind unterwegs«, setzte er noch hinzu.

»Gut gemacht!« Aus ihrer Stimme sprach jetzt hoffentlich echtes Lob. »Dann kennen wir jetzt die Identität von zwei der drei Opfer.« Sie sah auf die Uhr. Die PK lief sicher schon, da musste Worges diese Ermittlungsergebnisse eben anschließend verarbeiten. Es würde in diesem Fall bestimmt noch eine PK geben.

»Drei. Von dreien«, sagte CK, und Talvi hörte ein Zittern in ihrer Stimme. CK räusperte sich. »Der dritte Ausweis gehört zum dritten Schädel. Elias Tschernig. Das war jetzt wieder DNA, er hatte natürlich einen Spind im Krankenhaus. Ich habe einen Zivi überrumpelt, und er hat den Schlüssel geholt. Das DNA-Ergebnis ist damit inoffiziell und nicht verwertbar, das weiß ich«, sagte sie beschwichtigend und kam damit Talvis Zurechtweisung zuvor. »Aber jetzt wissen wir, dass wir eine offizielle DNA-Probe von ihm brauchen. Das zweite Ergebnis ist dann verwertbar. Auch wenn Mertes die Arbeit doppelt machen muss.«

»Scheiß drauf«, sagte Horn, und Pfahls nickte. Somit musste Talvi sich nicht mehr äußern. Auch bei ihr überwog die Erleichterung über den raschen Erfolg nach nicht einmal vierundzwanzig Stunden. Cornelia Kressin hatte rote Wangen, und Talvi beschloss, dazu nichts zu sagen. »Bundt hat Imkens Ausweis im Mund und Imken den von Bundt. Der Arzt hat seinen eigenen Ausweis im Mund. Damit will der Täter signalisieren, dass es einen Zusammenhang zwischen Bundt und Imken gibt.«

»Wie auch immer der aussieht. Auf den ersten Blick sehr unterschiedliche Opfer. Auf den zweiten auch.« Horn schob seine Papiere zusammen.

»Also doch etwas Sexuelles?«

Talvi hatte damit gerechnet, dass CK das wieder auf den Tisch bringen würde. »Das können wir nicht mehr ausschließen. In der Wohnung der Imken lagen Kondome, aber nur unbenutzte. Also keine Fremd-DNA, aber wir werden den Mülleimer bei der Durchsuchung der Wohnung noch genau prüfen lassen. Und keine Gegenstände eines Mannes, Kleidung, Zahnbürste, Rasierzeug oder so etwas. Auch der Inhalt des Kühlschranks spricht nicht dafür, dass sich dort regelmäßig ein Mann aufhält.«

»Und Bundt ist ledig. *War* ledig. Lebte auf jeden Fall allein, soweit wir wissen. Wir lassen die Wohnung von Yvette Imken noch heute auf den Kopf stellen, oder? Dann sollten wir gleich nach DNA von Bundt suchen lassen.« Pfahls sah in die Runde, und alle nickten.

Je mehr Handfestes, desto besser. »Und die Wohnungen von Bundt und Tschernig auch. Ich kläre das später mit Dr. Worges, wenn seine PK vorbei ist. Mertes wird noch mehr Feuer machen müssen, sobald die Spurensicherung weitere DNA gefunden hat. Wir brauchen Tempo.« Und am besten Resultate, bevor der Typ aus Hannover hier ist, fügte sie nur in Gedanken hinzu.

Sie hörte ein »Ping« von ihrem Handy. Später. Drei Wohnungen zu durchsuchen war für sie hier am Tisch, aber auch für die Spurensicherung, eine Riesenportion Arbeit. Und wahrscheinlich hatte

Mertes nicht schon wieder eine fiktive Blondine auf der Couch. »Ich schlage vor, wir machen heute die Wohnung Imken und schließen morgen früh Bundt und Tschernig an.« Es gab keinen Widerspruch. »An die Arbeit.«

Es gab nur noch eine Sache zu regeln. »Ich benachrichtige die Angehörigen.« Auch dazu gab es keinen Widerspruch. Und niemand bot an, sie zu begleiten.

Der Becher Kaffee in ihrer Hand war jetzt kalt. Sie stand auf und nahm ihn mit. Alles in allem ein riesiger Erfolg für das Team, aber niemand freute sich so richtig. Kressins Ermittlungsfehler – oder Übereifer – würde sie aus den Akten heraushalten und sich überlegen, wie eine offizielle Begründung für die Einforderung einer DNA-Probe von Elias Tschernig aussehen konnte. Hoffentlich gab es bei der Ehefrau, der es nur um die monatlichen Zahlungen ging, wie Horn berichtet hatte, überhaupt noch DNA-fähiges Material. Vielleicht hatte sie ja wirklich schon alle Spuren des Ungeliebten beseitigt.

Talvi gefiel nicht, dass sie hierzu nur Horns Bericht hatte, sie wusste aber nicht, warum sie das störte.

Die anderen hatten den Meetingraum schon verlassen. Sie sah auf ihr Handy. Eine SMS: »Guten Abend …« Eine Auslandsnummer und nicht in ihren Kontakten. Bestimmt ein Werbeanruf. Sie schloss die Nachricht ungelesen.

Greifswald, 5. Oktober 2021

Vernehmung der KA Cornelia Kressin, Polizeiinspektion Anklam, Polizeihauptrevier Greifswald, in der Ermittlungssache Talvi Caster (KOK), Aktenzeichen 9 Js 451/21

»Ich bin noch ganz durcheinander, das ist alles so unerwartet. Wir hatten bis jetzt gar keine Ahnung, dass es sich so entwickeln würde.

Wir? Ja, das stimmt, ich tausche mich häufig mit Sebastian aus, ich meine, mit dem Kollegen Horn. Das kam ja sehr plötzlich für mich, und er ist eine große Stütze. Ich erlebe so was zum ersten Mal.

Sebastian ist ein großes Vorbild, finde ich. Genau wie Frau Caster natürlich, keine Frage. Er lernt jeden Abend zu Hause und bildet sich fort. Ihm ist diese Beförderung wirklich wichtig. Ja, ich weiß, dass Sie dazu nichts sagen können.

Frau Caster war schon speziell. Einmal natürlich wegen – Sie wissen schon – ihrem Aussehen, und wie sie das alles wegsteckte, aber dann auch wegen ihrer Art zu arbeiten. Sie hatte bei uns immer so gute Ideen, das hat die Ermittlungen echt vorangebracht. Auch nach dem Rückschlag, und dass wir dann ohne den Profiler ganz neu anfangen mussten. Das hat sie alles gemeistert, eine wirklich starke Frau.

Vielleicht hat sie mich deshalb nie so richtig ernst genommen, sie hat mich eigentlich nur als Schreibkraft eingesetzt und betont, wie wichtig lückenlose Dokumentation ist. So hat sich das auf jeden Fall angefühlt. Hatte mir immer vorgenommen, sie mal darauf anzusprechen. Ich konnte aber nachvollziehen, dass sie mit ihrer Vorgeschichte jetzt den Erfolg im Fall Fischerfest für sich reklamieren wollte. Frau Caster musste ja irgendwie Fuß fassen.

Nein, da war nichts zwischen ihr und dem Kollegen Horn, ganz bestimmt nicht. Ich glaube nicht, dass er ihr Typ war, und sie war sicher nicht sein Typ. Ganz sicher. Obwohl so eine wie sie es ja schon schwer hat, überhaupt irgendjemandes Typ zu sein. Sie wissen, was ich meine. Ich bin ja nur ein paar Jahre jünger als sie, auf dem Papier, aber diese Jahre haben sie alt gemacht.

Sie erfährt ja nicht, dass ich das gesagt habe.«

Dienstag, 14. September 2021, Nachmittag

Talvi ging zuerst in die Küche, kippte den kalten Kaffee in den Ausguss und goss sich einen frischen Becher ein. Schwarz, keine Milch, keinen Zucker. Im Schreibtisch hatte sie eine kleine Pfeffermühle, damit würde sie eine Prise frischen Pfeffer in den Kaffee geben. Dann umrühren und eine Minute ziehen lassen. Wer sagte, dass Kaffee immer bitter oder klebrig schmecken musste? Alle anderen schüttelten darüber nur den Kopf.

In ihrem Büro fiel ihr der Becher aus der Hand, landete auf ihrem rechten Schuh, der heiße Kaffee durchnässte ihren Sneaker und brannte am Fuß, der Becher rollte herunter und blieb liegen.

Auf dem Schreibtisch stand vor dem Monitor die Tastatur, daneben lag die Schreibtischunterlage der Polizeigewerkschaft, darauf lagen Kuli, Locher und ein Notizwürfel einer Spedition. Rechts, außerhalb ihrer normalen Reichweite, stand noch der Aschenbecher der Bergmann neben ein paar Brandflecken auf der dunkelgrauen Tischplatte.

Und auf ihrer Tastatur lag Stacheldraht.

Er war so lang und so rostig wie der Stacheldraht, mit dem sie damals – lange war es nicht her – Bengt Hellmän das Gesicht und das rechte Auge zerfetzt hatte. Bilder und Gefühle stürmten auf sie ein, ein großer Teil Schmerz war dabei, Schmerz in ihrem Gesicht und in ihrem Kopf. Für einen kurzen Augenblick hatte sie den Geruch von Wald und Stall und Tier in der Nase, dann verschwand er.

Die Therapeuten hatten gesagt, dass es solche Augenblicke geben würde, und wie ein folgsames Mädchen atmete sie jetzt tief ein und aus und schloss die Augen, dachte an eine Blumenwiese im Sommerwind oder an eine ähnliche Scheiße. Das war ihr erster Retro-Schub, sie hatte immer Angst davor gehabt. Angst vor den Schmerzen und auch davor, damit nicht fertigzuwerden, es nicht wegatmen zu können, wie man angeblich die Wehenschmerzen bei einer Geburt wegatmen konnte. Aber die Therapeuten hatten nicht gesagt, wodurch es ausgelöst wurde. Ihr Kopf war schwer, und die Beine fühlten sich federleicht an. Sie hielt sich an der noch offenen Tür fest, auf keinen Fall würde sie sich am Schreibtisch festhalten und damit dem Stück Metall auf der Tastatur noch näher kommen.

Das ist kein Scherz.

Niemand konnte von dem Stacheldraht wissen, aus der Presse und auch aus den Gerichtsverhandlungen war das herausgehalten worden. Sie hatte den verbundenen Kopf geschüttelt, nachdem die Kollegen es ihr gesagt hatten, denn die Begründung dafür war, dass man keinen Anlass für öffentliche Diskussionen über Polizeigewalt bieten wollte. Zu der Zeit waren die Nachrichten voll von Übergriffen weißer Polizisten auf Schwarze in den USA, und man wollte auch in Schleswig-Holstein nichts riskieren. Also war nirgendwo von Stacheldraht in ihrer Hand die Rede gewesen, es wurde immer nur berichtet, dass sich der Tatverdächtige bei der Festnahme eine Verletzung zugezogen hatte. Darum hatte sich niemand gekümmert.

Ihre Hand war bleich, die Finger krallten sich um die Tür, die Sehnen traten hervor. Vor ihr auf dem Schreibtisch, auf der Tastatur, die sie jeden Tag unzählige Male mit den Fingerspitzen berührte, nicht einmal zwei Meter entfernt, lag Stacheldraht! Ihr Hals wurde eng. Am Türblatt entlang tastete, klammerte sie sich bis zum Türrahmen und drückte sich daran vorbei draußen an die Wand. Die Beine zitterten, gleich würden sie nachgeben, sie würde nach unten sinken, und Talvi ahnte, dass sie dort unten, auf dem abgetretenen Teppichboden des Flurs, zittern und heulen würde.

Einen Zusammenbruch würde sie nicht verkraften. In ihr würde etwas zermahlen werden, in Stücke zerplatzen, unwiederbringlich verschwinden, und keine Therapie würde das reparieren können. Ihr Verstand, ihr Kopf und ihre Karriere wären kaputt, wenn sie zuließ, dass sie hier flennend und zitternd auf dem Fußboden landete.

Nur mit dem Gedanken an Karl schaffte sie es, die Beine durchzudrücken, sich gerade hinzustellen, mit dem Rücken an die Wand gepresst. Ein Werbeposter der Polizei raschelte dabei, sie hörte es abreißen. Durch den Gedanken an Karl, an seinen aufmerksamen Blick, seinen unsicheren Gang neben seinem Pfleger und ihre improvisierten Atemübungen schaffte sie es, nicht zusammenzubrechen. Sie machte einen ersten Schritt zum Schreibtisch und löste sich von der Wand. Das Werbeposter »Verdächtig gute Jobs!« rutschte an der Tapete entlang auf den Boden und blieb aufrecht stehen. Dann der zweite Schritt. Dann der dritte. Ihre Hand zitterte so stark, dass der Stacheldraht aus ihren Fingern neben dem Mülleimer auf den Boden fiel. Sie ließ ihn liegen. Das würde die Reinigungskolonne übernehmen müssen.

Fingerabdrücke würden auf dem rostigen Metall ohnehin nicht zu finden sein. Und sie konnte und wollte die KTU in Greifswald nicht mit ihren Privatsachen aus Kiel beschäftigen. So etwas sprach sich herum.

Wer hat mir den Stacheldraht hingelegt? Denk logisch, Mädchen!

Ihr erster Verdacht fiel auf Horn. Aber der konnte das mit dem Draht doch nicht wissen, sie war ja nicht damit hausieren gegangen. Das stand irgendwo tief in ihrer Personalakte, da kam niemand ran. Ein anderer aus dem Team hätte zwar Zugang zu den Büros, aber Pfahls? Oder Kressin? Horn hätte ja vielleicht noch ein Motiv, aber die anderen beiden? Worges war zu intelligent für so etwas. Hätte ihn jemand dabei überrascht, wäre er in ernsten Schwierigkeiten. Nein, nicht er, nur seine Karriere.

Es gab eigentlich nur einen, der in Frage kam, der das mit dem Stacheldraht wusste. Es wissen musste, aus erster Hand. Aber der hockte noch in seiner Zelle.

Worges erkannte die Nummer auf dem Display sofort. Das war das LKA Hannover, das war Anselm. Kriminaldirektor Dr. Anselm Meierhoff, mit dem er im Studium Bier und Bude geteilt hatte. Anselm hatte es immer geschafft, zwei oder drei Jahre vor ihm befördert zu werden, und arbeitete jetzt im LKA, während er hier in Greifswald saß und nicht vorankam.

Es muss das erste Mal sein, dass Anselm bei mir anruft, fiel ihm auf. Sonst geht das immer von mir aus.

»Anselm! Alter Knabe! Was treibt dich in meine Arme?«

»Peter, wir haben nicht viel Zeit.«

»Rufst du nur an, um mir zu sagen, wie wichtig du bist?« Worges spürte den letzten Kaffee im Magen, zu viel Zucker und zu viel Säure.

»Es geht um den Profiler, den ich dir versprochen habe.«

Worges richtete sich gerade auf. »Jetzt mach keinen Scheiß!«

»Der Gerd Brink ist auf dem Weg nach Düsseldorf. Mit dem Hubschrauber. Die haben dort einen Doppelmord, und der Staatsschutz ist eingeschaltet.«

»Und da sind wir nicht mehr wichtig?«

»Das kam von ganz oben, Peter. Ich bekam den Anruf, da war der Heli schon in der Luft.«

»Und was soll ich jetzt machen? Wie stehe ich denn da?« Worges musste aufstoßen. Er blickte auf den Kunstdruck an seiner Wand, einen Mondrian, ohne ihn zu sehen.

»Ich habe einen Plan B, lieber Peter. Wir lassen keine Kollegen im Stich.« Meierhoff klang erleichtert, dass Worges ihn nicht angebrüllt hatte. »Es ist nur –«

»Was? Was für ein Plan B? Kannst du mir jemanden schicken oder nicht?«

»Ja, du kriegst jemanden. Aber ich wollte vorher anrufen, weil –«

»Weil was?«

»Der Mann, Thomas Schumann heißt er, Kriminaloberrat, hat nicht ganz so viel Erfahrung wie Brink. Er hat aber schon einen großen Fall gelöst. Wenn auch mit etwas Glück.« Meierhoff ließ das zwischen ihnen im Raum stehen.

Worges setzte sich und stützte die Ellenbogen auf die Tischplatte. »Schickst du mir einen Anfänger? Oder einen Ladenhüter?«

»Ein Anfänger ist das auf keinen Fall! Hat nur noch nicht so viel Erfahrung.« Meierhoff pausierte kurz. »Wir hatten nur einen Bewerber für die Stelle.«

»Ich habe drei abgetrennte Schädel im Kühlfach und die Presse im Nacken! Ich brauche einen Profi, sonst fliegt mir hier alles um die Ohren!«

»Mehr geht nicht, Peter. Ehrlich.« Worges hörte, wie Meierhoff einatmete. »Und da ist noch etwas. Deshalb rufe ich eigentlich an. Das geht nicht schriftlich.«

Worges schloss die Augen. »Was?«

»Der Kollege Schumann kann sich in einem neuen Team rasch orientieren. Vor allem jenseits der Geschlechtergrenze.«

Worges fiel nichts ein, das er jetzt sagen konnte.

»Wir müssen uns unbedingt wieder mal sehen, Peter. Wir kommen gerne zu euch in die Provinz. Babs fragt auch regelmäßig, wie es euch geht.«

Babs? War das nicht letztes Mal eine Hedwig?

»Ja, sicher«, sagte Worges und legte auf.

Zu Hause stopfte sie ihre kaffeefeuchten Sneaker, die Klamotten, die sie trug, und was sonst noch schmutzig herumlag, in die Waschmaschine. Vierzig Grad, da konnte nichts schiefgehen. Die Trommel setzte sich in Bewegung, und sie selbst stieg unter die Dusche.

Die Wohnungstür hatte sie zweimal abgeschlossen und außerdem mit den beiden Riegeln gesichert, die sie auf eigene Kosten nachgerüstet hatte. Das Geräusch der zuschnappenden Riegel war stark und metallisch und endgültig, gleich danach fühlte sie sich immer sicher. Das spielte sich nur im Kopf ab, das wusste sie, aber Hauptsache, es spielte sich ab. Die Wohnung war ihr Terrain, hier hatte niemand etwas zu suchen. Sie hatte noch nie Besuch gehabt, seit sie in Greifswald wohnte, und so sollte es auch bleiben.

Trotzdem zog sie sofort nach dem Abtrocknen den alten Jogginganzug von der Polizeiakademie an, dazu dicke Socken und band ihre Haare mit einem zu oft gewaschenen grauen Haargummi zu einem kurzen Pferdeschwanz.

Der zweite Blick nach ihrer Ankunft hatte dem Schreibtisch gegolten, gleich nach dem Verriegeln der Tür. Es lag kein Stacheldraht auf dem Tisch. Auch auf dem Bett und im Kühlschrank lag nichts. Da hätte ich so was versteckt, da wäre die Wirkung am größten, dachte sie.

Talvi hatte keinen Hunger. Manchmal kochte sie abends etwas, manchmal brachte sie etwas mit, aber heute war an Essen nicht zu denken. Sie schaltete die Lampe auf ihrem Schreibtisch an, der Lichtkegel fiel auf den Laptop und einen Berg offizieller Aktendeckel, dann holte sie aus der Küche ein Glas Wasser und schaltete alle anderen Lampen aus. Die Vorhänge waren schon zugezogen. Das waren sie immer.

Das Passwort für ihren Laptop hatte achtzehn Stellen. Wie immer gab sie es beim ersten Versuch richtig ein.

Hier ging ihr die Arbeit leicht von der Hand, die Formulierungen flogen ihr zu, mühelos gab sie Aktenzeichen, Tathergänge, Ergebnisse ärztlicher Gutachten und Zeugenaussagen ein, ergänzte Fußnoten und Querverweise zu anderen Fällen und Urteilen, schlug Formulierungen vor, zitierte Paragrafen, empfahl nächste Schritte und bewertete Erfolgsaussichten. Das Leid, das aus den Akten zu ihr hochstieg und das sie in ihre Berichte und Einschätzungen einfließen ließ, machte ihre Kehle eng und den Mund trocken. Dann trank sie einen kleinen Schluck Wasser und atmete mit geschlossenen Augen, bis sie es wieder ertragen konnte, und arbeitete weiter.

Die zweite Akte hatte sie abgeschlossen und zur Seite gelegt. Talvi schaute auf die Uhr an der Ecke des Bildschirms, es war halb drei. Sie hatte viel geschafft und einigen geholfen. Sie vergewisserte sich, dass alle Mails wirklich versendet waren, klappte den Laptop zu, löschte das Licht und tastete sich im Dunkeln bis zur stets aufgeklappten Schlafcouch.

Sie war eingeschlafen, bevor sich ihre Augen an die Dunkelheit gewöhnt hatten.

Der Mist war verteilt, der Haufen war deutlich kleiner geworden, der Geruch lag wie eine Decke über dem Acker und dem Hof. Da würde auch der Chef merken, dass er das erledigt hatte. Der Hof war schon dunkel, mit dem leeren Hänger war er ein letztes Mal am Misthaufen vorbeigefahren und hatte das Gespann abgestellt. Mit dem Motor des Treckers erstarben auch alle anderen Geräusche.

Mit seiner Thermosflasche in der Hand stieg er ab, verschloss die Kabine sorgfältig und ging wieder in Richtung Kuhstall. Dort würde er die Nacht verbringen.

Klara schien stabil zu sein, ihre Beschwerden am Vorderbein hatten sich nicht verstärkt, aber Merle würde heute Nacht kalben. Das war bei ihr letztes Mal problematisch gewesen, sie hatte ein schmales Becken, und das Kalb hatte falsch gelegen. Das würde sich wahrscheinlich heute Nacht wiederholen. Er hatte schon einen der Plastikhandschuhe bereitgelegt, die bis zur Schulter gingen, und auch den Kälberstrick. In seinem alten Auto hatte er noch den Notfallkoffer, die Instrumente darin waren gepflegt und einsatzbereit, aber die Medikamente mittlerweile abgelaufen.

Die Thermosflasche war noch halb voll, er war tagsüber sparsam gewesen, denn er würde den Rest des Kaffees in der Nacht brauchen. Eine alte Liege, eine alte Decke, die Tiere um sich und zwei Plastikbecher voll Jamaica Blue Mountain, das lag vor ihm.

Er schloss die Stalltür vorsichtig hinter sich und machte nur so viel Licht, dass er zu seiner Liege fand. Ein wenig Deckenlicht machte die Tiere nicht nervös, seine Taschenlampe hätte es getan.

Merle stand schon vereinzelt in der Box zum Kalben, auf sauberem Stroh, und starrte vor sich hin. Noch stand sie, bei Einsetzen der Wehen würde sie sich hinlegen. Noch war also Zeit. Es konnte in der nächsten halben Stunde losgehen oder erst morgen.

»Alles gut, mein Mädel«, begrüßte er sie, und sie wendete ihm den Kopf zu. So weit ging es ihr also gut, kein Zeichen von Apathie oder von Krämpfen.

Er löschte das Licht wieder, bis auf eine kleine Wandlampe, die nur in diese eine Box schien. Die anderen Kühe bekamen sowieso mit, was hier vorging, die brauchten kein Licht dafür. Dann legte er sich hin, deckte sich zu und ließ seinen Gedanken freien Lauf, immer ein Auge auf die Kuh gerichtet, die nur wenige Schritte neben ihm auf dem Stroh stand und sich ab und zu bewegte.

Kurz vor Mitternacht goss er die erste Hälfte des kalten Kaffees in den Plastikbecher und schaltete das kleine Radio ein, das schief und verstaubt an einem alten Strick an der Wand hing. Hier bekam er nur einen Sender einigermaßen klar rein, Dudelfunk für Teenies, aber die Nachrichten waren okay. Sonst war das für die Kühe nicht zu gebrauchen.

Er hatte auf dem Podium gesessen, das über die Studie aus England diskutiert hatte. 2002 war das gewesen. In England waren mehr als tausend Kühe anderthalb Monate mit unterschiedlicher Musik beschallt worden. Bei langsamerer Musik, die einen empfahlen Beethovens Symphonie Nummer 6, die anderen tendierten zu »Bridge Over Troubled Water«, gaben die Kühe bis zu drei Prozent mehr Milch. Bei mehr als hundertzwanzig Beats pro Minute, und das schaffte der Dudelfunk ohne Anstrengung, ging die Milchmenge nach unten. Eine Empfehlung hatten sie damals nicht abgegeben.

Während des Miststreuens hatte er den gleichen Sender im Trecker eingeschaltet. Sonst fuhr er lieber ohne Radio, der Klang des großen Motors reichte ihm. Aber die stündlichen Nachrichten hatte er nicht verpassen wollen, immer wartend auf ein Update in der Schädelsache. Jetzt um Mitternacht hörte er zum vierten Mal das gleiche Pressestatement der Staatsanwaltschaft. Er konnte heraushören, dass es diesem Dr. Worges nur um das Statement ging, nicht um dessen Inhalt. Auf dem Acker hatte er bereits gegoogelt, dass eine Frau Talvi Caster für die Ermittlungen zuständig war. Sie hatte aber an der Pressekonferenz nicht teilgenommen. Wollte man sie da raushalten? Oder war sie dem Fall, seinem Fall, nicht gewachsen?

Merle brummte und ging in die Knie, das Stroh raschelte. Dann legte sie vorsichtig den Hinterleib auf den Boden, beide Beine zu einer Seite. Die Wehen hatten begonnen.

Er stellte den leeren Becher unter die Liege und setzte sich neben Merle ins Stroh. Mit der Hand fuhr er über die runde Flanke, das Tier war deutlich wärmer als sonst. Kein Wunder, da liefen gerade

Kreislauf und Blutdruck um die Wette. Merle brummte, und durch das dicke Fell spürte er eine deutliche Bewegung. Ein Huf oder ein Knie, dachte er. Da wartet wahrscheinlich ein lebhaftes Bullenkälbchen auf das Licht der Welt.

»Lass dir Zeit, meine Dicke. Der kleine Kerl kann sich etwas gedulden.«

Merle brummte.

Er würde sich diese Talvi Caster ansehen, sobald die Nacht vorbei war. Mit ihrem Namen war sie gut zu finden. Wo ihr Büro lag, wusste er schon. Nexöplatz, gleich neben dem Platz der Freiheit. Die Gegend kannte er noch gut.

Sein Blick fiel auf die Rolle rostigen Stacheldrahts, die außerhalb der Box in der Ecke lag. So etwas hatte in seinem Kuhstall nichts verloren, die Verletzungsgefahr für die Tiere war zu groß. Er würde die Rolle morgen in die Scheune bringen, er brauchte nichts mehr davon.

Mittwoch, 15. September 2021, frühmorgens

Talvi hatte nur vier Stunden geschlafen, aber nach dem Schreck mit dem Stacheldraht auf ihrer Tastatur und der Nachtschicht zu Hause am Schreibtisch war es überraschenderweise ein tiefer Schlaf gewesen, und zum ersten Mal seit vielen Tagen fühlte sie sich beim Aufwachen erholt.

Rasch zog sie sich um, suchte die Nikes und lief leichtfüßig die Stufen hinunter. Um Hals und Kopf hatte sie einen leichten Schal gewickelt und darüber die Kapuze des Sweatshirts gezogen.

Ihre Wohnung lag in der Nähe des Mühlentors, nah an der alten Innenstadt und dem Stadtgraben, der die Altstadt noch immer umschloss. Sie bog nach rechts, die Schützenstraße hinunter in Richtung Museumshafen. Talvi lief mit gesenktem Kopf, sah niemandem in die Augen. Die Leute wichen ihr aus, machten ihr den Weg frei. Jeder hatte es schon eilig. Trotzdem achtete sie vor allem auf Leute mit Hunden, damit sie nicht über eine Leine stolperte, die quer über ihrem Weg hing. Sie fand schnell ihren Rhythmus, machte lange Schritte und tiefe Atemzüge.

Man hatte sie damit trösten wollen, die Schnitte mit dem Skalpell seien nur oberflächlich gewesen, Muskeln oder Sehnen seien nicht geschädigt worden. Sie hatte geweint nach diesem Satz, und der junge Arzt hatte still das Zimmer verlassen.

Beim Joggen spürte sie jedes Mal, was er damit hatte sagen wollen. Sie war schlank, Beine und Oberkörper waren kräftig, und sie lief wie eine gut eingestellte Maschine. Aus Erfahrung wusste sie, dass sie diese Strecke dreimal laufen musste, bevor sie ernsthaft ins Schwitzen kam. So viel Zeit war heute nicht. Eine Runde musste reichen, das war nur eine Viertelstunde, aber diese Zeit gehörte ihr allein. Sie konnte an den Leuten vorbeilaufen, und der Schal um ihr Gesicht hielt fremde Blicke und starrende Augen fern. Alle anderen waren jetzt Statisten.

Zweimal drosselte sie ihr Tempo, drehte sich um, sah genauer hin. Dann lief sie umso schneller weiter. Talvi kannte sich und ihre Strecke, konnte mit dem Tempo spielen, langsam, schneller, ein kurzer Sprint, dann abklingen lassen, dann der nächste Sprint. Nennenswerte Steigungen gab es nicht, außer wenn sie einen Abstecher machte und am Marktplatz absichtlich die Treppen ein paarmal hinauf- und hinunterlief. Dafür war es heute schon zu voll, sie hätte sich mehr auf die zweibeinigen Hindernisse konzentrieren müssen als auf ihre Füße auf den ausgetretenen Stufen. Auch die von Touristen immer bewunderte Kulisse der Backsteingotik und die blutrote Fassade des Rathauses ignorierte sie.

Schneller als erwartet war sie wieder vor ihrem Haus. Talvi schloss die Tür auf und warf vor dem Betreten des Hauses einen Blick die Straße entlang. Der Mann mit Mütze und Schal, den sie auf der Runde zweimal bemerkt hatte, war nicht zu sehen. Er hatte ihr beide Male hinterhergegafft, so hatte es jedenfalls für sie ausgesehen, das mochte aber Zufall gewesen sein. Allerdings hatte sie zwischen der ersten und der zweiten Begegnung das Tempo angezogen. Schnelle, lange Schritte, der Mann konnte gar nicht so schnell mitgekommen sein.

Auf der anderen Straßenseite ging eine Frau mit ihrem Dackel, Talvi hatte sie schon einige Male um diese Uhrzeit hier gesehen. Sie grüßte mit einem Nicken, und die Frau sah weg.

Zeit, ins Büro zu fahren. Heute kam der Profiler aus Hannover. Bloß nicht aufdonnern. Sie entschied sich für eine saubere Jeans – es war ihre letzte saubere, die andere steckte noch in der Waschmaschine –, für stabile Schuhe und ein Sweatshirt, das lang genug war, um die Waffe an ihrer Hüfte zu überdecken.

Ihr Handy blinkte, eine weitere SMS. Die gleiche Auslandsnummer wie gestern. »Guten Morgen. Hast du Interesse an Sex? Habe ein Auge auf dich geworfen.« Die Nummer begann mit 00358. Kam die Nachricht aus Finnland?

Sie löschte sie, auch die vorige.

Im Büro erinnerte sie der Kalender daran, dass heute die Spesenabrechnung eingereicht werden musste. Okay, die fünf Minuten habe ich auch noch. Talvi hob die Belege in der zweiten Schublade von oben auf. In der ersten Schublade war der tägliche Kram, Kulis, Locher, Tesa, Textmarker. Sie hatte das an ihrem ersten Tag gefunden, auch einen Flaschenöffner, alte Kinokarten, eine angebrochene Packung Tempos und einen steinharten Radiergummi. Der Bodensatz des Berufslebens von KHK Bergmann.

Viel kam nie an Spesen zusammen. Seit sie den Dienstwagen der Bergmann übernommen hatte, waren es ein paar Tankbelege und zwei oder drei Quittungen vom Parken. Dieses Mal auch die Quittung für eine DB-Fahrkarte zweiter Klasse zu einer völlig sinnlosen Fortbildung, für die irgendjemand von irgendjemand anderem angemeldet worden war und die nicht hatte verfallen sollen. Es war ein sinnloser Tag gewesen zwischen Fremden, die sie angestarrt und sich mit viel Abstand an die Tische gesetzt hatten. Sie hatte die Fahrt selbst bezahlt und sollte sich die Kosten mit der Spesenabrechnung erstatten lassen, so war es der Buchhaltung vor zwei Wochen am liebsten gewesen.

Die dritte Schublade war höher als die beiden oberen und hatte eine Vorrichtung für ein Hängeregister. Sie war aber leer bis auf Staub, zwei verbogene Büroklammern und den roten Plastikverschluss einer Colaflasche.

Für die Spesenbelege lag in der zweiten Schublade eine Sammelmappe, nicht mehr als ein alter grauer Aktendeckel. Sie hatte die Aktenzeichen und Umlaufvermerke, die auf dem Deckel standen, durchgestrichen, mit Kuli ihren Namen daraufgeschrieben und ihn mit rotem Textmarker hervorgehoben. Sonst hatte sie nichts in der zweiten Schublade. Sie hatte noch nichts angehäuft, das aufbewahrt werden musste und nicht in eine offizielle Akte gehörte.

Talvi suchte sich aus dem Schrank ein Spesenformular. Im LKA Kiel hatten sie eine Software dafür gehabt, für die man die Belege einscannte und per Mail verschickte. Hier war noch Papier angesagt. Name, Personalnummer, Zeitraum und Abteilung trug sie mit

Kuli ein. Die Buchhaltung bestand darauf, dass an den Einträgen keine Veränderungen mehr vorgenommen werden konnten. Und die Belege mussten untrennbar, wie es hieß, mit dem Formular verbunden werden. Also einfach drantackern ging nicht, sie musste alles großflächig aufkleben.

Talvi legte den grauen Aktendeckel vor sich auf den Tisch. Er war leer. »Oh Mann!«

Die zweite Schublade war jetzt leer. Die Belege waren auch nicht in der ersten oder dritten Schublade. Und sie war sicher, dass sie die Quittung für das DB-Ticket und die anderen sechs oder sieben Streifen Papier in die graue Mappe in der zweiten Schublade gelegt hatte. Die Mappe war ja auch da, sie lag höhnisch leer vor ihr auf dem Tisch, aber es waren keine Belege drin.

Jemand hat meine Belege geklaut. In diesem Gebäude, in meinem Büro, aus meinem Schreibtisch, aus einer Mappe mit meinem Namen. Die Buchhaltung macht regelmäßig und unmissverständlich klar: ohne Belege keine Auszahlung. Wer hat denn Interesse daran, dass ich etwa hundertzwanzig Euro nicht zurückkriege? Wer hat an so was Spaß? »Scheiße!«

»Horn?« Sie schob die Tür seines Büros weiter auf.

»Ja?«

Talvi hörte, dass ein Becher abgestellt wurde, und trat ein. »Guten Morgen. Können Sie etwas für mich überprüfen?«

Er trug ein helles Poloshirt und schwarze Jeans mit einer Harley-Davidson-Gürtelschnalle. Die Turnschuhe waren schmutzig. »Morgen. Gerne. Was denn?«

»Nur eine Bestätigung.« Sie stand vor seinem Schreibtisch, kam sich vor wie eine Bittstellerin, dabei war sie doch seine Vorgesetzte, formell auf jeden Fall, und reichte ihm einen Zettel. Darauf standen ein Name und ein Aktenzeichen.

Die Chefin hatte eine gute Handschrift, fand Horn. »Ein Aktenzeichen, aber keins von unseren. Bengt Hellmän.« Er sah sie fragend an.

»Nur eine Bestätigung. Keine Verbindung zu unserem aktuellen Fall. Denke ich.«

Er kannte den Namen aus ihrer Akte, da war er sicher, er hatte auch das fremde Aktenzeichen erkannt, durfte sich aber nichts anmerken lassen. Was hat sie aufgescheucht? »Und?«

»Würde gerne wissen, ob der noch sitzt. Die Haftzeit ist noch nicht abgelaufen. Sicher ist sicher.« Sie bemühte sich, unaufgeregt zu klingen, und hörte, dass es ihr nicht gut gelang.

»Klar.« Horn legte den Zettel oben auf den Stapel auf seinem Tisch. Das würde er sich sofort ansehen, die Antwort interessierte ihn auch.

»Hat dieser Ronny Letzek sich gemeldet?«

»Nicht aufgetaucht«, sagte Horn. »Wie erwartet.«

»Dann schicken Sie einen Streifenwagen los. Auch wenn die Chancen gering sind, dass die Kollegen ihn finden.«

Er wich ihrem Blick aus.

»Noch etwas.«

Horn sah wieder hoch. »Ja?«

»Haben Sie jemanden in meinem Büro gesehen? Jemanden, der hier nicht hingehört?«

»Sie meinen außer Kressin, Pfahls und mir? Nur die Reinigungsleute, letzten Freitag nach Dienstschluss. Sonst traut sich hier doch keiner rein.« Er zuckte mit den Schultern und grinste. »Dr. Worges vielleicht. Der kommt ja immer unangemeldet. Warum denn?«

»Schon gut. Bin nur neugierig.«

Er sah auf die Armbanduhr. Teures Ding, dachte Talvi, entweder ein guter Fake oder viel zu teuer für deine Besoldungsstufe. Und wenn es kein Fake ist, dann ist es ziemlich unvorsichtig, hier damit herumzulaufen.

»Wann kommt denn der Wunderknabe aus Hannover?«, wechselte Horn das Thema.

»Vor einer Minute.« Die Stimme kam von der Tür, von hinter Talvis Rücken.

Sie drehte sich um und war froh, gerade nichts gesagt zu haben. Der Mann hielt ihr seinen Dienstausweis entgegen. Kriminaloberrat Thomas Schumann, LKA Hannover. Das Bild auf dem Ausweis wurde der Realität nicht gerecht. Es war zwar recht aktuell, zeigte aber ein farbloses Gesicht ohne Humor und stechende Augen, und die Haare waren durcheinander. Als wäre es in Eile aufgenommen worden oder gegen seinen Willen.

Das Gesicht hinter dem Ausweis war freundlich, mit einem vorsichtigen Lächeln, das etwas Überlegenheit und viel Überlegung zeigte. Das Lächeln brachte seine Lippen in leichte Schieflage, ein oder zwei Millimeter nur, aber das reichte, um ihm etwas Jungenhaftes zu geben. Die Haare waren kürzer als auf dem Bild, modisch geschnitten, ohne dass er daraus eine Show machte. Braune Augen, die zu seinem Lächeln passten. Die Finger, die den Ausweis hielten, waren manikürt, kurze, saubere Nägel, schlanke Fingerkuppen. Kein Arbeiter, ein Denker.

Schumann trug einen dunklen Anzug und ein weißes Hemd ohne Krawatte. Das hatte mal jemand als E-Commerce-Uniform bezeichnet, formal und cool zugleich. Wenn es passt. Und bei ihm passte es ausgezeichnet. Maßanzug, ging ihr durch den Kopf, obwohl sie auf so etwas eigentlich nicht achtete. Seine Schuhe sah sie nicht, sie wollte den Kopf nicht senken. Sie wollte von Anfang an auf Augenhöhe bleiben.

Schumanns Augen hatten nicht reagiert auf ihren Anblick. Darauf hatte sie geachtet. Kein Weiten der Augen, keine starre Schrecksekunde, kein unbewusstes Zurücknehmen des Oberkörpers. Er war vorgewarnt, man hat ihn informiert, wahrscheinlich hat Dr. Worges ihm ein Foto nach Hannover oder auf sein Handy geschickt. Der Herr Staatsanwalt hat bestimmt schon die Handynummer von Kriminaloberrat Schumann. Vielleicht war ihr Foto ein Nachschlag gewesen, nach seinem Werben um den Besuch von Schumann, nach der Schilderung des tollen Falles, der in Greifswald auf ihn wartete, drei blutige Schädel mit Ausweisen im Mund, Schlagzeilen und Ruhm und Ehre für den erfolgreichen Ermittler.

Also, da wäre nur noch ein grausiges Detail, aber Sie sind ja ein Mann von Welt, haben sicher schon viel gesehen. Trotzdem: Die Ermittlerin, mit der Sie zusammenarbeiten müssen, die ist etwas Besonders, also hat ziemlich besondere Merkmale, aber die Welt ist nun mal nicht vollkommen.

Schumann am anderen Ende der Leitung hatte bestimmt genickt, Verständnis gezeigt, es gehe ja nur um eine professionelle Zusammenarbeit, Dienst sei Dienst, schließlich sei er Profi. Das seien seine Leute auch, hatte Worges sicher rasch ergänzt. Das ist schon wirklich ein Spezialfall, ich schicke Ihnen da mal lieber ein Bild, zu Ihrer Vorbereitung.

Die Vorbereitung war offensichtlich gut gewesen, der Profiler hatte nicht gezuckt. Seine braunen Augen sahen sie lächelnd an und warteten auf eine Reaktion.

Talvi streckte ihm die Hand entgegen. »Hallo, Herr Schumann. Talvi Caster. Herzlich willkommen. Danke, dass Sie pünktlich sind.«

Sie schüttelten die Hände, vielleicht eine Auf-und-ab-Bewegung länger, als für ein erstes Treffen notwendig gewesen wäre. Seine Hand war weich, aber sie spürte Kraft dahinter. Er war bestimmt gut in irgendeiner Kampfsportart, schlank und sportlich genug dafür war er auch, soweit sich das unter seinem Anzug erkennen ließ. Das gehörte sicher zu seiner Stellenbeschreibung.

Talvi wandte den Blick ab, bevor er falsche Schlüsse zog. Sie drehte sich um. »Das ist Kommissar Horn. Er ist im Team.«

Die beiden Männer gaben sich die Hand, hatten die Arme dabei lang ausgestreckt. Bestimmt nur, weil Horns Schreibtisch zwischen ihnen steht.

»Wir sind alle im Team«, sagte Schumann. »Wann fangen wir an?«

»Jetzt. Wir haben nur auf Sie gewartet.« Sie sah zu Horn. »Meeting in fünf Minuten, wir bringen den Kollegen Schumann auf den aktuellen Stand.«

Horn nickte nur und sah zwischen Talvi und Schumann hin und her. Talvi ignorierte Horn. »Kaffee?«

Schumann nickte ihr zu, aber aufmerksamer als Horn, und das Lächeln wurde eine Spur intensiver. »Immer gut, Rituale mit Leben zu füllen. Schwarz, kein Zucker.«

Sie war keine Kellnerin. »Ich zeige Ihnen die Maschine.«

Talvi drückte Schumann einen möglichst hässlichen Becher, der mit seinen misslungenen blauen Sonnenblumen aussah wie selbst getöpfert, in die Hand und zeigte ihm, wie er aus der Maschine einen schwarzen Kaffee bekam. Dann füllte sie ihren eigenen Becher, der war weiß und glatt und nicht verziert, und führte Schumann in den Meetingraum.

Diesmal richteten sich alle Augen auf ihn, nicht auf sie. Eine willkommene Abwechslung.

Der alte Pfahls trug einen braunen Cordanzug, sah sich den Fremden kurz an, nickte zur Begrüßung und blickte wieder auf seine Unterlagen. Was immer er da vor sich liegen hatte.

Horn nickte auch nur freundlich.

CK hatte einen engen Rock angezogen, Schuhe mit Absatz und eine bunte Bluse. Sie stand auf, ging um den Tisch zu Schumann und Talvi und gab Schumann die Hand. »Herzlich willkommen in Greifswald. Cornelia Kressin, Kommissaranwärterin.«

»Erfreut. Guten Morgen. Thomas Schumann aus Hannover. Ich bin hier, um Sie alle zu unterstützen.« Er blickte in die Runde, dann löste er seine Hand und suchte sich einen freien Platz am Tisch. Schumann setzte sich so, dass er gut auf das Flipchart sehen konnte.

»Guten Morgen zusammen.« Talvi übernahm die Leitung und hielt ein Auge auf Schumann. Der lehnte sich zurück und nippte an seinem Kaffee. »Bevor wir zu unserem Fall kommen, auch ganz offiziell herzlich willkommen, Herr Schumann. Ich schlage vor, wir starten mit einer kurzen Vorstellungsrunde.«

»Sehr gerne«, sagte der Profiler. »Ladys first.« Er blickte CK an. Die bekam rote Wangen und haspelte in Halbsätzen etwas zu ihrem bisherigen sehr kurzen Werdegang und zu sich. Im letzten von vier Sätzen sagte sie: »Meine Hobbys sind Kino und gute Freunde.«

Was für ein Küken, dachte Talvi. Mädchen, das kannst du doch besser.

Horn nutzte die Gelegenheit, auf sich aufmerksam zu machen, erwähnte einen Mordfall, bei dem er bereits ermittelt hatte. Talvi hielt ihn mit einer Handbewegung davon ab, zu sehr in Details einzusteigen. Horn war dann aus dem Takt und schloss mit »Wir freuen uns alle, dass Sie hier sind. Wir können sicher viel von Ihnen lernen«.

Schumann nickte. »Sehr gerne«, sagte er wieder. Aber sein Gesicht blieb unverbindlich.

Der alte Pfahls stellte sich in drei druckreifen Sätzen vor, und Talvi vermutete, dass dieser Text auf den Papieren stand, die vor ihm auf dem Tisch lagen. Sie konnte sie aber von ihrer Position nicht einsehen. Sein vierter Satz ließ alle aufhorchen.

»Sie sind der Schumann, der den Fall Katzeel gelöst hat.« Er sagte das nicht als Frage, sondern als Feststellung. »Das war doch Ihr Fall.«

Er will zeigen, dass er vorbereitet ist, Erfahrung und Fleiß schlagen Qualifikation. Pfahls muss sich den Namen vorab von Worges besorgt haben. Wieso bin ich nicht auf die Idee gekommen? Talvi unterdrückte ein Lächeln. Alter Fuchs.

Schumann musste sich jetzt äußern und zögerte das mit einem Schluck Kaffee hinaus, der von allen verfolgt wurde.

Kann sich in Szene setzen, dachte Talvi. Das war eine Machtgeste, andere warten zu lassen. Vielleicht muss man das im LKA-Zirkus in Hannover beherrschen. Vielleicht lässt er sich auch einfach gern beobachten. Machtmensch oder eitel. Oder beides.

Schumann stellte seinen Becher sorgfältig ab, als wäre es sehr unhöflich, dabei ein Geräusch zu machen oder gar etwas zu verschütten. »Das ist richtig«, sagte er, nachdem der Becher zu seiner Zufriedenheit platziert war. »Das war eigentlich kein großes Ding. Und vor allem war es – wie immer – eigentlich Teamarbeit.«

Netter Ansatz und eine gute Anbiederung an das Team hier.

Pfahls setzte nach. »Na ja, das war in allen Zeitungen damals. Dieser Katzeel hatte im Raum Göttingen drei Frauen entführt, dann zerstückelt. Und Sie haben ihn gefasst.«

Allen war klar, dass er mehr dazu hören wollte.

Schumann begann mit einem Wenn-es-nicht-anders-geht-Seufzer. »Kein großes Ding, wie gesagt. Er war nicht sehr vorsichtig. Ich wurde hinzugezogen, nachdem die Ermittler in Göttingen vor einer Wand standen, sie kamen einfach nicht weiter. Katzeel griff die Frauen in Discos auf und füllte sie ab. Ob dabei auch Rosch im Spiel war, konnten wir nicht nachweisen. Das war später für die Strafzumessung unbeachtlich.«

Rosch war der Straßenname von Rohypnol oder auch Flunitrazepam, einem häufig verschriebenen Beruhigungsmittel. Kombiniert mit Alkohol lähmte es die Opfer und führte zu Gedächtnisverlust, weshalb sich viele Opfer gar nicht daran erinnern konnten, dass sie bestohlen oder vergewaltigt wurden. Die Hersteller waren wegen der Häufigkeit solcher Fälle dazu übergegangen, Rohypnol so zu verändern, dass Flüssigkeiten davon ihre Farbe veränderten oder einen bitteren Geschmack bekamen, damit die Opfer gewarnt wurden. Trotzdem war noch viel von dem alten Zeug im Umlauf, und Schumann ging davon aus, dass sie das alles wussten. Und niemand unterbrach ihn mit einer Frage oder einem fragenden Blick.

»Bevor er sie bewusstlos in sein Auto setzte, zog er den Frauen Plastikhandschuhe an, damit sie keine Fingerabdrücke hinterlassen konnten. In einem der Fälle vermuteten wir, dass er ihnen vorher auch eine Plastik- oder Papiertüte über den Kopf zog, damit keine Haare in seinem Auto zurückbleiben konnten. Er fuhr mit ihnen in den frühen Morgenstunden von der Disco in ein Waldstück, zerrte sie aus dem Wagen, band sie aufrecht an einen Baum und schnitt ihnen mit einem Filetiermesser die Venen in der Leistengegend durch. Er ließ sie ausbluten und sah dabei zu. Keiner der drei Fälle hatte eine sexuelle Komponente, darauf hatten sich die Kollegen in

Göttingen aber eingeschossen, und das führte dazu, dass sie nicht weiterkamen. Unter anderem.«

Talvi hörte aufmerksam zu. Er will die Kollegen der Kriminalpolizei in Göttingen also nicht ganz dumm dastehen lassen. Sicher betont er das wieder, um sich hier als einer von uns einzuführen, als der Gutmensch auf Besuch, vor dem sich kein normaler Ermittler zu fürchten braucht.

»Nach dem Exitus trennte er ihnen den Kopf und die Hände ab und legte sie sauber zu ihren Füßen.«

Talvi machte sich eine Notiz. Vielleicht ist das mit den abgetrennten Köpfen der Grund, warum Worges bei seinem Studienfreund vom LKA Hannover gerade auf Schumann bestanden hat. Wir haben ja noch nicht mal die Hände von den drei Opfern, nur die abgezogenen Schädel und die drei Ausweise, noch keine Spur von den Körpern.

»Wenn es hell wurde, dann kam immer ein Förster, Waldarbeiter, Spaziergänger mit Hund oder auch ein Jogger an der Stelle vorbei. Katzeel wollte, dass die Opfer möglichst bald gefunden werden.«

Auch das ist eine Parallele zu unserem Fall. Vielleicht ist Schumann ja tatsächlich in der Lage, uns zu helfen. Falls es bei der Motivation oder dem Verhalten der Täter wirklich eine Parallele gibt.

Pfahls ordnete seine Unterlagen. »Und wie haben Sie ihn schließlich gefasst und überführt?«

Talvi kam er gerade wie ein Oberlehrer vor, der eine Prüfung abnahm. Entweder fehlt das bei seinen Recherchen, oder er will testen, ob Schumann die Wahrheit sagt.

»Das wäre jetzt eine längere Geschichte. Ich will Ihnen das nicht vorenthalten, aber ich denke, ich bin aus einem anderen Grund hier in Greifswald. Üblicherweise landet die richtig eklige Scheiße auf meinem Tisch, und von da aus geht sie portioniert, wasserdicht und geruchsneutral zum Gericht. Das ist unsere Aufgabe, oder?« Schumann blickte Talvi an.

Sie nickte, übernahm dann und stellte sich kurz selbst vor. Auch nur drei Sätze, das musste reichen. Einzelheiten zu ihrem ersten großen Fall, der sie fast umgebracht hatte, ließ sie aus. Schumann würde sich die Details ohnehin schon besorgt haben, und die anderen drei ging es nichts an, warum sie so aussah und nun hier in Greifswald ermittelte. Sie betonte aber, dass es ein Fall beim LKA Kiel gewesen war.

Schumann nickte anerkennend. »Danke, das war sehr freundlich von Ihnen. Noch weiß ich gar nicht richtig, warum ich eigentlich hier bin. Was genau haben wir?«

»Zum Ende des Fischerfestes in Greifswald, das ist jedes Jahr das größte Volksfest in Vorpommern, wurden an drei unterschiedlichen Stellen des Festgeländes menschliche Schädel gefunden, die Körper dazu fehlen noch. Den Schädeln ist die Haut abgezogen worden, auch die Lippen fehlen. Augen und Gehirn wurden entfernt. Mittlerweile kennen wir die Identität der Opfer. Der Täter – oder die Täter, diese Möglichkeit müssen wir offenlassen – hat den Schädeln anstelle der Zunge jeweils einen Personalausweis in den Mund gelegt. Alle drei Ausweise sind echt und noch gültig und nicht als gestohlen gemeldet.« Sie gab CK ein Zeichen.

Die stand auf und strich ihren Rock glatt. Auf dem Weg zum Flipchart machten ihre Absätze ein ungewohnt lautes Geräusch auf dem harten Teppichboden.

Talvi berichtete weiter, während CK die entsprechenden Seiten umblätterte. »Schädel eins, gefunden in der Kühltruhe eines Imbisswagens. Wolf Bundt, Ende vierzig, ledig, ein örtlicher Unternehmer. Reifenhandel mit drei Filialen. In seinem Mund steckte der Personalausweis von Yvette Imken, auch wohnhaft in Greifswald. Schädel zwei, gefunden in einer halb leeren Bierkiste hinter einem Getränkestand, etwa fünfundzwanzig Meter von der ersten Fundstelle entfernt. Das ist der Schädel von Yvette Imken, Anfang dreißig, Zimmermädchen oder Reinigungskraft in einem Hotel. Sie hatte den Personalausweis von Wolf Bundt in der Mundhöhle. Schädel drei, Dr. Elias Tschernig, Arzt im hiesigen Krankenhaus.

In seinem Mund fanden wir seinen eigenen Personalausweis. Diese dritte Fundstelle war ein Fahrgeschäft, ein Autoscooter, jeweils etwa einhundert Meter weit weg von den beiden anderen Fundstellen. Die drei Schädel sind fachmännisch zwischen dem ersten und zweiten Halswirbel von den Körpern getrennt worden, sagt Dr. Mertes, unser Rechtsmediziner.«

»Hat sich die Rechtsmedizin schon zu dem Werkzeug geäußert, das dafür verwendet wurde? Knochensäge, Eisensäge, Kettensäge, Fuchsschwanz?«

Sie schüttelte den Kopf. »Wir haben uns bisher auf die Identitäten konzentriert. Dr. Mertes und seine Leute sind noch dran, wir haben noch nichts Schriftliches.«

»Aber die Identitäten sind sicher?«

»Bei allen durch DNA-Abgleich bestätigt.« Sie bemerkte den Blick von CK. »Nur die Körper wurden noch nicht aufgefunden. Wir haben auch keine persönlichen Gegenstände, keine Schlüssel, Brieftaschen, Handy, Schmuck, Kleidung oder so etwas. Nur die nackten Schädel mit den Ausweisen.«

»Also will der Täter – ob nun einer oder mehrere –, dass wir die Opfer rasch identifizieren. Dass darüber schnell Klarheit herrscht.« Der Profiler sah in die Runde, alle nickten. »Könnte also sein, dass er gefasst werden will. Schon die Art und Weise, wie die Schädel verteilt wurden, geht kaum als Versuch durch, ein Verbrechen zu vertuschen oder seine Entdeckung hinauszuzögern. Wenn er die Körper hat verschwinden lassen, dann hätte er das mit den Schädeln auch machen können, und Sie hätten irgendwann und wahrscheinlich mit zeitlichem Abstand drei Leichen gefunden und vielleicht nie einen Zusammenhang vermutet.«

Talvi nickte, das sah sie genauso. »Er will also einen Zusammenhang zwischen den Opfern mitteilen. Einen Zusammenhang, der zumindest für ihn eine Bedeutung hat.« So weit waren wir auch schon.

»Zumindest zwischen zwei der Opfer, dem Unternehmer und der Frau. Kann etwas Sexuelles sein, muss es aber nicht.«

CK drehte sich um und sah ihn an. »Das haben wir auch schon vermutet.« Sie zeigte auf eine Notiz mit Fragezeichen, die auf dem Flipchart stand. Sicherheitshalber unterstrich sie diese Notiz noch einmal.

Er nickte. »Können die Opfer denn in Verbindung stehen, gibt es da etwas Offensichtliches?«

Talvi fasste für ihn zusammen, was sie bisher ermittelt hatten. »So weit sind wir noch nicht. Der Unternehmer – dieser Bundt – wohnte in einer Art Penthouse in der Innenstadt. Sein Sekretariat in der Firma wusste nichts von Frauenbekanntschaften. Yvette Imkens Wohnung liegt am Ernst-Thälmann-Ring, das ist recht weit von Bundts Wohnung entfernt, Nachbarn waren die beiden also nicht. Frau Imken war, soweit wir bisher vermuten, in einem Hotel am Stadtrand angestellt. In ihrer Wohnung haben wir einen Kittel des Hotels Boddenrose gefunden, also war sie nicht an der Rezeption oder in der Verwaltung tätig, sondern eher Zimmermädchen oder Reinigungskraft. Ebenfalls geografisch und sozial unterschiedlich von den beiden ersten Opfern wohnte der Arzt. Von ihm wissen wir bereits, dass er getrennt lebte. Das Krankenhaus, in dem er angestellt war, liegt von den Wohnungen von Bundt und Imken auch wieder recht weit entfernt. Wir wollen noch prüfen, ob sich ihre Wege zur Arbeit vielleicht gekreuzt haben. Allerdings werden die Arbeitszeiten wohl unterschiedlich gewesen sein. Und sie hatten vielleicht gar keine regelmäßigen Arbeitszeiten. Vielleicht ist das eine Spur.«

Pfahls raschelte mit seinen Unterlagen. »Alle drei hatten einen Führerschein, Bundt hat auch Einträge beim KBA, einige Punkte wegen Geschwindigkeitsübertretung.« Schumann zuckte mit den Schultern. Pfahls nahm das nächste Blatt. »Aber nur auf Bundt ist ein Auto angemeldet, ein alter Porsche 944 mit H-Kennzeichen. Ich nehme an, dass Tschernig sich als getrennt Lebender kein Auto mehr leisten konnte. Imken als Zimmermädchen, wenn das zutrifft, vielleicht auch nicht.«

»Im Krankenhaus haben sie telefonisch bestätigt, dass er mit dem Fahrrad gekommen ist. Großes Vorbild in Sachen ökologischer Fußabdruck, sagten sie.« CK blätterte zu den beiden relevanten Flipchart-Bögen und ergänzte »kein Kfz«.

»Das macht es wieder unwahrscheinlich, dass wir übereinstimmende Wege zur Arbeit finden werden«, meinte Schumann. »Und wir können ausschließen, dass sie sich kennengelernt haben, weil Arzt und Zimmermädchen mit ihren Autos zum Reifenwechsel in den gleichen Laden gefahren sind.« Er trank einen Schluck und setzte den Becher vorsichtig wieder ab, auch wenn der jetzt sicher leer war. »Haben Sie auf dem Stadtplan von Greifswald schon geprüft, ob die Wohnorte der drei Opfer ein Muster ergeben? Auf einer Linie liegen, ein gleichseitiges Dreieck bilden oder so etwas? Und wie liegen die Fundorte auf dem Festgelände dazu? Hatten die Opfer das gleiche Sternzeichen?«

Nein, das hatten sie nicht geprüft. Pfahls machte sich eine Notiz. »Gute Idee«, murmelte er beim Schreiben.

Drei Punkte auf einer Karte ergeben immer ein Dreieck, dachte Talvi. Wenn der Fundort genau in der Mitte eines gleichseitigen Dreiecks liegen würde, dann hätten sie ein Riesenproblem mit der Presse. Sie war noch nicht lange genug in Greifswald, um diese Frage ohne Stadtplan beantworten zu können. Aber Horn schien eine Vermutung zu haben.

»Der Fundort am Fischerfest müsste außerhalb dieses Dreiecks liegen. Aber wir prüfen das.«

»Kennen wir schon Mitgliedschaften in Vereinen, Verbindungen über soziale Medien, Leserbriefe zum gleichen Thema, Besuch gleicher Restaurants und so weiter?«

Talvi musste auch hier den Kopf schütteln. Sie waren erst seit zwei Tagen dran und kannten die Opfer erst seit gestern. Eigentlich keine schlechte Leistung.

»Frau Caster, können Sie mit der Staatsanwaltschaft klären, dass wir die Konten der drei Opfer einsehen dürfen?«

»Weil sie eventuell alle erpresst worden sind? Oder sich gegenseitig erpresst haben?«

»Oder weil sie eventuell alle an den gleichen Reiseveranstalter gezahlt und sich im Urlaub kennengelernt haben.«

Horn zog die Augenbrauen zusammen. »Bundt und Tschernig, ja. Falls Tschernig sich einen gebuchten Urlaub auf einem gemeinsamen Level mit Bundt noch leisten konnte. Aber ein Zimmermädchen? Eher nicht, denke ich.« Trotzdem machte er sich eine Notiz.

»Ich spreche mit Dr. Worges«, bestätigte Talvi. Das war nur ein Anruf.

»Und ich würde gerne die Unterlagen der Mobilfunkbetreiber einsehen. Anruflisten, Bewegungsmuster, regelmäßige Ortswechsel, Schlafadresse, Arbeitsadresse und so weiter. Vielleicht standen die drei in einem regelmäßigen SMS-Kontakt.«

»Was ist mit WhatsApp? Und den anderen Messengern? Brauchen wir dazu die Amerikaner? Oder das BKA?«

»Wir haben da Möglichkeiten«, sagte Schumann.

»Wir haben noch keine Handys gefunden«, wandte Pfahls ein.

Talvi beugte sich vor. »Aber wir gehen sicher davon aus, dass alle eins hatten, oder? Vielleicht ist das der verbindende Faktor. Also versuchen wir zunächst, die Rufnummern zu ermitteln, in der Hoffnung, dass keiner von den dreien ein Prepaidhandy oder ein gestohlenes Gerät benutzt hat.«

»Dann haben wir zumindest genug zu tun.« Schumann sah nacheinander zu Pfahls, Horn und CK.

Die freuen sich bestimmt, dass sie den Mann aus Hannover mit so klaren Aufträgen unterstützen können. Talvi hoffte, dass ihr Gesicht ausdruckslos blieb. Und welchen Auftrag hat er für mich? Nachdenken, Entwickeln und Bewerten von Theorien oder Alleinunterhalterin für seinen Besuch, bis die drei Ermittlungsknechte brauchbare Ergebnisse vorzeigen konnten?

»Sind die Angehörigen schon informiert?«

»Das mache ich heute«, antwortete Talvi. »Sobald ich von der Gerichtsmedizin etwas Schriftliches habe. Wir wissen bisher nur von Elias Tschernig, dass es Angehörige gibt. In der Wohnung von

Yvette Imken haben wir nichts dazu gefunden, bei Bundt kennen wir bisher nur seinen Namen, die DNA und die Adresse.«

Damit war Schumann einverstanden. »Dann schlage ich vor, dass wir dort anfangen. Auch ich würde ohne etwas Schriftliches von der Gerichtsmedizin nicht mit Angehörigen sprechen. Sie können mir ja im Auto berichten, wie Sie die DNA ermittelt und überprüft haben.«

»Gerne«, sagte Talvi nur, denn sie konnte das natürlich nicht ablehnen. CK war es bestimmt lieber, nicht vor allen wiederholen zu müssen, dass sie die DNA von Elias Tschernig im ersten Anlauf unrechtmäßig besorgt hatte. Genau wie ihr eigenes Eindringen in die Wohnung von Yvette Imken unrechtmäßig gewesen war. Dafür musste sie noch eine gute Formulierung für die Akten finden oder es da einfach weglassen.

Schumann lehnte sich zurück. »Das ist ja schon eine ganze Menge. Drei Identitäten in zwei Tagen, Ausweise hin oder her, sind ein großer Schritt. Auf jeden Fall haben wir bisher kein offenes Ende wie zum Beispiel einen Ausweis, der nicht zu den drei Opfern passt, der nach außen führt zu einer vierten Person. Das wäre für den Täter ein gutes Ablenkungsmanöver gewesen, einen vierten oder fünften Ausweis zu verwenden, eventuell ein ausländisches Identitätsdokument. Stellen Sie sich vor, wir hätten einen Ausweis aus Nordkorea, einen aus Südafrika und einen aus Chile vorliegen. Der Papierkram und die diplomatischen Verwicklungen würden uns für Wochen ausbremsen. Für mich deuten die Ausweise und die Fundlage der Schädel auf einen lokalen Täter mit einem lokalen Motiv. *Local business*«, setzte er hinzu.

Wieder nickten alle. Schumann verstand es, Sachen auf den Punkt zu bringen. Auch Talvi konnte sich mit dieser ersten Hypothese anfreunden. Drei Opfer aus Greifswald, wahrscheinlich alle in Greifswald tätig und alle auf dem Greifswalder Fischerfest gefunden. Trotzdem konnte der Täter natürlich mittlerweile in Nordkorea, Südafrika oder Chile sitzen. Oder mit einer Fähre Finnland erreicht haben, lange bevor der erste Schädel gefunden wurde. Doch das passte eigentlich nicht.

»Wenn er gefunden werden will, wenn er uns mit den Ausweisen schon so deutliche Hinweise gibt«, dachte sie laut, »dann ist er noch in der Gegend. Dann ist er nicht geflüchtet. Er ist noch hier. Er wartet auf uns.«

Jetzt nickten alle ihr zu, auch Schumann.

Ein guter Moment, das Meeting zu beenden.

Mittwoch, 15. September 2021, 11.05 Uhr

Schumann setzte sich auf den Beifahrersitz des alten Passats, schloss die Tür und sagte nichts. Dann ließ er das Fenster runter. »Ich bin Nichtraucher.«

»Ich auch«, sagte Talvi und fuhr los.

Sie hatte noch keine Ahnung, wie sie in die Wohnung von Wolf Bundt gelangen würden, sie hatten keine Schlüssel. Es war auch, wenn ihre Informationen stimmten, keine Mietwohnung, für die ein Vermieter oder ein Hausmeister einen Schlüssel hätte.

»Gibt es da einen Hausmeister?«, fragte Schumann. »Wir müssen ja irgendwie reinkommen.«

»Erst mal brauchen wir einen Parkplatz. Das ist mitten in der Innenstadt, fast Fußgängerzone.«

»Vielleicht gibt es eine Tiefgarage.«

Sie brauchten tatsächlich länger, um in der Baderstraße einen Parkplatz zu finden, als sie vom Nexöplatz bis dorthin gebraucht hatten. Und Talvi war nicht sicher, ob dieser Parkplatz nun legal war oder nicht. Sie hatte keine Lust, ein Schild mit dem Hinweis auf ein Polizeifahrzeug im Einsatz hinter der Scheibe zu platzieren, es waren schon Wagen genau deshalb beschädigt worden, und sie wollte keinen Papierkram. Auch wenn es vielleicht eine Chance war, diesen Wagen loszuwerden, zumindest für ein paar Tage. Wir hätten zu Fuß gehen sollen.

Es gab tatsächlich eine Tiefgarage für das Gebäude, die aber mit einem kräftigen Scherengitter versperrt war. Der Hauseingang lag etwas versteckt ein paar Schritte in einem Durchgang. Talvi sah sich um, es war keine Kamera zu sehen. Zwei Klingeln von Firmen sowie eine von einem Rechtsanwalt und eine von einem Zahnarzt. Darüber eine fünfte Klingel, auf deren Schild einfach »WB – privat« stand.

Schumann drückte darauf, länger, als Talvi es getan hätte. Nichts geschah, niemand öffnete, niemand meldete sich über die Gegensprechanlage, deren Lautsprecher unter den Klingeln angebracht war.

Schumann sah Talvi an. »Wissen wir schon, wem das Gebäude gehört?«

Sie ärgerte sich und rief Pfahls an. Der hatte Kontakte zum Grundbuchamt, hatte Horn neulich gesagt. Nach fünf Minuten, während denen sie schweigend nebeneinanderstanden, hatte Talvi die Antwort.

»Das Gebäude gehört Wolf Bundt«, teilte sie Schumann mit.

»Gibt es einen Verwalter? Hausmeister?«

Mann, woher soll ich das wissen? Trotzdem nahm sie wieder das Telefon hoch und rief in Bundts Firma an, die Nummer war noch in der Anrufliste. Es dauerte, bis sie eine Antwort hatte, und sie musste mehrmals Fragen nach dem Grund ihres Anrufs abwimmeln. Nein, sie hätte keine Neuigkeiten. Man solle sie bitte sofort informieren, wenn Herr Bundt sich im Büro melde, beendete sie das Gespräch. Das würde allerdings niemand tun können.

»Es gibt einen Verwalter, aber der ist wohl nie zu erreichen. Einen Schlüssel für das Haus oder die Wohnung gibt es in der Firma nicht. Behaupten sie auf jeden Fall. Und wir haben noch keinen Durchsuchungsbefehl.«

Schumann sah auf die Klingelschilder. »Was ist Ihnen lieber, Scheidung oder Zahnschmerzen?«

»Scheidung«, sagte sie sofort. Schumann klingelte bei der Rechtsanwaltskanzlei. Nach distanzierenden fünf Sekunden klackte das Türschloss, und die Tür ließ sich aufschieben. Sie ignorierten beim Hinaufgehen die Tür der Kanzlei und standen dann in der dritten Etage. Dachgeschoss, eine Tür in der Mitte. Die Wohnung von Bundt schien über die ganze Hausbreite zu gehen. Die Tür war weiß, glatt und stabil. An der Klingel stand wieder nur »WB – privat«.

Diesmal klingelte Talvi, und wieder gab es keine Reaktion.

»Was jetzt? Für einen Schlüsseldienst brauchen wir eine schriftliche Anordnung, sonst machen die nichts. Gefahr in Verzug scheidet wohl aus. Auf jeden Fall höre ich keine Schreie aus der Wohnung.«

»Dafür ist vielleicht nur die Tür zu dick. Wer weiß, wer drinnen gerade bedroht oder geschlagen oder niedergemetzelt wird.«

Im Stockwerk unter ihnen wurde eine Tür geöffnet, sie hörten kurze Schritte, ein paar Sekunden später wurde die Tür wieder geschlossen. Der Rechtsanwalt hatte sich über den ausbleibenden Besuch gewundert.

»Wir sollten keinen Krach machen.«

»Habe schon begriffen, dass Sie nicht für eine robuste Lösung sind, Frau Kollegin.« Schumann blickte die Treppe hinunter, es war alles ruhig. »Ich versuche es gerne minimalinvasiv.« Er zog dünne Plastikhandschuhe und ein schmales Etui aus der Innentasche seines Sakkos. Talvi sah nur seinen Rücken, während er an dem Schloss arbeitete. Nach wenigen Augenblicken stieß er die Tür mit der Schulter auf.

»Alarmanlage?«, fragte Talvi.

»Vielleicht ja, vielleicht nein. Falls ja, dann haben wir doch Schreie gehört. Einverstanden?« Er trat ein.

Sie musste sich anschließen und ging an ihm vorbei, er schloss die Tür.

»Hallo? Herr Bundt? Polizei Greifswald, bitte erschrecken Sie nicht.«

Niemand antwortete.

Talvi steckte die Hände in die Taschen. Da sie keine eigenen Handschuhe dabeihatte, war dies die sicherste Methode, keine Fingerspuren zu hinterlassen. Dann war es ihr doch zu dumm, mit den Händen in den Taschen neben Schumann zu stehen. »Haben Sie noch ein Paar?«

Er reichte ihr eines, wobei sich ihre Finger berührten. Talvi sah nur auf die Handschuhe. »Danke.«

Sie standen in einem geräumigen Flur, eher in einem Empfangsraum. Es gab einen breiten Kleiderschrank mit Spiegeltüren, einen

Schirmständer und zwei kleine Designersessel aus Leder, auf denen wohl noch nie jemand gesessen hatte. Zwei Türen gingen nach links und rechts. In der Ecke gab es noch eine schmale Tür aus weißem Metall und bestehend aus drei Elementen. Daneben war eine quadratische Metallplatte mit einem Knopf in der Mitte in die Wand eingelassen. Talvi griff an Schumann vorbei und drückte darauf. Sofort glitten die drei Elemente zur Seite und öffneten eine schrankgroße Kabine, rechts und links hingen Spiegel, ansonsten war sie leer. An der Wand der Kabine gab es zwei beschriftete Knöpfe, »K« und »D«. Neben dem »D« befand sich ein Schlüsselloch für einen Sicherheitsschlüssel.

»Keller und Dach. Ein privater Aufzug bis in die Tiefgarage?« Schumann blickte in die leere Kabine.

»Ja, das hat Kollege Horn schon von der Firma erfahren. Angenehme Alternative, statt die Einkäufe hochschleppen zu müssen. Heißt aber auch, dass ihn die Nachbarn oder Mieter, oder was immer sie sind, auf der Treppe nicht gesehen haben.«

»Fahren wir runter?«

Talvi schüttelte den Kopf. »Nein. Man braucht sicher einen Schlüssel, um mit dem Aufzug wieder hierherauf zu kommen. Dann stehen wir in der Garage und kommen nicht weiter. Das machen wir als Letztes. Wir müssen auch noch den Briefkasten finden.«

Die Aufzugtür schloss sich wieder, dann blieb es still.

»Rechts oder links?« Schumann sah sie fragend an.

Talvi ging nach links, er folgte ihr.

Sie kamen in ein großes Wohnzimmer mit zwei bodentiefen Dachgauben. Talvi sah, dass die Dachgauben draußen über eine Terrasse verbunden waren. Zwei große Ledersofas standen sich gegenüber, dazwischen stand ein Glastisch mit einem sauberen Aschenbecher und zwei Ausgaben der Zeitschrift »auto motor und sport«. Sie betätigte den Lichtschalter, und zwei Deckenfluter in den Ecken tauchten den weiten Raum in indirektes Licht.

»Wie aus dem Katalog«, sagte Schumann. »Wie ein Schaufenster. Viel Geld, kein Geschmack.«

Talvi war schon einen Raum weiter und stand in einer Küche. Viel Granit, viel Holz, viel Geld und wenig gebraucht. Nichts stand herum, keine Tasse, kein schmutziger Teller, keine leere Flasche. Durch das Fenster fiel Sonnenlicht auf eine glänzend saubere Arbeitsplatte.

Auf dieser Seite der Wohnung gab es noch ein Gästezimmer. Bis auf ein unbezogenes Bett und zwei Umzugskartons war es leer.

Sie durchquerten den Empfangsraum zur anderen Seite und fanden ein Schlafzimmer, ein Bad und ein Arbeitszimmer. Das Bett war für eine Person zu groß und für zwei zu klein, fand Talvi. Es war gemacht, die Wäsche in den Schränken und Schubladen war geordnet und gefaltet, das Bad war klinisch rein. Auf dem Schreibtisch des Arbeitszimmers lag eine Tageszeitung, die Greifswalder Ausgabe der »Ostsee-Zeitung«. Sie war vom letzten Freitag.

»Fünf Tage alt«, sagte Talvi.

»Briefkasten«, sagte Schumann, mehr zu sich selbst als zu Talvi.

»Schlüssel«, sagte Talvi mehr zu ihm als zu sich. »Ich sehe mal nach.«

Sie fand einen kleinen Schlüssel mit einem »Briefkasten«-Anhänger in der Küchenschublade. Jetzt mussten sie nur noch den Briefkasten dazu finden. »Hat hier überhaupt jemand gewohnt?«, fragte sie sich laut. »Oder ist das ein Fake? Im Arbeitszimmer gibt es weder Telefon noch Laptop. Oder ist es eine Musterwohnung, soll das hier verkauft werden? War Bundt dabei, auszuziehen?«

Talvi rief Pfahls an und setzte ihn auch auf diese Spur. Er würde zunächst die gängigen Internetportale durchgehen und dann die örtlichen Makler anrufen. Wieder ein paar Stunden Zeiteinsatz, die wahrscheinlich zu nichts führen würden.

Sie ging zurück in das Gästezimmer. Die Umzugskartons waren leer.

»Das ist kein Heim«, stellte Schumann fest.

»Er war ledig, hat viel gearbeitet und wahrscheinlich eine Haushälterin gehabt. Manche Leute brauchen nicht viel.«

»Das hier ist schon eine ganze Menge, es ist nur einfallslos und unpersönlich eingerichtet. Ich habe deutlich weniger Quadratmeter.«

Talvi nahm zur Kenntnis, dass er »ich« statt »wir« gesagt hatte, und speicherte es ab. Ihre zweiunddreißig angemieteten Quadratmeter wollte sie nicht erwähnen. Die waren anders eingerichtet, aber Einrichtung machte kein Heim.

Schumann sprach weiter. »Das sieht für mich nicht nach der Wohnung aus, in der er gelebt hat. Auch nicht wie ein Liebesnest oder wie ein Ort zum Auftanken. Aber ein Büro ist es auch nicht. Gibt es eine zweite Wohnung? Ist dann doch eine Frau im Spiel? Endete gerade eine Lebensphase von Wolf Bundt, und gibt es einen Zusammenhang mit der Tat? Wenn ja, ist die Tat der Auslöser oder eine Folge dieser Veränderung?«

»Auf jeden Fall liefert die Wohnung ein anderes Bild von Bundt als das, das er in der Öffentlichkeit abgegeben hat. War diese Wohnung Rückzug oder Flucht? Oder ist er aus dieser Wohnung geflüchtet, weil hier etwas vorgefallen ist?« Talvi zuckte mit den Schultern. »Wir sollten die Haushälterin finden und befragen. Wann sie ihn zuletzt gesehen hat, wann hier zuletzt etwas aufzuräumen war und so weiter.« Sie machte sich eine Notiz, noch bevor Schumann genickt hatte.

»Jetzt die große Frage. Hat es Sinn, hier die KTU durchzujagen? Finden wir hier etwas zu seinem Mörder?«

»Wir versiegeln die Wohnung und stecken meine Visitenkarte zwischen Tür und Rahmen«, entschied Talvi. »Mit etwas Glück meldet sich die Haushälterin, wenn sie das sieht. Solange hier nichts verändert wird, läuft uns nichts weg. Die Spurensicherung hat noch genug zu tun. Auf jeden Fall, bis wir von Dr. Mertes etwas Schriftliches haben, mit dem wir auf Angehörige zugehen können. Wenn Bundt überhaupt Angehörige hatte. Und wir wissen noch nicht mal, wonach genau wir die KTU suchen lassen sollten. Also nein, das kommt später.«

Schumann war einverstanden. »Das ist gut. Glaube auch nicht, dass wir den Körper zu seinem Schädel hier finden. Wir hätten etwas riechen müssen, meine ich. Und der Kühlschrank ist dafür zu klein. Dann sind wir hier fertig. Wir müssen uns jetzt trennen.«

»Ich versiegle die Wohnungstür von außen, Sie fahren im Aufzug runter. Wir treffen uns unten.«

»Irgendwo«, sagte er, ging in den Empfangsraum und drückte den Aufzugknopf, sofort glitt die Tür auf. »Bis gleich.« Dann war er verschwunden.

Talvi zog die Tür hinter sich zu, klebte den Versiegelungsstreifen mit dem Landeswappen über den Spalt zwischen Türblatt und Rahmen und drückte eine ihrer Visitenkarten in die Gummifalz. Dann nahm sie einen Kuli aus der Tasche und unterstrich ihre Telefonnummer auf der Visitenkarte, das musste reichen. Mit dem Briefkastenschlüssel in der Hand ging sie die Treppe hinunter.

Die Briefkästen fand sie an der Außenwand, hinter einem Mauervorsprung neben der Eingangstür. Fünf Klingeln, fünf Briefkästen. Der mit »WB – privat« war leer bis auf die Aldi-Werbung der letzten Woche. Er war also seit mehreren Tagen nicht mehr geleert worden. Sie ging zur Straße und spähte durch das Scherengitter hinunter in die Tiefgarage. Sehen konnte man nur ein paar Schritte weit die Auffahrt hinunter, dahinter war es dunkel.

Jetzt flackerten unten Neonröhren, und sie konnte dem Verlauf der Auffahrt mit den Augen folgen.

»Herr Schumann?«

»Hier! Habe endlich den Lichtschalter gefunden.« Seine Schuhe kamen ins Bild, dann seine Beine, dann sein Oberkörper. Er näherte sich der Rampe, plötzlich setzte sich das Scherengitter in Bewegung, Talvi zuckte zurück.

»Eine Lichtschranke«, rief er. »Praktisch, da muss man nicht aussteigen.«

Sie bückte sich unter dem Gitter durch, kaum dass es auf Hüfthöhe war, und ging die Auffahrt hinunter ihm entgegen. »Im Briefkasten lag nur der Aldi-Prospekt von letzter Woche. Wahrscheinlich lässt er sich Post und Pakete ins Geschäft schicken. Da ist wenigstens immer jemand, um das anzunehmen.«

»Würde ich genauso machen. Ich habe seinen Wagen gefunden.« Er führte sie zu einem silbernen Porsche 944 mit Kennzeichen HGW-WB-19H.

»Warum neunzehn?«

Sie erinnerte sich an ein Detail des Personalausweises. »Er ist an einem 19. geboren. 19. Juni, glaube ich.«

»Also ein Zwilling«, sagte Schumann. »Und die anderen Opfer?«

Der Wagen stand auf einem reservierten Parkplatz und war verschlossen. Von außen konnten sie auf den Sitzen nichts liegen sehen. »Genauso aufgeräumt wie die Wohnung. Wo ist der Schüssel dafür?«

»In der Wohnung lag keiner, auf jeden Fall nicht sichtbar. Er hatte ihn in der Tasche, nehme ich an. Oder jemand hat den Schlüssel mitgenommen, weil er auch Bundt mitgenommen hat.«

Talvi sah sich um. Nur wenige Schritte vom Wagen gab es das Gegenstück zur Aufzugstür von oben, Bundt hatte keinen weiten Weg zwischen Auto und Aufzug gehabt.

Insgesamt war die Tiefgarage sogar kleiner als die Grundfläche des Hauses, und es gab nur zwei weitere Stellplätze. Dazwischen war nicht viel Platz, Drehen oder Wenden musste eine ziemliche Kurbelei sein. Die beiden Wagen auf den anderen Plätzen, ein neuer VW Beetle und ein Audi TT, beide mit Greifswalder Kennzeichen, beachteten sie nicht weiter, aber Talvi machte sicherheitshalber mit dem Handy Fotos der Nummernschilder. Interessanter waren die beiden Kameras, die sie an der Decke sahen. Eine Kamera zeigte die Auffahrt hinauf, die andere zeigte in eine dunkle Ecke.

Mit lautem Klappern senkte sich das Scherengitter wieder. Schumann stellte sich unter die Kamera und folgte mit dem Blick ihrer Ausrichtung. »So ergibt das keinen Sinn. Nehme an, die ist verstellt worden. Würde mehr Sinn machen, wenn sie auf die Aufzugstür zeigen würde. Dann könnte man oben prüfen, wer hinaufwill.«

Talvi war nicht sicher. »Es gab oben aber kein Display dafür.«

»Vielleicht haben wir es nicht gefunden. Vielleicht braucht man kein Display, weil die Kamera auf ein Handy überträgt. Auf jeden Fall liegt die Kamera dem Aufzug genau gegenüber. Eine dunkle Ecke zu überwachen ist sinnfrei, finde ich.«

»Dann müssen wir herausfinden, ob auch aufgezeichnet wird oder nur übertragen. Mit Glück sehen wir auf der Aufzeichnung, wer die Kamera verdreht hat.« Talvi machte sich eine Notiz.

Draußen fuhr ein Auto vorbei, sie konnten es hören und sehen, denn die Auffahrt wurde für zwei Sekunden dunkler und dann wieder hell. Das Geräusch wurde schwächer.

Schumann steckte die Hände in die Taschen und sah Talvi in die Augen, nicht in ihr Gesicht. »Also, was haben wir hier? Eine leblose Wohnung ohne Zeichen einer Anwesenheit und einen verschlossenen Oldtimer, beide verbunden mit einem privaten Aufzug, für den man einen Schlüssel braucht.«

»Und eine Stunde unserer Zeit.«

»Was an Bundt hat seinen Mörder interessiert? Oder wütend gemacht? Provoziert?« Schumann zuckte mit den Schultern, ließ aber die Hände in den Taschen. »Die Stunde waren wir nicht umsonst hier, aber vergebens. Soweit wir das wissen. Wir wissen ja nicht einmal, was wir in der Wohnung übersehen konnten, weil wir nicht wissen, wonach wir eigentlich suchen müssen.«

Dieses Mal sah er die Lichtschranke, die in Kniehöhe quer über die Auffahrt ging. Das Gitter rappelte nach oben, Talvi schlüpfte drunter durch, Schumann wartete, bis er aufrecht hindurchgehen konnte.

Sie hatte kein Ticket hinter dem Scheibenwischer. Vielleicht war der Parkplatz ja doch legal. Oder das Ordnungsamt war langsam heute.

Talvis Handy meldete eine SMS. Die Nachricht war von CK. »Mertes hat ID Tschernig bestätigt. Mail liegt vor.«

Talvi gab die Adresse von Frau Tschernig ins Navi ihres Telefons ein. Horn oder Pfahls hätten das so gefunden, sie war noch immer die Neue, das zeigte sich auch in ihren geografischen Kenntnissen.

Nummer 7 war ein Reihenhaus, links lag Nummer 6, rechts Nummer 8. Die Häuser waren gleich neu und gleich hoch und hatten die gleiche Aufteilung der Fassade, unten die Eingangstür und ein Fenster, oben zwei Fenster. Kurze Vorgärten, kaum zwei Meter tief. Man konnte von der Straße auf den Küchentisch sehen. Ein Bodendecker im Vorgarten umgab den Stamm einer nicht einmal hüfthohen Trauerbirke. Neben die Haustür waren drei Mülltonnen an die Grundstücksgrenze gequetscht worden, sodass man auf dem Weg zur Tür einen kleinen Umweg machen musste. Talvi drehte den Kopf kurz nach links und rechts. Sogar die Gardinen sind in diesen Neubauvierteln identisch. Das ist kaum größer als eine normale Wohnung. Und wahrscheinlich trotzdem bis zur Organspende verschuldet. Ein schlechtes Wortspiel für das Haus eines Unfallchirurgen, der hier nicht mehr wohnt.

Der langsame Klingelton drang durch die Tür bis nach draußen. Eine junge Frau mit Augenringen öffnete die Tür, auf dem Arm hielt sie ein kleines Kind, es mochte zwei oder drei Jahre alt sein, Talvi kannte sich da nicht aus. Das Kind sah sie einmal an und versteckte dann sein Gesicht am Hals der Mutter. Im Hintergrund hörten sie ein zweites Kind weinen. Die Frau zuckte beim Blick in Talvis Gesicht zusammen und hielt ihr Kind fester.

Schumann versuchte, die Situation zu retten. »Frau Tschernig? Mein Name ist Schumann, das ist meine Kollegin Caster. Polizei Greifswald.« Sie hoben gleichzeitig die Dienstausweise.

Frau Tschernig sah noch immer in Talvis Gesicht. Talvi kannte das, ihre Hässlichkeit konnte für Blicke sehr attraktiv sein. Die Frau trug Crocs, Jeans mit Rissen an den Knien und ein formloses Paulchen-Panther-T-Shirt, das bis über die Hüften reichte. Ihre braunen Haare waren strähnig, und ihre Lippen trugen nur noch einen Rest des vormittäglichen Lippenstiftes. Dann löste sie ihren Blick, sah Schumann an und schüttelte den Kopf. »Wenzke.«

»Bitte? Sie sind nicht Frau Tschernig?«

Jetzt nickte die Frau. »Doch, diese Woche bin ich noch Frau Tschernig. Nächste Woche ist die Scheidung durch und die Namensänderung, dann heiße ich wieder Wenzke.« Sie schien in den Raum zwischen ihnen beiden zu blicken, während sie ergänzte: »Mein Mann ist nicht hier. Und das ist gut.«

»Das wissen wir, Frau Tschernig. Oder Wenzke, was Ihnen lieber ist. Können wir reinkommen?«

»Ist nicht aufgeräumt. Das kriegt man nicht hin, allein mit zwei Kindern.« Aber sie öffnete die Tür weiter und drehte sich dann um. »Wieder zumachen, sonst laufen die Blagen raus. Die laufen dauernd raus.«

Schumann trat ein, Talvi folgte und schloss die Tür sorgfältig. Das Haus roch nach kaltem Essen und alter Wäsche. Zwei volle Einkaufstüten standen auf dem Parkett vor der Küchentür, daneben lagen Kinderschuhe und zwei bunte Jacken. Sie folgten dem Quietschen der Crocs auf dem Parkett in ein enges Wohnzimmer, in dem Spielsachen und Wäscheberge den Fußboden belegten. Ein Sessel, ein Zweisitzer aus abgeschabtem Leder, dahinter eine Terrassentür und eine große Glasscheibe in einen Garten, der kaum größer war als der Vorgarten. Magerer Rasen ging bis zu einer Trennwand aus Holz, rechts und links grenzte Maschendraht die Grundstücke ab. Hinter dem Holzzaun verlief wahrscheinlich ein schmaler Gang, dann fingen die nächsten Grundstücke an. Talvi würde sich das später auf Google Maps ansehen.

Frau Tschernig setzte das Kleinkind auf den Boden neben ein paar bunte Plüschtiere, nahm zwei Haufen Bügelwäsche vom Sofa und ließ sie neben dem Zweisitzer auf einen dritten Haufen fallen. »Wollen Sie sich setzen? Haben Sie Neuigkeiten?«

»Vielleicht sollten wir das nicht vor den Kindern …«

Die Frau schüttelte entschieden den Kopf. »Die kann ich nicht allein lassen. Machen nur Scheiß.«

Schumann sah zu Talvi, die neben ihm saß. Das Sofa war niedrig, sie konnten die Beine nicht richtig ausstrecken. »Dann achten wir auf unsere Formulierungen.« Er zog kurz die Augenbrauen hoch.

Talvi übernahm. »Ja, wir haben Neuigkeiten. Es ist nicht davon auszugehen, dass Ihr Anspruchsgegner in dem Trennungsverfahren noch einmal in Erscheinung treten kann.« Hoffentlich ist das nicht zu kompliziert. Sie wirkt nicht wie eine Arztgattin, eher wie ein überfordertes Kindermädchen.

»Dann hätte ich mir die teure Scheidung sparen können? Schade um die Knete. Muss ich ihn identifizieren?«

Jetzt schüttelte Talvi beim Gedanken an den grinsenden Totenschädel in der Kühlung der Gerichtsmedizin schnell den Kopf. »Das wird nicht notwendig sein. Wir haben bereits Gewissheit.«

Details wollte seine Witwe nicht wissen. Auch nicht darüber, wie und warum das jetzt so war.

Schumann drehte seine Beine in die andere Richtung, das war auch nicht bequemer. »Hatte Ihr Anspruchsgegner Feinde? Gab es Drohungen?«

»Kann ich nicht sagen, hab ihn seit Wochen nicht gesehen. Und das Schloss habe ich schon vor Monaten ausgewechselt. Post kam hier nicht mehr an, in den Schränken oben ist auch nichts mehr.«

Talvi erinnerte sich an die Informationen von Horn. »Aber das Geld kam pünktlich?«

Dic Frau deutete ein Nicken an. »Zu jedem Monatsende. War ja wenig genug.«

»Gab es eine Lebensversicherung?«

»Zuerst hatten wir zwei, wir waren gegenseitig eingesetzt. Das war eine Auflage der Bank für die Finanzierung der Bude hier. Die haben wir gekündigt bei seinem Auszug. Da war schon klar, dass er nicht wieder einziehen würde. Mir jedenfalls.« Sie ließ offen, was das für die Bank bedeutete. Das kleine Kind versuchte, auf ihren Schoß zu klettern. Sie ließ es eine Weile zappeln und quengeln, bevor sie es schließlich mit einem Seufzer nach oben zog. »Der eine Anwalt war besser als der andere, aber bei …«, sie warf einen Blick hinunter auf das Kind auf ihrem Schoß, »… meinem Anspruchsgegner war nichts zu holen. Seit drei Jahren Assistenzarzt, Beförderung nicht in Sicht. Also entweder zu faul oder zu unbegabt für einen Stationsarzt, fragen Sie mich nicht. Es ist zwei plus vier Jahre her, dass ich Krankenschwester war.«

»Gibt es noch Unterlagen im Haus? Schriftwechsel, Fotos, Kontoauszüge?«

»Nein, was nicht mit ihm ausgezogen ist, habe ich weggeworfen. Schon vor zwei Jahren, als die Anwälte ans Ruder kamen.«

»Haben Sie denn noch eine Zahnbürste von ihm? Einen Kamm?«

Die Frau schüttelte den Kopf. »Den letzten Kram habe ich vor zwei Wochen weggeworfen. Die Tonnen wurden gestern geleert.«

»Wissen Sie, ob es ein Testament von ihm gibt?«

Neben ihnen fiel ein Turm Bauklötze um und klapperte auf das Parkett. Die junge Mutter verdrehte die Augen. »Ja, das gibt es. Seine Eltern haben damals darauf bestanden, dass wir eins machen. Es gibt aber nichts mehr zu erben. Das Traumschloss hier gehört der Bank, wir sind nur noch geduldet. Eigentlich könnte ich schon anfangen zu packen. Seit er ein eigenes Konto hat, ist meins unter der Nulllinie, keine Aussicht auf Besserung. Seinen Kontostand kenne ich nicht, aber mit den Raten für das Haus, der Miete für sein Wohnklo und dem Unterhalt für uns kann von seinem Gehalt nicht viel übrig bleiben. Das Auto ist auch schon verkauft. Mich fährt meine Mutter, wenn es nicht anders geht, und er hat sein Fahrrad mitgenommen.« Sie hatte dabei an Schumann vorbeigesehen, jetzt sanken ihre Schultern unter dem T-Shirt herab, Paulchen Panther ließ die Mundwinkel hängen.

Das hat sie sich mal anders vorgestellt. Schmuck trägt sie auch nicht mehr, nicht einmal Modeschmuck. Die Fingernägel sind kurz und nicht lackiert. Nicht die Sorte Arztgattin, die den Tag mit Prosecco und Shopping beginnt.

Die Frau mit dem traurigen Panther auf dem Bauch drückte das Kind an sich, das sich gleich zu befreien versuchte. »Reicht Ihnen das?«

Talvi wollte hier raus. »Das reicht uns. Für heute auf jeden Fall. Wir werden uns wieder mit Ihnen in Verbindung setzen, wenn sich etwas Neues ergibt.« Wenn wir einen Körper finden, den Sie beerdigen können, setzte sie nicht hinzu. Sie reichte Frau Tschernig eine Visitenkarte, die diese mit spitzen Fingern entgegennahm.

»Sie sollten nicht umziehen, ohne uns zu informieren. Danke, Frau Wenzke, wir finden allein raus.«

Sie stiegen über die Wäscheberge, froh, die Beine wieder ausstrecken zu können.

Talvi öffnete den Wagen mit der Fernbedienung.

»Suchen Sie ein Haus in Greifswald?« Schumann sah sie über das Dach des Wagens hinweg an. »Hier wird bald eins frei.«

»Nein.«

»Das war der maximale Gegensatz zu Wolf Bundt, wo ist die Gemeinsamkeit, die Verbindung? Bundt hat Geld und ist einsam, er hat seine Ziele erreicht und ist doch nicht angekommen. Den Eindruck machte die Wohnung auf mich. Hier gibt es Kinder, ein Scheitern, kein Geld und wenig Perspektive. Können sich Bundt und Tschernig wirklich gekannt haben?«

»Wenn ja, waren sie sich sympathisch?«, fragte Talvi. »Oder kannten sie sich, weil sie sich gerade nicht sympathisch waren?«

Er schnallte sich an. »Wir haben mehr Fragen als gute Ideen.«

Sie standen im engen Fahrstuhl, fuhren von der Parkebene in ihre Büroetage. Ihre Schultern berührten sich. Sie fuhren schweigend, bis die Tür sich öffnete. Schumann machte eine Handbewegung, um ihr den Vortritt zu lassen.

»Was zu trinken?«, fragte Talvi.

»Wenn Sie jetzt was trinken müssen, dann trinke ich gerne einen mit.« Er zwinkerte.

»So nicht. Kaffee? Wasser?«

Das Geräusch von Schritten unterbrach sie, Horn kam ihnen entgegengeeilt. »Wir haben ein Geständnis!«, rief er.

»Von wem?«, fragten sie zeitgleich und nahmen sich nicht die Zeit, die Jacken auszuziehen.

»Wer?«, fragte Talvi. »Wann?«

Horn hatte einen A5-Zettel in der Hand. Talvi sah, dass es ein Formular von einem Block für Telefonnotizen war. Er hatte bereits alle Details wie Datum, Uhrzeit, beteiligte Personen und das

Aktenzeichen eingetragen, damit das Stück Papier im Prozess als Beweis anerkannt werden konnte.

Schumann hielt sich zurück. Das war jetzt etwas zwischen Caster und Horn, da konnte er nur zusehen. Und er beobachtete genau, wie Talvi Caster mit der Situation umging, achtete auf ihre Sprache, ihren Gesichtsausdruck, ihre Körperhaltung. Die hat was auf dem Kasten, und im Bikini muss sie früher umwerfend gewesen sein. Ob sie überhaupt noch einen hat?

Horn sah konzentriert auf den Zettel, als erwartete er, dass seine Schrift gleich verschwinden würde. »Vor zwanzig Minuten wurde eine Fußstreife in der Langen Reihe von einem Mann angesprochen. Er nannte sich Freddy Jessen, eine Überprüfung der Personalien erbrachte, dass er Friedrich Jessen heißt. Zweiunddreißig, wohnhaft hier in Greifswald. Er stellte sich vor und sagte dann, ich zitiere: ›Ich will zu Talvi Caster. Sie hat die Köpfe, ich habe den Rest‹, Zitat Ende. Die beiden Kollegen haben ihn unauffällig zur Wache in der Brinkstraße mitgenommen und uns informiert. Es kam über die Zentrale bei mir an, weil Sie unterwegs waren. Die Kollegen halten ihn unter Beobachtung. Er macht anscheinend keine Anstalten, die Wache zu verlassen.«

Talvi bemerkte, dass Schumann ihr die Bühne überließ. »Hat er sonst etwas gesagt?«

Horn zuckte mit den Schultern. »Weiß ich nicht, ich habe nur die mündliche Schilderung der Kollegen von der Wache.«

»Okay, sagen Sie den Kollegen, sie sollen den Mann vorläufig festnehmen, Anfangstatverdacht einer schweren Straftat. Dann schicken wir einen Wagen, der ihn abholt. Drei Beamte, Sicherheitsstufe. Der Mann ist mit großer Wahrscheinlichkeit gefährlich. Ich hoffe, die Brinkstraße hat ihn schon nach Waffen durchsucht?«

Horn zog wieder die Schultern hoch. »Frage gleich nach.«

Schumann räusperte sich. »Sie halten das für echt?«

»Das mit den fehlenden Körpern hatten wir nicht in der Pressemitteilung, und Dr. Worges hat es aus der PK auch herausgehalten. Das ist Täterwissen. Und es ist jemand aus Greifswald, wie wir vermutet haben. Auf jeden Fall ist es wichtig. Natürlich müssen wir ihn auseinandernehmen und das Geständnis schriftlich haben, mit Zeugen und so weiter.« Sie senkte die Stimme. »Bis dahin bitte nichts nach außen, auch nicht an die Staatsanwaltschaft.«

»Es ist das Beste, was Sie derzeit haben. Dem müssen Sie nachgehen. Aber Sie wollen das Ei sehen, bevor Sie darüber gackern.«

»Wir sollten das Ei *haben*, bevor wir auch nur übers Gackern nachdenken.« Sie versuchte ein Lächeln und spürte, wie sich die Narbe an ihrem Mundwinkel spannte.

»Okay.«

»Ich kümmere mich.« Horn eilte in sein Büro zurück.

Schumann beschäftigte sich mit seinen Manschetten. »Wir sind beide Nichtraucher, also gibt es keine Siegeszigarre für uns wie im Kino. Auch wenn es anscheinend etwas zu feiern gibt. Das war dann mein kürzester Fall.«

»Tut mir leid, dass Sie deshalb hier heraufkommen mussten.«

Er lachte. »Ja, fast mehr Fahrtzeit als Ermittlung. Ist trotzdem okay, und wir sind ja noch nicht ganz fertig. Aber wie war das mit Kaffee? Damit könnten wir doch anstoßen. Provisorisch zumindest.«

Sie nickte. »Ich hole meinen Becher. Gehen Sie ruhig vor.«

Schumann stand mit seinem Handy in der Teeküche, den Rücken zum Fenster. Talvi kam mit ihrem leeren Becher in der Hand herein, in diesem Augenblick verschickte er die SMS, die er an seine Kollegin im LKA getippt hatte: »haben schon gestaendnis, kgd, morgen zurück in h, kdb«.

»Kgd« stand für »kein großes Ding«, und »kdb« hieß »küsse deinen Bauch«. Auf Diensthandys besser mit Abkürzungen. Wer wusste schon, wer alles mitlas.

»Warten Sie, ich suche Ihnen einen sauberen Becher raus.« Diesmal nahm sie für ihn aus dem Sammelsurium des Oberschrankes einen Designer-Porzellanbecher, bei dem nur eine kleine Ecke fehlte. Sie stellte die Becher nebeneinander unter die Maschine.

»Danke.« Er nahm seinen Becher, und sie stießen an. Dem Klang nach war einer der Becher gesprungen. »Erleichtert?«

Sie pustete über die heiße Flüssigkeit. »Ziemlicher Druck von der Presse und ziemlicher Druck vom Staatsanwalt. Wenn wir tatsächlich schon liefern können, dann sind wir die Helden.« Das würde sicher bei der anstehenden Personalentscheidung eine Rolle spielen. Rückenwind zur rechten Zeit. Vielleicht durfte sie auch einmal Glück haben.

Er lächelte sie an, und auch dieses Mal sah er ihr in die Augen, nicht nur ins Gesicht. »Dann sind *Sie* die Heldin. Ich habe in der kurzen Zeit nichts Relevantes beitragen können. Eigentlich habe ich nur dumme Fragen gestellt.« Schumann wartete darauf, dass Talvi widersprach, und senkte den Blick, während sie das tat. Er hörte aber nicht richtig zu. »Das ist nett von Ihnen, Frau Kollegin. Haben Sie nach der Vernehmung schon etwas vor? Heute Abend? Würde mich gerne für die gute Zusammenarbeit in diesem Fall bedanken. Auch wenn sie nur kurz war. Und wir zwei könnten richtig anstoßen. Auf Ihren Erfolg.«

Talvi nickte und fühlte ihre Wangen warm werden. Bei ihrer Finanzlage würde schon ein Besuch beim Italiener um die Ecke ein Loch in die Kasse reißen. Schumann konnte das bestimmt beim LKA als Spesen absetzen.

Er deutete ihre roten Wangen falsch. »Wir suchen uns einen gemütlichen Tisch irgendwo in einer Ecke. Weg vom Trubel.«

Sie nickte wieder und trank schnell einen Schluck von dem noch viel zu heißen Kaffee, um ihn und sich abzulenken. Das in ihrem Gesicht konnte ein Lächeln gewesen sein. Es war lange her, dass sich ihr Gesicht so angefühlt hatte.

Horn ging in großen Schritten an der Tür vorbei. »Sind gleich da«, rief er in die Teeküche.

»Wo ist der Vernehmungsraum?«, fragte Schumann. »Sie haben hier doch Spiegel, Audio, Video und so weiter?«

»Ja, wird aber nur selten gebraucht. Wie wollen wir uns aufteilen?«

»Es ist Ihr Fall. Sie und Horn führen das Gespräch, ich beobachte den Verdächtigen. Sprache, Betonung, Körpersprache, Wortwahl, Sprechtempo und was dazugehört.«

Dann wäre es offiziell ihr Verhör mit ihrer Stimme in der Aufzeichnung und ihrer Unterschrift, ohne aktive Anwesenheit eines Profilers vom LKA. Schumann wollte ihr einen Gefallen tun. Hat er schon von der bevorstehenden Bergmann-Nachfolge gehört? Ich habe ihn doch kaum aus den Augen gelassen. »Klingt gut, so machen wir das.«

»Wollen Sie mit Horn vorher die Rollen abstimmen?«

»Sie meinen guter Bulle, böser Bulle? Verständnis und Druck? Mitleid und Drohung?«

»So ähnlich. Ist jedenfalls nicht verkehrt, mit klaren Rollen reinzugehen. Sie sind doch erst kurz hier, oder? Dann haben Sie und Horn noch keine Routine in dieser Situation. Und gehen Sie vorher noch mal aufs Klo, damit Sie nicht im falschen Moment unterbrechen müssen.« Er grinste wie ein Schuljunge.

Da hatte Schumann auf jeden Fall recht. Sie führte ihn eine Treppe tiefer zum Verhörraum.

Zeitgleich mit ihnen kam der alte Pfahls dort an. »Wir haben ein Geständnis, sagt Horn?«

»Ball flach halten, Kollege. Wir haben einen Geständigen und seine erste Aussage bei den Kollegen in der Brinkstraße. Ich habe einen Wagen hingeschickt. Der Kollege Schumann bleibt bei Ihnen im Technikraum. Horn und ich führen die Vernehmung durch. Frau Kressin recherchiert parallel, was es über diesen Herrn Jessen gibt.«

»Gut. Viel Erfolg.« Pfahls nickte ihr zu. »Kommen Sie rein«, sagte er dann zu Schumann.

Wann ist der Raum eigentlich das letzte Mal benutzt worden? Hoffentlich liegt da nicht fingerdick Staub herum. Sie öffnete die zweite Tür, die Tür zum eigentlichen Verhörraum, in dessen Mitte ein fest installierter Tisch stand, an den ordentlich vier Stühle geschoben waren. Drei Reihen von Neonröhren flackerten und zeigten eine dünne Staubschicht auf dem Tisch, die Talvi schnell mit einem Papiertaschentuch wegwischte. Dabei fiel ihr ein, dass Schumann und Pfahls sie sehen konnten, und sie steckte das Taschentuch weg. Sie schaltete die Mikrofone ein, kleine rote Lampen gingen an. Die Kameras wurden vom Technikraum aus bedient.

»Eins, zwei, Test, Test.«

Sofort kam Pfahls Stimme über die Lautsprecher. »Laut und deutlich, Frau Caster.«

Dann erinnerte sie sich an Schumanns Rat und ging zur Toilette.

Sie kam zurück und hatte jetzt auch ihre Mappe dabei. Die Blätter waren noch leer, aber das wusste der Verdächtige nicht. Wir haben nichts, er hat alles. Wenn er etwas hat.

Im Raum saßen sich Horn und ein Mann gegenüber. Die beiden Männer sahen sich an, keiner sagte etwas.

Der Mann war im Sitzen etwas größer als Horn, also circa eins neunzig. Er hatte kurze blonde Haare, trug ein rotes Holzfällerhemd und Jeans, soweit sie das sehen konnte. Die Schuhe waren unter dem Tisch verborgen. Seine Hände waren schmal und feingliedrig, das sah sie über seine Schulter hinweg. Sind das Hände, mit denen er drei Menschen umbringen und drei Köpfe abtrennen kann?

Er konnte sie noch nicht sehen. Sie stand hinter ihm – es war immer gut, wenn die vernehmenden Beamten hinter dem Verdächtigen hereinkamen – und gab Horn ein Zeichen. Er stand wortlos auf und folgte ihr nach draußen. Dort stimmten sie rasch die Rollen und das Ziel der ersten Vernehmung ab. Das war zwar improvisiert, aber besser als nichts. Hätte ich darauf bestehen sollen, dass Schumann dabei ist? Nein, das ist meine Show.

»Packen wir's an«, sagte Horn. Er klang überzeugt.

Sie gingen gemeinsam wieder hinein. Talvi setzte sich dem Mann gegenüber neben ihren Kollegen und sagte nichts.

Friedrich Jessen wandte den Blick von Horn zu ihr. Seine Augen, irgendwo zwischen grau und grün, blinzelten beim ersten Blick in ihr Gesicht und waren für zwei Sekunden starr, bis er sich unter Kontrolle hatte. Talvi hielt seinem Blick stand und nutzte den stummen Austausch, um ihn zu mustern. Jessen war glatt rasiert, die Augen standen nahe beieinander. Seine Lippen waren geschwungen, er schien zu schmunzeln, aber sein Blick war hart, mitten in der Bewegung eingefroren. Offenbar wollte er sich den Schreck über ihren Anblick nicht anmerken lassen. Seine Finger waren verschränkt, die Hände lagen auf der Tischplatte. Das nannte man »einen Igel machen«, weil die Finger dann wie ein Igel in Richtung des Gegenübers zeigten. Eine klassische Abwehrgeste, meist unbewusst. Talvi kannte das, ihre Hände lagen rechts und links neben ihrer Mappe auf dem Tisch.

Sie vergewisserte sich, dass die Lampen der Mikrofone und Kameras leuchteten. »15. September, dreizehn Uhr fünfzehn«, begann sie dann. »Anwesend sind Kriminalkommissar Horn und Kriminaloberkommissarin Caster sowie Herr Friedrich Jessen, zweiunddreißig Jahre alt, wohnhaft in Greifswald, Adresse bekannt.« Talvi beugte sich leicht nach vorn. »Herr Jessen, alles, was Sie hier sagen, kann gegen Sie verwendet werden. Das Gespräch wird aufgezeichnet, dagegen können Sie keine Rechtsmittel einlegen. Sie wissen, warum Sie hier sind? Verlangen Sie anwaltlichen Beistand? Das wäre Ihr gutes Recht.« Sie bemühte sich, ihre Stimme ruhig und fürsorglich klingen zu lassen.

»Und allen Grund«, murmelte Horn.

Jessen blickte auf, seine Augen weiteten sich wieder, weil ihr Gesicht jetzt näher vor ihm war. »Nein, den verlange ich nicht«, sagte er rasch. »Ihre Kollegen auf der Wache haben mich das auch schon gefragt. Wozu auch? Es gibt ja nichts zu verteidigen. Nichts abzustreiten.« Er nickte, ließ dabei die gefalteten Hände auf der Tischplatte. »Ich bin der, den ihr sucht.«

Sie lehnte sich nach hinten und vergrößerte so die Distanz zu ihm. »Weshalb suchen wir Sie denn?«

»Ihr habt drei Schädel gefunden. Auf dem Fischerfest. Auf dem Gelände, meine ich, als das Fest vorbei war. Das war ich.« Er sprach mit fester Stimme, aber sehr leise. Garantiert wusste er, dass sie sich anstrengen würden, ihm zuzuhören.

»Sprechen Sie bitte lauter.« Nun lehnte sich Horn nach vorn und fixierte Jessen. »Das ist eine offizielle Vernehmung, und Sie haben sich selbst beschuldigt, für den Tod von drei Menschen verantwortlich zu sein. Sind Sie sicher?«

Jessen nickte. »Das ist korrekt«, sagte er tatsächlich etwas lauter.

Obwohl alles aufgezeichnet wurde, machte Talvi sich Gedächtnisnotizen, die sie hinterher rasch niederschreiben würde. Dann waren sie schneller, als wenn sie auf die offiziellen Abschriften warten mussten.

Er weiß also, dass wir die Schädel nach dem Fest gefunden haben. Die Anzahl kann er aus den Medien haben, den genauen Zeitpunkt nicht. Und er weiß, dass wir bisher nur die Schädel haben, keine Körper. Aber woher? War er es wirklich, oder haben wir eine undichte Stelle?

Talvi beugte sich wieder etwas vor, gleichzeitig lehnte sich Horn etwas zurück. Ein gutes Team, dachte sie. Zumindest jetzt. Vor laufenden Kameras. »Warum haben Sie das getan?«

Jessen hob den Kopf etwas höher und sah zu Horn. »Muss sie dabei sein? Sie ist hässlich. Sie macht mir Angst.« Sein Grinsen sagte etwas anderes.

Horn sprang auf, und seine flache Hand donnerte auf den Tisch, noch bevor sein Stuhl hinter ihm auf den Boden kippte. »Stopp!«, rief er. »Was bilden Sie sich ein?«

Jessen zuckte zurück. Talvi hatte sich nicht erschreckt und nahm Horn die Entrüstung nicht ab. Sie verschränkte jetzt ebenfalls die Finger, um sich davon abzuhalten, ihr Gesicht in den Händen zu vergraben.

Über den Lautsprecher kam eine Stimme. Im Hinterkopf erkannte sie Schumann. »Wir unterbrechen.«

»Nein!«, sagte sie und war zu laut und zu schrill. »Wir machen weiter.« Ihre Finger waren kalt.

Hat dieser Jessen unsere Aufteilung guter Bulle, böser Bulle durchschaut und mich als den guten Bullen provoziert, um uns aus dem Takt zu bringen?

Talvi spannte ihre Bauchmuskeln an, sie wollte ihre Energie in der Körpermitte bündeln. »Denken Sie daran, warum Sie hier sind, Herr Jessen. Beleidigungen helfen Ihnen nicht weiter.«

Horn stand auf, um seinen Stuhl wieder aufzurichten. »Wo sind die Körper?«, fragte er Jessen von oben herab und mit harter Stimme.

Jessen stutzte einen Augenblick. »Habe ich verschwinden lassen. Ihr werdet sie niemals finden.«

Das konnten sie nicht widerlegen, bis sie die Körper tatsächlich hatten. Wenigstens einen der Körper. Wir haben nichts, er hat alles.

»Reine Schutzbehauptung«, sagte Horn. »Die liegen bestimmt in Ihrer Garage.«

Jessen stutzte wieder. »Ich habe keine Garage.«

Hinter ihm wurde die Tür geöffnet, CK kam leise herein, gab Talvi ein einzelnes A4-Blatt und ging wieder hinaus. Dabei sah sie Jessen aufmerksam an, hielt aber maximalen Abstand zu ihm.

Talvi hielt das Blatt so, dass Horn mitlesen konnte, Jessen aber nicht. Sie erkannte CKs klare Handschrift vom Flipchart.

»Friedrich Jessen, nennt sich gerne Freddy. Künstler (?), Metallskulpturen (Eisensäge??). Abitur, Studium nicht beendet (?). Soziale Medien unauffällig, keine Ankündigungen, keine Verschwörungstheorien. Wohnung gemietet, Kellerraum, keine Garage. Kein Waffenschein, kein Jagdschein. Nicht im Telefonbuch. Im Internet Mitglied eines Geocaching-Clubs. Führerschein B, keine Punkte.«

Ihr fiel ein Aufkleber ein, den sie irgendwann auf einer Heckklappe gesehen hatte. »Leg dich nie mit einem Geocacher an, er kennt Verstecke, da wirst du nie gefunden.« Die Informationen auf dem Zettel waren nicht vielversprechend.

Horn nickte trotzdem. »Das bricht ihm das Genick«, sagte er vernehmlich und lehnte sich wie entspannt zurück.

»Warum haben Sie drei Menschen umgebracht?«, fragte Talvi.

Jessen verschränkte die Arme vor der Brust und blickte zu Horn. »Vier, Herr Kommissar. Ihre Liste ist zu kurz.«

»Helfen Sie uns«, sagte Talvi rasch und freundlich. »Wer fehlt?«

»Karla Reutsch.«

Zwei Sekunden stand der Name im Raum.

»Wir unterbrechen.« Horn stand auf und berührte Talvi an der Schulter, um sie zum Hinausgehen aufzufordern. Er war so schnell an der Tür, dass ihr nicht anderes übrig blieb, als ihm zu folgen.

Sie verließen beide den Raum, daher musste ein anderer Beamter hinein. Der Verdächtige sollte nicht allein gelassen werden. Der Beamte schloss die Tür von innen.

»Scheiße!«, sagte Horn. »Scheiße, Scheiße.«

»Wer ist Karla Reutsch?«, fragte Talvi.

»Nicht hier«, sagte er, lief weiter und winkte sie mit sich. Nach ein paar Schritten stand sie neben ihm bei Schumann und Pfahls im Technikraum.

»Die Lautsprecher sind aus«, sagte Pfahls bei ihrem Eintreten. Sie konnten also frei reden.

»Wer ist Karla Reutsch?«, fragte Schumann.

»Eine Vermisstensache. Seit etwa einem halben Jahr. Alleinstehend, Mitte vierzig, mutmaßlich irgendwo zwischen Wohnung und Arbeitsplatz verschwunden. Niemand hat sie seitdem gesehen. Nachbarn haben die Vermisstenanzeige gestellt, weil die Katze der Reutsch fast verhungert wäre und geschrien hat. Nur so ist es aufgefallen.«

»Sechs Monate«, sagte Talvi. »Da ist die Chance, sie noch zu finden, gleich null.«

»Eine lange Zeit. Niemand schaut noch auf die Suchbilder, die wir aufgehängt haben. Ein einsamer Fall. Und ein komischer Fall«, fuhr Pfahls fort. »Eigentlich nicht unser Fall, weil es ja keine Leiche und damit auch keine Mordermittlungen gibt. Aber bei den Kollegen sind immer wieder Habseligkeiten aufgetaucht, die mit großer Wahrscheinlichkeit Karla Reutsch gehört haben. Handtasche, Handy, ein Schlüsselbund, ihre Zutrittskarte für den Fitnessclub. Alle Funde erfolgten im Abstand von ein paar Wochen, wenn sich die Hoffnung, sie zu finden, gerade wieder gelegt hatte. Und jedes Mal ohne Fingerspuren, ohne DNA, ohne alles. Chemisch rein.«

»Wo wurden die Sachen gefunden?«

»Immer entlang ihres Weges zwischen Wohnung und Arbeitsplatz.«

»Und jetzt reklamiert dieser Jessen Karla Reutsch als sein viertes Opfer.« Schumann blickte in die Runde.

»Wir können es nicht widerlegen, und er kann es nicht beweisen.« Talvi war skeptisch.

»Wir können es nicht beweisen, und er kann es nicht widerlegen«, konterte Horn.

»Wir haben gar nichts«, sagte Pfahls. »Nur seine Aussage.« Er blickte durch den Einwegspiegel auf Jessen, der im Verhörraum reglos am Tisch saß.

»So leid es mir tut«, Schumann wandte sich an Horn, »mit der Unterbrechung haben wir einen Fehler gemacht.«

Talvi nickte. »Mist. Damit haben wir signalisiert, dass wir an dieser Information Interesse haben, dass sie uns etwas wert ist. Wir haben uns führen lassen, statt ihn zu führen.«

»Shit happens«, sagte Schumann. Seine Stimme sagte, dass ihm das nicht passiert wäre.

»Also haben wir ein viertes Opfer? Und wenn ja, steht Jessen damit in Verbindung?« Talvi sah auf die Uhr. »Je länger die Unterbrechung dauert, desto größer wird seine Genugtuung.«

Eine Weile schwiegen alle. Schumann sprach als Erster. »Das wären dann zwei Männer und zwei Frauen, vielleicht ein neuer Ansatz, vielleicht tötet er in Paaren, die er sich zusammenstellt. Aber für heute ist das ohne Belang. Die Überprüfung einer möglichen Verbindung zwischen Jessen und Karla Reutsch wird viel Zeit verschlingen. Vier Selbstanschuldigungen wegen Mordes reichen auf jeden Fall, um ihn länger hierzubehalten. Frau Kressin kümmert sich bereits um den Haftbefehl, dann bleibt er die nächsten Tage in U-Haft.«

»Okay. Wir machen weiter«, sagte Talvi. »Ich habe eine Idee.« Sie machte eine Kopfbewegung zu Horn, dann gingen sie wieder in den Verhörraum und lösten den Beamten ab, der mit den Händen hinter dem Rücken schräg gegenüber von Jessen gestanden hatte. Sie hatten ihn die ganze Zeit durch den Spiegel und auf den Monitoren sehen können.

»Haben Sie den Schreck verdaut?«, fragte Jessen lächelnd, nachdem sie ihm wieder gegenübersaßen.

»Wir lassen Ihre Behauptung prüfen. Wir haben einen Praktikanten, der wird sich darum kümmern.« Horn sah ihn nicht an.

Talvi begann. »Was ist mit dem fünften Opfer? Samirah Wagner.«

Jessens Verblüffung war echt. »Kenne ich nicht.« Er zuckte mit den Schultern. »Sagt mir nichts. Ihr solltet nicht versuchen, mir jetzt alles unterzuschieben. Jeden eurer Misserfolge aus den letzten Jahren. Seid doch froh, dass ich euch entgegenkomme und mich gemeldet habe.«

»Bullshit.« Horn ließ seine Hand auf die Tischplatte fallen. Das war laut, aber nicht so laut wie nach Jessens Attacke auf Talvi Caster.

»Sie haben unsere Frage nicht beantwortet, Herr Jessen.« Talvi sah ihn interessiert an.

»Ich kenne diese Wagner nicht, habe ich doch gesagt.«

»Ich meine die Frage nach dem Motiv, aus dem Sie drei oder, wie Sie sagen, vier Menschen umgebracht haben.«

Jessen hob theatralisch die Schultern und ließ seinen Blick durch den Raum schweifen.

Er will sicher sein, dass die Kamera ihn erfasst. Er will sicher sein, dass der nächste Satz sitzt und makellos aufgezeichnet wird.

»Braucht man wirklich ein Motiv, um jemanden zu töten? Die vier waren einfach zur falschen Zeit am falschen Platz. Sie waren mir zuwider. Ich habe sie gesehen und wusste, die müssen weg.« Er lehnte sich zurück.

Wieder ging hinter ihm leise die Tür auf, CK brachte Talvi zwei weitere Blätter. Sie sah den Haftbefehl schon aus der Entfernung, die Überschrift und das Landeswappen waren unverkennbar. Sie prüfte ihn rasch, die Unterschrift war am richtigen Platz, sie hatte ein Original und eine Kopie. Die aufgeführten Paragrafen des StGB waren auch okay, sie hätte die gleichen eingetragen. Keine Formfehler riskieren.

»Herr Jessen, ich habe hier einen Haftbefehl gegen Sie. Sie kommen bis auf Weiteres in Untersuchungshaft. Das ist Ihre Kopie. Oder sollen wir die Kopie einem Anwalt zukommen lassen? Sollen wir Ihnen einen Pflichtverteidiger besorgen?«

»Nein. Ich bin doch freiwillig hier, das sagte ich schon.« Er drehte sich zu Horn. »Sie und die Puppe aus der Geisterbahn sind schwer von Begriff.«

Dieses Mal hielt Talvi ihren Kollegen am Arm fest, bevor Horn wieder aufspringen konnte. Sie schaffte es, ruhig zu bleiben.

»Das ist sinnlos, Herr Jessen. Mit wiederholter Beamtenbeleidigung machen Sie Ihre Situation nicht besser.«

»Kann sie denn noch schlechter werden?«

Greifswald, 5. Oktober 2021

Vernehmung des POM Werner Klüver, Streifenpolizei Greifswald, in der Ermittlungssache Talvi Caster (KOK), Aktenzeichen 9 Js 451/21

»Die Frau Kasper? Caster, sorry. Dazu kann ich nichts sagen. Die habe ich ja kaum gesehen, nur den einen Abend auf dem Fischerfest, als alles anfing mit diesem Fall. Und dann an dem Müllwagen, aber da haben wir alle nur gekotzt, glaube ich.

Ein ganz schöner Hammer für unser kleines Greifswald, dieser Fall. Gut, dass das vorbei ist.

Die Frau tat mir leid, schon bevor ich sie richtig gesehen habe, dann natürlich erst recht. Sie kam ganz allein zum ersten Fundort, der schmierigen Frittenbude von der alten Rita. Ganz allein und zu Fuß, die Hände in den Taschen, eine Kapuze auf. Gleich darauf wusste ich dann, warum.

Und alle gingen ihr aus dem Weg, machten Platz und sahen ihr hinterher.

Drei Schädel, Mann, das hätte ich auf meine alten Tage nicht gebraucht.

Die Soko wurde ja bald aufgelöst.

Den alten Pfahls treffe ich ab und zu auf ein Bier, wir sind ja fast gleichzeitig in Rente. Er erzählt gerne von früher, seine Geschichten kenne ich jetzt schon alle.«

Mittwoch, 15. September 2021, Nachmittag

Talvi ging einige Male den Flur auf und ab, während die anderen sich im Meetingraum einfanden und sie auf den Staatsanwalt warteten. Nach dem Stillsitzen im Verhörraum wollte sie jetzt lieber die Joggingschuhe anziehen und zwei Stunden laufen, einfach nur geradeaus und so schnell sie konnte.

Das muss warten. Das geht später auch noch.

Sie massierte im Gehen ihre Schläfen. Wir haben einen geständigen Täter, konnten in Rekordzeit aufklären und haben vielleicht noch einen alten Fall mit aufgeklärt. Wir lassen die Polizei und die Staatsanwaltschaft gut aussehen. Teamgeist, zügige Ermittlungen, professioneller Einsatz, bla, bla, bla. Für so etwas gibt es Anerkennungsschreiben oder Beförderungen. Oder geht es um mein Date heute Abend? Ist das ein Date oder nur eine Verabredung unter Kollegen, eine Feier im kleinsten Kreis? Bei meinem letzten Date hatte ich noch ein Gesicht.

Schumann saß bestimmt schon im Meetingraum, seine manikürten Finger würden den Kaffeebecher festhalten, den man bei Meetings rituell dabeihatte. Er hatte attraktive Hände, fand sie und kniff sich dann in den Oberarm. Dumme Kuh.

Sie hörte Schritte auf der Treppe, dann kam Worges um die Ecke.

»Wieso erfahre ich das erst jetzt?« Aber er strahlte über das ganze Gesicht. »Echt jetzt?«

Sie nickte. »Kommen Sie rein. Wir können anfangen.«

»Danke, dass Sie gewartet haben.«

Er hätte auch sagen können: »Entschuldigen Sie meine Verspätung«, aber ein Staatsanwalt entschuldigte sich nicht, das wäre ein Zeichen von Schwäche. Das war ihr im Augenblick herzlich egal.

Alle saßen am Tisch, sie schloss die Tür. Worges lehnte den Kaffee ab, den CK ihm geben wollte. Wahrscheinlich ist er gerade wach genug.

Horn und Pfahls saßen mit gefalteten Händen da, CK hatte eine dünne rote Aktenmappe dabei, aus der sie einen Block und einen Kuli nahm, falls es etwas zu notieren gab. Braves Mädchen. Ich muss mal mit ihr reden, nahm Talvi sich vor. Sie soll hier nicht Sekretärin spielen, sondern Polizistin sein.

Sie als Leitende informierte das Team der Soko noch einmal formal über die erste Vernehmung von Jessen, die sie vor einer Stunde beendet hatten. Sie ließ Schumann Gelegenheit, an einigen Stellen zu ergänzen, das war eine Frage der Höflichkeit einem LKA-Profiler gegenüber, und sie hatte Zeit, ihre nächsten Sätze vorzubereiten. Insgesamt dauerte es länger, als sie anfangs erwartet hatte, draußen wurde es schon dunkel. Und sie musste dringend noch telefonieren.

Zusammen legten sie beide eine mehr als vorzeigbare Leistung hin, fand sie. Den Schluss übernahm Talvi mit einer zweiten Zusammenfassung. Das tat sie, um den Erfolg des Teams noch mal auf den Punkt zu bringen und damit bei Worges als Beteiligtem außerhalb des Teams die wichtigen Sachen auch haften blieben. Er würde sicher gleich die nächste PK einberufen.

»Wir haben also drei Tage nach Auffinden der Leichenteile auf dem Gelände des Fischerfestes und somit nach Entdeckung eines Verbrechens zum Nachteil von Leib und Leben dreier Greifswalder Bürger einen wegen seines Geständnisses dringend Tatverdächtigen in Untersuchungshaft, auf den sich unsere Ermittlungen nun konzentrieren können. Und möglicherweise können wir gleichzeitig einen Cold Case, eine Vermisstensache, abschließen. Leider mit einem tödlichen Ausgang.«

Schumann nickte anerkennend und schenkte ihr quer über den Tisch ein Lächeln.

Worges konnte es nicht abwarten. »Hervorragend, Frau Caster! Das ist, was ich immer predige. Schnelle und übergreifende Kooperation, kurze Entscheidungswege und eine kompetente Führung.« Schon drehte er sich von ihr weg. »Ihnen, Herr Schumann, gilt mein besonderer Dank. Sicher haben wir Ihrer Kompetenz und

Erfahrung einen Großteil dieses mehr als vorzeigbaren Ermittlungserfolges zu verdanken.« Das sagte er mehr als Feststellung, nicht als Frage.

»Ich begleite Frau Caster und ihr Team nur. Wenn ich dadurch schon zum Ermittlungserfolg beitrage, dann freut mich das.«

Jetzt schenkte Talvi ihm einen anerkennenden Blick quer über den Tisch.

Worges hatte nicht mehr zugehört. »Ich werde gleich für morgen früh eine PK einberufen, schließlich haben wir ein Geständnis bewirkt. Gerne werde ich Sie dabei dankend erwähnen.« Damit war klar, dass er sie bei der PK nicht dabeihaben wollte, nach außen sollte der Erfolg mit seinem Namen verbunden werden. Er sah noch einmal in die Runde und bedachte auch den alten Pfahls, Horn und CK mit einem kurzen Nicken. »Meine Gratulation Ihnen allen, das war gute Arbeit. Wirklich. Bitte sorgen Sie dafür, dass die Unterlagen so bald wie möglich auf meinem Tisch liegen. Vollständig. Und halten Sie mich über die weiteren Vernehmungsergebnisse sofort auf dem Laufenden. Ich lasse parallel an der Anklageschrift arbeiten, damit wir keine Zeit verlieren, diesen …«

»Jessen. Friedrich Jessen«, half Talvi ihm aus.

»Diesen Jessen für lange, lange Zeit aus dem Verkehr zu ziehen.« Worges nickte noch einmal, ohne dabei einen von ihnen anzusehen. Dann sah er auf die Uhr. »Ich muss dann auch. Ist ja schon spät heute.«

Talvi nahm ihren Mut zusammen. »Wollen wir wirklich schon an die Presse?«

Worges hob abwehrend die Hand. »Was wollen Sie denn noch? Wir haben einen dringend Tatverdächtigen, der sogar ein Geständnis abgelegt hat. Und das in Rekordzeit, wenn ich mich nicht irre.« Er blickte in die Runde. »Oder gibt es hier am Tisch Zweifel an der eigenen Arbeit? Das Beste ist der Feind des Guten, Frau Caster.«

Pfahls und CK sahen aneinander vorbei an die Wand. Horn ließ die Schultern hängen. »Ich halte das für vertretbar«, sagte er zu niemand Besonderem.

Die Körperspannung der Anwesenden rund um den Tisch verringerte sich, nachdem Worges die Tür von außen geschlossen hatte.

Talvi sah auf die Uhr. »Entschuldigen Sie mich für einen Augenblick.«

Alle Augen folgten ihr. Der Raum nebenan war frei, sie schloss die Tür hinter sich und zog gleichzeitig mit der anderen Hand das Handy aus der Hosentasche.

Die Nummer von Speedy wählte sie per Kurzwahltaste. Er ging sofort ran. Sie wusste, dass er sein Telefon auf dem Gelände immer bei sich hatte.

»Hi, Speedy.«

»Hallo, Talvi! Du bist pünktlich, das ist cool. Du hast viel zu tun, sagen die Nachrichten.«

»Glaub nicht alles, was du liest.« Sie bemühte sich, unbesorgt zu klingen, und musste doch an die drei Schädel denken, die bei Doc Mertes nebeneinander auf einer Bahre in der Kühlkammer lagen. Er hatte sie in ein gemeinsames Fach gelegt, um Platz zu sparen.

»Wie geht es ihm heute?«

»Karl ist ganz gut drauf. Hat ziemlich ruhig geschlafen und etwas Appetit. Und sonst, weißt du ja, er guckt einfach geradeaus. Ich denke, er freut sich auf deinen nächsten Besuch.«

»Also wie immer. Ich bringe ihm morgen die Kekse mit, die er so gernhat.«

»Bleibt es dabei? Würde ihm viel bedeuten, glaube ich.«

»Klar. Morgen. Wenn es geht, rufe ich vorher kurz durch. Du, ich muss wieder.«

»Freiheit und Gerechtigkeit!« Speedy lachte.

»Bin dabei!« Sie legte auf und eilte zurück ins Meeting.

Möglichst unauffällig setzte sie sich und verschränkte die Arme vor der Brust. CK hatte ihre Mappe geöffnet, Talvi sah über Kopf die Formulare für die Umlaufsachen, mit denen sich die Abteilungen gegenseitig über kleine und große Vorkommnisse informierten.

Anscheinend wollte sie schon wieder zum Tagesgeschäft übergehen.

Vielleicht tut es dem Team gut, sich mit etwas anderem zu beschäftigen als mit dem Fall und mit Jessen, der unten in der Zelle sitzt. Wie viele Türen sind jetzt eigentlich zwischen ihm und uns? Zwar hatte sie die wenigen Zellen, die es unten im Gebäude gab, an ihrem ersten Tag gesehen, aber kaum noch in Erinnerung. Der Fall Jessen war ihr erster Fall in Greifswald, der sie mit den Zellen in Berührung brachte.

»Was haben wir denn noch?«, brummte Pfahls. »Ist ja schon spät heute.«

»Zwei Highlights noch, aus der Hauspost. Ein Kleinlaster mit polnischem Kennzeichen wurde gestohlen, beladen war er bis zur Decke mit Plüschtieren für einen Flohmarkt in Stralsund. Wenn Ihnen also Plüschtiere auf dem Schwarzmarkt angeboten werden, bitte die Augen aufhalten.«

Pfahls gab sich nachdenklich. »Ich werde Meldung machen, wenn ich wieder rosa Elefanten sehe. Ablage P wie Papierkorb.«

»Und ein Bauer hat Anzeige erstattet, weil jemand auf seinem Land Mist gestreut hat.« CK schmunzelte. »Die Kollegen wussten nicht so recht, wie sie damit umgehen sollen.«

Horn grinste. »Klar, ist das jetzt Umweltverschmutzung? Oder Sabotage? Widerrechtlicher Eingriff in betriebliche Abläufe?«

Auch Pfahls musste lächeln, und das gab seinem alten Gesicht etwas Freundliches. Talvi konnte sich ihn plötzlich als Opa vorstellen, aber hatte er überhaupt Kinder? Sie wusste nur wenig über ihn und würde kaum noch Zeit haben, das nachzuholen. Er stand auf und stützte sich dabei auf der Tischplatte ab. »Oder Landfriedensbruch? Einfach nur eine Ordnungswidrigkeit, denke ich. Aber mir fällt auch kein Paragraf dazu ein. Ablage K wie Kurioses. Bis Morgen, Kollegen.«

Talvi ließ gerne zu, dass Pfahls das Meeting aufhob. Sie war in Gedanken bei einer heißen Dusche und dem Abend mit Schumann.

Talvi schloss die Tür auf und ging vor ihm in ihr kleines Apartment. Es bestand aus einem Wohn-Schlaf-Arbeits-Zimmer, einer Küche und einem Bad. Es war sofort beziehbar gewesen, lag nahe an der Innenstadt, und mehr brauchte sie nicht.

Sie hatte nicht aufgeräumt, weil sie nicht damit gerechnet hatte, ihn mit in die Wohnung zu nehmen. Schumann aber unten stehen zu lassen nach dem ersten flüchtigen Kuss beim Verlassen des Restaurants war ihr nicht möglich gewesen. In dem winzigen Flur standen sie eng zusammen. »Nach rechts«, sagte sie.

Die Schlafcouch war noch aufgeklappt, wie immer, und unordentlich, wie immer. Talvi zog als Erstes die Vorhänge zu, wie immer, und schaltete die kleine Wandlampe an, die ein schwaches gelbes Licht verbreitete.

»Willst du etwas trinken? Ich glaube, da ist noch Wein. Ich trinke allein nicht so häufig etwas.«

»Gerne.«

Sie ging in die Küche.

Schumann zog das Sakko aus und legte es über die Lehne ihres Drehstuhls vor dem Schreibtisch. Aus der Küche hörte er Gläser klirren. Sein Blick fiel auf die beiden Stapel mit Akten, die auf dem Tisch lagen, rechts und links von ihrem Laptop. Er sah die Aktenzeichen, die Beschriftungen und die Eingangsstempel, schlug die Akten aber nicht auf.

Es gab keinen Wohnzimmertisch, keinen Sessel und keinen Fernseher. Nur die Schlafcouch, zwei niedrige Kommoden an der Wand, eine Wandlampe und den Schreibtisch mit Stuhl und Lampe.

Talvi kam zurück, sie war barfuß, die Haare waren frisch gekämmt, und ein Hauch von Parfüm, ein Mix aus Blumen und Seeluft, der ihn an einen teuren Whisky erinnerte, stieg in seine Nase. Sie hielt zwei Gläser mit Rotwein in den Händen, reichte ihm eines, und er sah, dass die Bluse über dem Hosenbund hing und dass sie darunter keinen BH mehr trug. Sie braucht auch keinen. Zwei Knöpfe mehr als im Restaurant waren geöffnet.

Talvi und Schumann stießen an, tranken einen kleinen Schluck. Die Flucht in Rituale.

Den Wein fand er flach und billig, deutlich schlechter als den Wein eben beim Italiener, den er ausgesucht hatte.

Schumann machte eine Kopfbewegung zum Schreibtisch. »Nimmst du Arbeit mit nach Hause? Fleißpunkte für die Nachfolge von Frau Bergmann?«

»Nein, das hat mit Bergmann und den anderen nichts zu tun. Bevor … *das alles* … passiert ist, vor meiner Zeit bei der Polizei, war ich Juristin. Es gibt in Kiel einen Verein, der sich um Opfer von Verbrechen kümmert. So etwas wie der Weiße Ring, aber nur für die harten Fälle. Für die Opfer, die von einem Tag auf den anderen vor einem anderen Leben stehen, die vor sich einen Abgrund haben, der mit Ablehnungen von Versicherungen, zynischen Anwaltsschreiben und Detailproblemen aus dem SGB gefüllt ist, und die sich nicht selbst helfen können.« Sie trank einen kleinen Schluck – für ihre Verhältnisse hatte sie schon beim Italiener recht viel getrunken – und sah ihn über den Rand des Glases an.

Er hielt den Blickkontakt. »Dann ist das ehrenamtlich? Neben der Arbeit?«

»Ja. Ich bin da durch, ganz allein, die harte Tour auf dem schmalen Weg. Und ich will anderen helfen, da auch durchzukommen. Ich prüfe Schriftsätze, Ansprüche gegenüber Versicherungen und Behörden. Vor allem zivilrechtliche Ansprüche gegen die Täter, wenn sie ermittelt werden können.«

Schumann nickte. »Die Verurteilung eines Täters genügt ja nur dem Strafrecht, nicht dem Zivilrecht. Die Probleme im Zivilrecht fangen mit der Verurteilung erst an und dauern viel länger. Da braucht man einen langen Atem und viel Sachkenntnis. Das ist bewundernswert.« Er stieß noch einmal an, hielt aber das Glas zur Seite, ohne zu trinken, legte seinen anderen Arm um ihre Hüfte und zog sie zu sich heran. Er wollte ihre Wange küssen, sie drehte im letzten Augenblick den Kopf zur Seite, und ihre Lippen trafen sich.

Talvis Lippen waren fest, er spürte das Narbengewebe in ihrem Mundwinkel und streichelte mit den Fingerspitzen die Narbe entlang über ihre Wange bis zur Schulter. Sie schüttelte ihn ab und leerte ihr Weinglas mit einem langen Schluck und in den Nacken gelegtem Kopf, was ihm ihren Hals und den Ausschnitt präsentierte. Dann stellte sie das Glas achtlos zur Seite, schlang ihre Arme um seinen Hals, drückte ihn an sich und küsste ihn schwer atmend. Er küsste zurück und spürte unter ihrer Bluse nur nackte Haut. Talvis Hände wurden schneller, sie griffen nach seinem Hemd und seinem Gürtel, sie war ihm immer einen Griff voraus. Rasch war er halb nackt und wurde von ihr auf die Schlafcouch gedrängt, wo ihn eine Wolke ihres Geruchs umfing. Talvi sah zu, wie er Unterwäsche und Socken auszog, streifte dabei ihre Jeans und den Slip ab. Nur mit der Bluse bekleidet setzte sie sich über ihn, zog seine suchenden Hände an ihre nackten Hüften. Dann schloss sie die Augen und zog die Bluse über den Kopf.

Sein Blick hing an ihrem nackten Oberkörper. Die sichtbare Narbe, die quer durch ihr Gesicht über den Mundwinkel und die Wange führte, endete an der Halsbeuge. Die bisher verdeckten Narben zogen sich von der linken Schulter nach rechts unten quer über ihre Brüste und dann wieder zurück über den Bauch und das Becken. Ein auf der Seite liegendes großes V aus rotbraunem, fingerdickem Narbengewebe. Er vermutete, dass der Täter sein Messer wie eine Machete von links nach rechts geschwungen hatte. Auf jeden Fall hatte es keinen Gürtel gegeben, der die Klinge hätte aufhalten können.

Sie blieb oben, ließ ihn in sich eindringen, sog dabei scharf die Luft ein und drückte ihm ihr Becken entgegen. Schumann griff nach ihren Brüsten, sie schlug seine Hände weg, bewegte ihre Hüften schneller und stützte sich dabei auf seine Oberarme, drückte ihn auf der Matratze fest.

Nach wenigen Atemzügen kam sie zum Höhepunkt, die unterschiedlich langen Haare hingen ihr ins Gesicht. Er spürte, wie sie sich um ihn zusammenzog. Mit einem Schrei, von dem er wusste, dass er nichts mit ihrem Orgasmus zu tun hatte, fiel sie auf ihn und bewegte sich nicht mehr. Ihr lebloser Körper rutschte halb von ihm herunter, er musste sich etwas wegdrehen, damit sein noch steifes Glied aus ihr herausgleiten konnte, dann lag ihr linker Oberschenkel weich über seiner Hüfte und ihr linker Arm über seiner Brust.

Wie kann sie so schlafen, dachte er. Die ist echt fertig. Ihr Kopf lag neben seiner Schulter, er spürte ihren Atem auf seiner nackten Haut, flach und regelmäßig wie bei einem kleinen Kind.

Die schwache Wandlampe brannte noch.

Sie merkte nicht, wie er sich vorsichtig unter ihr wegdrehte, sich befriedigte und auf ihren nackten Hintern abspritzte. Dann zog er die Decke über ihre Körper und drehte ihr den Rücken zu.

Ein paar Stunden Schlaf konnte er sich leisten. Seinen inneren Wecker stellte er auf fünf Uhr. Das klappte immer, plus/minus zwei Minuten. Er merkte sich noch kurz, wo seine Sachen lagen.

Zur gleichen Zeit war die Geburt problemlos verlaufen. Er war sehr zufrieden mit Merle. Die Kuh hatte ihr Kalb gleich angenommen und abgeschleckt. Sie hatte auch die Nachgeburt aufgefressen, die er ihr vor die Nase gelegt hatte. Dann hatte er das Kalb an ihre Seite gezogen, noch einige Male mit sauberem Stroh abgerieben, um die Durchblutung zu fördern, und sich dann darauf verlassen, dass die Kuh ihr Kalb ausreichend warm halten würde.

Auch nach unzähligen Geburten, die er begleitet hatte und bei denen er manchmal viel stärker gefordert war als heute, war es nie Routine geworden, neues Leben auf der Welt zu sehen.

Er konnte jetzt nicht schlafen, schaltete leise das alte Radio ein und streckte sich auf der Liege aus. Sein Kopf war hellwach, aber seine Knochen waren tatsächlich dankbar für die Pause. Vielleicht war doch ein kurzes Schläfchen drin. Die Wärme des Stalles, das Rascheln und Brummen der Tiere halfen ihm, sich zu entspannen. Nur mit einem Ohr verfolgte er das Radio.

Um Mitternacht schreckte er hoch. In den Nachrichten hatten seine Ohren etwas aufgeschnappt, bewusst hörte er nur den zweiten

Teil der Meldung. Davor musste etwas von »Fischerfest-Morden« und »Soko« gewesen sein.

»... gab es heute einen überraschenden Ermittlungserfolg. Wie uns Staatsanwalt Dr. Worges mitteilte, wurde nach intensiven Ermittlungen ein dringend tatverdächtiger Mann aus Greifswald gefasst, der bereits ein Geständnis abgelegt haben soll. Der Staatsanwalt zeigte sich sehr erfreut, dass dieser Erfolg unter seiner Leitung schon drei Tage nach Auffinden der Opfer erreicht werden konnte. In Australien haben die Buschbrände die Stadtgrenze von ...«

Da hatte sich diese Frau Talvi Caster aber mächtig reinlegen und vorführen lassen. Er hatte doch schon so viel dafür getan, dass sie den richtigen Täter finden konnte, jetzt musste er tatsächlich noch mehr helfen. Sie hatten etwas gemeinsam, das hatte er bei seinem ersten Besuch in der Innenstadt gesehen.

Aus der Box ihm gegenüber kam ein bestätigendes Brummen und Rascheln von Merle und ihrem noch namenlosen Bullenkalb. Der Kleine wollte aufstehen und die Welt erkunden, schließlich kannte er den Zusammenhang von Dunkelheit und Schlaf noch nicht. Bisher war für ihn alles dunkel gewesen, bis vor einer Stunde.

Und seine Mutter und ich sind die ersten Stimmen, die er hört.

Wie geplant wachte Schumann um kurz vor fünf auf. Die Kommissarin lag bewegungslos neben ihm, sie hatte sich die ganze Nacht nicht bewegt, ihr Atem war weiterhin ruhig.

Schumann stand leise auf, sah sich für einen Augenblick die Frau auf dem Bett an, ließ seinen Blick von den Schultern bis zu den Fersen über ihre Haut gleiten. Geübt machte er ein Handyfoto von der Nackten, die auf dem Bauch lag und schlief, ein Bein und einen Arm abgewinkelt. Von hinten ist sie echt sexy. Aber jetzt bloß nicht aufwecken.

Er musste dringend pissen. Die schwache Wandlampe brannte noch immer, und in ihrem Schein suchte er seine Kleidung zusammen. Dann schaltete er die Lampe vorsichtig aus, ging auf Zehenspitzen aus dem dunklen Raum und schloss vorsichtig die Tür.

Der Flur war auch dunkel, nur unter der Wohnungstür kam ein schmaler Streifen Licht aus dem Treppenhaus. Mit der Kleidung unter dem Arm tastete er sich die Wand entlang an der Küche vorbei ins Badezimmer.

Das Bad hatte keine Fenster, und das Licht funktionierte nicht. Er betätigte den Schalter ein paarmal, aber nichts passierte. Er schlich zurück über den Flur in die Küche, dort funktionierte eine schwache Deckenlampe. In ihrem Schein fand er die Leuchte zwischen Oberschrank und Arbeitsplatte, schaltete die Deckenlampe wieder aus, ging erneut ins Bad und ließ die Tür einen Spalt offen.

Das schwache Licht, das aus der Küche über den Flur ins Bad kam, reichte aus, um die Toilette zu benutzen. Dabei sah er sich um. Es gab keine Lampe. Weder an der Decke noch über dem Spiegel, nur die Anschlüsse schauten aus dem Putz, zwei Kabelenden in Lüsterklemmen.

Sie will kein Licht im Bad. Und sie hat in die Vorhänge im großen Zimmer mehr investiert als in ihr Bett. Sie will sich selbst nicht sehen. Sie will im Dunkeln bleiben.

Mit der Hand an der Spültaste drückte er die Tür wieder zu, betätigte die Spülung und wartete, bis das Rauschen des Wassers vorbei war. Dann ließ er wieder einen dünnen Spalt Licht herein und zog sich an. Seine Gürtelschnalle klimperte an das Waschbecken, er hielt den Atem an, aber sie hatte wohl nichts gehört.

Die Tür zum Badezimmer ließ er offen, das Licht in der Küche löschte er. Er würde keinen Zettel schreiben und keine Textnachricht. Möglichst wenig Spuren hinterlassen. Nach dem vorsichtigen Schließen der Wohnungstür atmete er einmal tief durch.

Am besten bin ich nie hier gewesen. Gibt es nebenan nicht eine Bäckerei? Er meinte, gestern Abend ein dunkles Schaufenster mit einer Auslage gesehen zu haben. Dann konnte er sich zwei Brötchen und einen Kaffee mit ins Auto nehmen. Es würde eine lange Fahrt werden, und er musste dringend einen anderen Geschmack in den Mund kriegen.

Donnerstag, 16. September 2021, Vormittag

Lehmann hatte einen dicken Kopf, und sie sollten ihn besser nicht nach Restalkohol fragen. Sein Auto hatte er langsam auf den Fuhrhof gefahren, hatte den Personaltrakt betreten und sich umgezogen. Alles war okay, solange er sich nicht bücken musste.

Der ewige Streit zu Hause und der ewige Gestank hier auf dem Fuhrhof und gleich in seinem Müllauto nervten ihn. Gegen den Streit zu Hause mit seiner Ex, die noch nicht ausgezogen war, die jede Frage nach einem Termin dafür mit einem frechen Grinsen beantwortete und angestrengt vermied, sich nach einer eigenen Wohnung umzusehen, gegen diesen Streit half der Kasten Bier, der auf dem Balkon stand. Da konnte er rauchen und trinken, da kam sie nicht hin, da war es ihr zu kalt. Sie hatte das Bett, er hatte die Couch im Wohnzimmer, den Balkon und den Kasten Bier. Der Kasten wurde jedes Mal rasch leer und musste getauscht werden, das war okay. Das war ein Puffer gegen den Streit, gegen die blöden Bemerkungen, ihr halb nacktes arschwackelndes Herumlaufen in der Wohnung und die langen Telefonate, die sie auf seine Kosten mit ihren Freundinnen führte und in denen es laut und voller Wiederholungen meist darum ging, was für ein Schlappschwanz er war, dass er im Gegensatz zu Emilio keinen hochkriegte und dass er nach Müll stank, wenn er nach Hause kam.

Die Füße mit den Sicherheitsschuhen stellte er möglichst hoch auf die Bank, um die Schnürsenkel zu binden. Alles ohne Bücken war okay. Danach schloss er die Augen und atmete durch. Diese acht Stunden würde er auch rumkriegen, die zwölf Stunden danach waren anstrengender.

Lehmann ging zu dem Müllwagen, *seinem* Müllwagen. Er fuhr einen Nehlsen-4-Achser mit Pressplatte, zweiunddreißig Tonnen Gesamtgewicht, und obendrauf, im Sinne des Wortes, noch bis zu sechzehn Tonnen Müll.

Lehmann torkelte nicht, er konzentrierte sich erfolgreich auf jeden Schritt. Im Sitzen würde alles besser werden.

Seine Leute warteten schon, dabei war er pünktlich heute. Ole und Krümel standen neben dem Wagen und kletterten gleich rein, nachdem er ihn mit der Fernbedienung entriegelt hatte. Die Türen knallten zu. Drei Mann in einem Müllwagen, für die nächsten acht Stunden. Oder zehn, wenn sie im Verkehr schlecht durchkamen.

Ole und Krümel waren Arschlöcher, weil sie nur draußen rumliefen und die vollen Müllcontainer an den Wagen schoben und die leeren wieder weg. Die zentrale Figur war der Mann auf dem Bock, ohne den ging nichts. Trotzdem ließ er heute Morgen den Flachmann kreisen, jeder nahm einen kräftigen Schluck, dann war nur Altglas übrig. Natürlich würden sie das ordentlich entsorgen, das war Berufsehre. Sie hatten ja eine Vorbildfunktion, sagte der Fuhrhofleiter immer.

Im zweiten Versuch gelang es ihm, den Achtzylinder zu starten. Der Tag brach an, und zweimal sechzehn Tonnen Müll lagen vor ihnen. Heute war die Hotelroute dran, einmal pro Woche, da gab es ab und zu einen Kaffee und ein Brötchen, wenn sie zur richtigen Uhrzeit an der richtigen Stelle waren. Sie nahmen dann gerne auch etwas mit, das nicht in den normalen Müll gehörte.

Talvi wachte auf. Sie lag quer und unbekleidet auf dem zerwühlten Laken. Neben dem Bett lag ihre Bluse auf dem Fußboden, darauf der gute blaue Slip. Nichts war zu hören. Draußen rauschte ein Auto vorbei, aber das Geräusch wurde durch die Vorhänge gedämpft.

Sie sprang auf und genoss das erste Mal seit Jahren ihre Nacktheit. Sogar der Teppichboden vom Vormieter fühlte sich unter den nackten Fußsohlen aufregend an.

Wo ist Thomas denn? Wo ist das Telefon? Auf dem Display stand nichts, keine SMS, keine WhatsApp, keine Mail. Funkstille.

Sie prüfte rasch, dass sie nicht etwa den Flugmodus aktiviert hatte. Eine analoge Nachricht von ihm gab es auch nicht. Nicht auf dem Schreibtisch, nicht in der Küche, nicht mit Tesa an der Tür. Mit dem Handy in der Hand ging sie zum Vorhang, entsperrte es dabei mit dem Daumen und wählte Thomas' Nummer aus der Rufliste. Das war das Gespräch von gestern Abend, mit dem sie ihn zu dem dunklen Italiener geleitet hatte. Herzklopfen wie ein junges Mädchen.

Es klingelte auf der anderen Seite. Sie schob mit zwei Fingern der anderen Hand die Vorhänge auseinander und spähte hinaus, ein heller Lichtstrahl fiel durch den Spalt auf ihren Oberkörper. Draußen war es hell, obwohl es noch früh war. Die ersten Leute waren unterwegs.

Nach dreimal Klingeln hob er ab. »Schumann.«

Rauschen im Hintergrund. Sitzt er im Auto?

»Wo bist du?«

»Kurz hinter Wismar, noch zwei Stunden bis Hannover. Ich musste früh los.«

»Aber –«

»Tut mir leid, dass wir nicht frühstücken konnten.«

»Und wir?« Ihr Hals war eng, sie schluckte. »Und unser Fall?«

»Dein Fall.« Die Verbindung wurde schlecht, es rauschte und knisterte und riss Löcher in die Wörter. Musste ein Profiler vom LKA sich an die Verkehrsregeln halten? »Ja, der ist gestern mit dem vierten Opfer größer geworden, deutlich mehr Arbeit für euch. Aber er ist nicht komplizierter geworden. Für den Fall brauchst du mich nicht.«

Für den Fall nicht. Ihre Finger krallten sich um das Handy.

»Und wir? Wann sehen wir uns wieder?« Sie sah die Antwort kommen, bevor sie sie hörte. Und sie ahnte, dass es eine Lüge sein würde.

»Ich habe Familie, Talvi. Die ist mir sehr wichtig.«

Jetzt war ihr kalt, sie musste etwas anziehen. Den Spalt im Vorhang ließ sie zufallen, das Zimmer wurde dunkel.

»Arschloch«, sagte sie und spürte die harte Narbe in ihrem Mundwinkel.

Oft hatte sie gegen Tränen gekämpft und immer gewonnen. Jetzt verlor sie. Talvi warf das Handy in die Ecke, es fiel polternd zu Boden, sie schlug die Hände vor das Gesicht und spürte zwischen den Tränen die Scheißnarben unter den Fingern, die sie zum Freak machten.

Ich kann die Narben nicht einmal herausschneiden, dann werden sie nur größer. Und wenn ich unter der Dusche noch so hart schrubbe, die Narben bleiben. Nichts ändert sich.

Greifswald, 5. Oktober 2021

Telefonische Vernehmung von KOR Thomas Schumann, LKA Hannover, in der Ermittlungssache Talvi Caster (KOK), Aktenzeichen 9 Js 451/21

»Kollegen, ich helfe euch ja gerne, aber was kann ich schon sagen? Ihr steckt ziemlich in der Klemme, oder? Interne Ermittlungen haben immer ihre eigenen Regeln, alle gehen auf Zehenspitzen, und alle haben panische Angst, Fehler zu machen. Das ist bei euch in Greifswald auch nicht anders als bei uns in Hannover.

Ja, ich bleibe bei der Sache, Herr Kollege. Kann ja verstehen, dass ihr nervös seid.

Die Kollegin Caster habe ich nur kurz kennengelernt, das waren nicht mal zwei Tage, glaube ich. Sie hat die Ermittlungen geleitet und die Meetings dazu, ich war ja nur Gast, habe ein paar Fragen gestellt und ein paar Fragen beantwortet. Es gab dann für die Soko Fischerfest ein schnelles Geständnis, das zuerst auch recht glaubhaft war. Das war zumindest die Einschätzung von Frau Caster. Damit war meine Unterstützung schon beendet.

Das Team konnte nicht wissen, dass das Geständnis falsch war, dass dieser Jessen nicht der Täter war. Aber mit dem Geständnis war die Sachlage eindeutig, kurze Ermittlung, schneller Erfolg, macht sich gut im Lebenslauf. Und macht gute Presse, das schien der Staatsanwaltschaft wichtig zu sein. Dieser Dr. Worges arbeitet mehr wie ein Politiker als wie ein Staatsanwalt. Ihr kennt das ja.

Ich war recht froh über das frühe Ende, ich hatte parallel in Hannover zwei akute Fälle, eine Entführung und einen mutmaßlichen Serienmörder. Der Schreibtisch war voll, die Kollegen warteten. Das hat mir auf der A 1 bei Lübeck noch ein Ticket eingebracht, dagegen sind auch wir nicht immun. Und ich hatte keine Veranlassung, mit Blaulicht zu fahren.

Ohnehin war das – wenn ich das außerhalb des Protokolls sagen darf, Sie können die Aufzeichnung bitte kurz mal unterbrechen – eine ziemliche Schnapsidee, mich überhaupt anzufordern. Das hat keinem etwas gebracht, außer ein paar Fleißpunkte für die Karriere von diesem Worges.

Tja, was ist vielleicht noch interessant? Da war dieser alte Pfahls, ein paar Wochen vor der Pensionierung. Der war durch, glaube ich, hat sich immer nur zurückgelehnt. Habe nicht gefragt, warum er es nur bis zum Kommissar geschafft hat, vielleicht Disziplinarprobleme oder Alkohol. Damit musste die Kollegin Caster klarkommen. Die beiden jungen Kollegen, Horn und Kressin waren, glaube ich, die Namen, hab sie mir nicht notiert, waren ganz fit. Horn hat Ambitionen, ich denke, er macht jetzt das Rennen um die Nachfolge, nachdem Frau Caster für diese Position nicht mehr verfügbar ist. Die Kressin kam mir vor wie eine Krankenschwester, die sich eigentlich nur einen Oberarzt angeln will. Oder sie sieht Horn als Sugardaddy, in dessen Windschatten sie mit aufsteigen kann. Das war schon sehr eindeutig, Kleidung, Körpersprache, Blickkontakt, das ganze Paket. Natürlich für ein geübtes Auge sehr durchschaubar. Aber nicht mein Thema.

Und euer Greifswald ist ganz nett, aber durch und durch Provinz.«

Donnerstag, 16. September 2021, Vormittag

Im Büro ließ sie sich auf ihren Drehstuhl fallen. Kein Frühstück, kein Kaffee, ihr war schon schlecht.

Dann würde sie Jessen eben mit Horn weiter vernehmen, ohne dass ein Macho vom LKA sie durch die Scheibe anglotzte. Pfahls würde beobachten. Hoffentlich geht alles glatt. Ich kann noch mehr Scheiße heute echt nicht brauchen.

Sie war spät ins Büro gekommen. Die PK von Worges war schon vorbei, zwei Kollegen aus anderen Abteilungen hatten sie auf dem Weg in ihr Büro beglückwünscht. Sie kannte nicht einmal ihre Namen.

Ihr Telefon klingelte. Den Klingelton brrr-brrr-brrr fand sie widerlich, hatte aber nicht herausgefunden, ob und wie man den ändern konnte. Horn hatte nur mit den Schultern gezuckt, so etwas war ihm nicht wichtig.

Eine Nummer wurde nicht angezeigt. Talvi nahm den Anruf entgegen. »Caster.«

»Ihr habt den Falschen.« Eine Männerstimme, schwach und etwas vernuschelt, als wäre sie zu weit vom Telefon entfernt, als verstellte jemand seine Stimme.

Reflexartig zog sie Block und Stift heran, notierte die genaue Uhrzeit. Was ist das jetzt für ein Scheiß? Wir raten noch, und ein Externer hat die Antwort? »Mit wem spreche ich bitte?«

»Ihr habt den Falschen. Dieser Jessen erzählt euch nur Mist. Alle Infos in der Pressekonferenz von eurem Oberturner waren falsch.«

»Von wo rufen Sie an?« Wahrscheinlich war es nicht möglich, die Verbindung jetzt zurückzuverfolgen. Sie hatte weder Horn noch einen der anderen auf dem Weg zu ihrem Schreibtisch gesehen, die bereiteten wohl schon die Vernehmung vor.

»Fragt diesen Jessen nach Details. Er war es nicht. Schreiben Sie mit, ich gebe Ihnen mal was Echtes durch.« Ohne zu warten, sprach der Mann weiter. Talvi fand, dass er nicht aufgeregt klang, sondern gut vorbereitet und selbstsicher. Sie machte dazu eine Notiz auf dem Block und hoffte, das später noch lesen zu können.

»Die Opfer sind Wolf Bundt, Yvette Imken und Elias Tschernig. Ich habe die Personalausweise gesehen und fotografiert, bevor ich sie ihnen in den Mund geschoben habe.«

Ihr Herz raste, das war echtes Täterwissen, das konnte der Anrufer nirgends aufgeschnappt haben. Der Mann sprach weiter und nannte ihr die Adressen und Geburtsdaten der drei Opfer. »Bundt lag in der Kühltruhe, Imken im Bierkasten, Tschernig im Auto. Zwei Ausweise waren vertauscht. Die Schädel waren sauber abgetrennt, zwischen dem ersten und zweiten Halswirbel. Ich gebe einen Tipp, es war eine Gigli. Und euch fehlen die Körper, die habe ich.«

Talvi schluckte, ihr Stift raste über das Papier. »Okay.«

»Das ist nicht okay. Dieser Jessen will den Ruhm, hat aber nichts dafür getan. Er quatscht euch voll, er klaut eure Zeit. Die solltet ihr nutzen, um nach mir zu suchen. Ich mache es euch doch einfach genug, oder?« Die Verbindung brach ab.

Vom Gang hörte sie ein Geräusch. »Horn?«

Schon stand er in der Tür. »Morgen. Soll ich Jessen jetzt hochbringen lassen?«

Sie sah auf ihre Notizen, sie hatte nicht gemerkt, dass sie den ganzen Zettel vollgeschrieben hatte.

»Vergessen Sie ihn. Wir sind wieder am Anfang.«

»Trommeln Sie bitte die anderen zusammen.«

Horn wusste, dass er jetzt nicht mehr von ihr hören würde. Er musste sich gedulden, bis die Kollegen dabei waren. Sie wollte das sicher nicht mehrfach erzählen.

Während er rausging, griff Talvi zum Telefon. Der Rechtsmediziner nahm sofort ab.

»Hallo, Talvi Caster hier. Was ist eine Gigli-Säge?«

»Hm. Eine Gigli. So etwas wie eine Garotte, ein Stahlseil mit zwei Handgriffen, zwischen dreißig und fünfzig Zentimeter lang. Das Stahlseil oder der Draht, je nach Dicke, ist geflochten. Damit kann man recht gewebeschonend Amputationen durchführen. Hier liegt irgendwo auch so eine rum, aber wir verwenden lieber die elektrische Stryker. Eine Gigli kriegen Sie bei eBay für unter zehn Euro, und sie passt in die Hosentasche. Warum interessiert Sie das?«

»Können damit die Schädel abgetrennt worden sein?«

Er brauchte eine Sekunde. »Klar, das geht. Erfordert ein wenig Kraft, aber das geht. Ich schaue mir die Schädelknochen noch mal an, aber ich denke, das passt. Wie sind Sie darauf gekommen?«

»Danke.« Es war unhöflich, einfach so aufzulegen, aber zu etwas anderem fühlte sie sich nicht in der Lage.

Auf dem Weg ins Meeting winkte Pfahls sie in sein Büro und schob die Tür zu, ohne sie richtig zu schließen.

»Chefin, ich muss noch was loswerden.« Dieses Mal sah er ihr nicht ins Gesicht, sondern an ihre Schulter. »Wegen diesem Schumann.«

Talvi schloss für zwei Sekunden die Augen. »Ja?«

»Ich hatte mich ja vorher umgehört. Hatte den Namen von Worges' Sekretärin. Wegen der Buchung im Hotel, habe ich gesagt.«

Sie nickte, sie wollte jetzt nicht sprechen. Sie war nicht sicher, ob sie es konnte.

»Da war nichts. Da war der eine Fall, auf den ich ihn angesprochen habe. Sonst nichts.« Pfahls senkte die Stimme. »Die haben uns einen Blender geschickt.«

Diese Info hätte ich lieber eine Nacht früher gehabt.

Talvi hätte sich gerne von dem alten Herrn in den Arm nehmen lassen. »Wir schaffen das auch ohne ihn«, sagte sie und spürte, dass sie nicht überzeugt klang.

»Jessen verarscht uns.« Talvi verzichtete auf eine Begrüßung und das Kaffeeholen. Kompakt berichtete sie von dem Telefonat. Dabei zitterte der Notizzettel in ihrer Hand. Sie legte ihn vor sich auf den Tisch und strich ihn glatt.

Die anderen schwiegen, Horn senkte den Kopf. Der alte Pfahls hatte sich als Erster im Griff. »Das hat der Kollege aus Hannover auch nicht erkannt, dass Jessen uns belügt.«

Ein schwacher Trost. Der hat so manches nicht erkannt. »Jessen hat sich gut in Szene gesetzt, und wir haben uns blenden lassen«, sagte Talvi.

»Wollte er deshalb keinen Anwalt, weil der Anwalt seine Lügen rasch durchschaut hätte? Weil ein Anwalt dabei nicht mitgespielt hätte?« Horn hatte die Neuigkeit jetzt auch verdaut.

»Der hätte auch nichts an Jessen verdient und sich den Ruf ruiniert«, sagte Pfahls. »Dafür haben Anwälte eine Nase.«

Horn blickte seine Chefin an. »Mann, wie hätte Jessen auch die Logistik dieser drei Morde hinkriegen wollen? Die Schädel irgendwo abtrennen, wo er selbst sicher ist, dann die Schädel transportieren und ablegen, die Körper aufbewahren oder beseitigen. Das hätten wir ihn doch gestern fragen müssen!«

»Können wir heute nachholen«, sagte Talvi. »Wir müssen ja sichergehen, dass der Anrufer recht hat. Dass wir nicht noch einmal reingelegt werden.«

CK meldete sich nun auch zu Wort. »Ich hatte mich schon gewundert. Aber das passt zusammen.«

»Was?« Talvi merkte selbst, dass sie zu grob zu der jungen Frau war.

»Während des Verhörs gestern habe ich doch recherchiert. Eine Antwort aus Baden-Württemberg kam später noch rein, aber da waren Sie alle schon weg. Und heute früh war noch keine Gelegenheit.«

»Was denn?«

»Ich hatte vom EMA eine Voranschrift von Jessen aus der Gegend von Stuttgart und habe die Kollegen dort angefunkt. Dort gab es vor zwei Jahren eine Anzeige gegen ihn, wegen Irreführung der Behörden und falscher Selbstbezichtigung. Das Verfahren wurde aber ohne Verhandlung eingestellt, weil die Verfolgung nicht im öffentlichen Interesse war.«

»Shit. Ein Wiederholungstäter.« Horn rollte mit den Augen. »Das meiste hat er aus der Zeitung, und den Rest hat er gut geraten. Was hat er schon riskiert? Wenn er falschgelegen hätte, dann hätten wir ihn rausgeworfen.«

»Und da ist noch etwas.« Die Kollegin Kressin klang jetzt weniger entschuldigend. »Nachdem ich die Infos aus Stuttgart hatte, bin ich den Weg abgegangen, über den Jessen gestern vom Streifenwagen bis in den Verhörraum geführt wurde. Parkplatz, Seiteneingang, zwei Treppen hoch, Gang hinunter.«

»Und?« Pfahls zog die Augenbrauen zusammen. »Hat er etwas verloren?«

CK schüttelte den Kopf. »Nein. Er hat etwas gesehen. Auf dem ersten Treppenabsatz hängt eines der alten Suchbilder von dem Fall Karla Reutsch. Samt Foto. Der Name ist auch im Vorbeigehen gut lesbar.«

Talvi sank im Stuhl zusammen. »Er hat auch mit dem Verschwinden von Karla Reutsch nichts zu tun. Er hat den Namen auf der Treppe gelesen und uns dann als vierten Fall aufgetischt.«

»Wir waren echt naiv. Aber keiner von uns geht da jemals lang. Außerdem achten wir nicht mehr auf Suchplakate, an denen wir schon x-mal vorbeigekommen sind.«

Talvi konnte nur zustimmend nicken. »Sehr gute Idee, Frau Kressin. Auch wenn das Ergebnis für uns eine Pleite ist. Wir sind wieder zurück auf Los.«

Horn sah sie über den Tisch an. »Und wer bringt Staatsanwalt Worges bei, dass er heute Morgen bei der PK einen Affen aus sich gemacht hat? Mit allem Respekt natürlich.«

Sie winkte ab. »Darum kümmere ich mich.« Ist ja egal, wer ihm die schlechte Nachricht bringt. Als Leiterin der Ermittlung dürfte meine Laufbahn hier ohnehin vorbei sein.

Irgendwie schaffte sie es, Luft zu holen. Das tat am Bauch weh, die Narben spannten sich. »Kressin und Horn, Sie führen bitte die

Vernehmung von Jessen durch, stellen die richtigen Fragen und verlangen Details, wie der Anrufer sie kannte. Passen Sie auf, dass Sie keine Antwortoptionen vorgeben. Nehmen Sie offene Fragen. Sie können gerne meine Notizen kopieren, falls die für Sie lesbar sind.«

»Sollte nicht lange dauern«, meinte Horn und lächelte zu CK herüber, die ihm tief in die Augen blickte.

»Falls die Antworten passen, dann bleibt Jessen in Gewahrsam, und wir erheben Anklage wie damals in Baden-Württemberg. Dr. Worges wird sich bestimmt gerne darum kümmern. Im Wiederholungsfall sollte öffentliches Interesse gegeben sein. Herr Pfahls, Sie übernehmen bitte wieder den Technikraum. Ist zwar unglücklich, dass wir jetzt noch drei Kräfte für diesen Jessen abstellen müssen, aber es wird nicht lange dauern, sein Geständnis zu zerreißen. Wenn wir gemein sind, dann lassen wir ihn das Geständnis von gestern vorher noch unterschreiben, dann kann Dr. Worges sich so richtig an ihm abarbeiten. Nicht dass ich damit etwas vorschlagen will. Ich spreche mit Worges. Und wenn ich das überlebe, dann habe ich noch einen Termin außerhalb. Wir machen heute um dreizehn Uhr weiter, okay?«

Sie wartete nicht ab, was die anderen davon hielten. Das musste jetzt alles durchgezogen werden.

»Sie ist recht unzuverlässig. Nicht, weil sie zu spät kommt oder faul ist.« Der Mann im Anzug, der ihr hinter seinem Schreibtisch gegenübersaß, suchte nach Worten. Und er war es nicht gewohnt, die Polizei in seinem Hotel zu haben. Nachdem sie an der Rezeption ihren Dienstausweis gezeigt hatte, war er sofort mit Talvi in sein Büro gegangen und hatte die Tür verschlossen. Herr Braun hatte sie gemustert, aber nicht sichtbar reagiert. Er war offensichtlich darauf trainiert, in allen Situationen höflich und charmant zu bleiben. Trotzdem musterte er sie aus den Augenwinkeln, immer wenn er meinte, sie würde nicht zu ihm sehen. Talvi ließ ihm Zeit.

»Es ist eher so, dass sie unberechenbar ist. Nein, unbeherrscht.

Das trifft es besser.« Jetzt schaute er ihr ins Gesicht, um zu prüfen, ob sie ihn verstanden hatte.

Die Brille mit den großen Gläsern hatte er abgenommen und vor sich auf die Schreibtischunterlage gelegt. Das helle Deckenlicht spiegelte sich in seinem fliehenden Haaransatz. In zehn Jahren würde er kahl sein, nahm sie an. Sein Anzug passte gut, auch die altmodische Weste, sogar wenn er saß. Aber der Anzug war alt, hatte blanke Stellen an den Ellenbogen und einen unmodischen Schnitt. Vielleicht hat er den Anzug von seinem Vater geerbt, zusammen mit dem Hotel Boddenrose. Sie hatte sich die Homepage angesehen. In Familienhand seit drei Generationen. Talvi schwieg weiter. Er hatte noch nicht alles gesagt, was er sagen wollte.

»Frau Imken hat im Service bei uns angefangen. Sie hat gute Zeugnisse, sogar eine Empfehlung. Sie ist hübsch, ohne dass ich damit etwas insinuieren will.«

Sag doch einfach ›andeuten‹. Ich komme schon mit. Sie nickte, damit er weitermachte.

»Bedienung, Restaurant, Bar. Da gab es immer wieder Ärger, weil sie sich Gästen gegenüber im Ton vergriff, sich unfreundlich verhielt. Sie schien nie zu wissen, wann es zu viel war. Seitdem ist sie im Backoffice, sozusagen. Reinigung, Wäsche, Zimmer richten. Mit ihren Kollegen kommt sie aus. Frau Imken hat ein paar freie Tage, glaube ich. Ich kann das gerne nachsehen. Was interessiert Sie an Frau Imken? Steckt sie in Schwierigkeiten? Irgendetwas, das auf unser Haus zurückfallen kann?«

»Es wird keinen Ärger mit Gästen mehr geben. Sie ist tot.«

»Ach du meine Güte.« Seine Hände sanken auf die Tischplatte. »Was ist denn passiert?«

»War es nicht ungewöhnlich, dass sie gerade über das Fischerfest freihatte? Da ist Ihr Hotel doch sicher ausgebucht.«

»Es war ihr besonderer Wunsch. Wie letztes Jahr auch. Sie sagte, diese Tage seien ihr wichtig und für ihre Kollegen sei das okay, das sei abgesprochen. Das war so, ich habe das natürlich geprüft, also habe ich zugestimmt.«

»Sicher besser, als das zu verweigern, und sie lässt ihre schlechte Laune an Kollegen oder Gästen aus.«

Braun versuchte ein professionelles Lächeln. »Das ist eine sehr pragmatische Sicht, Frau Kommissarin.«

Also lag sie damit richtig. »Kann ich ihren Arbeitsplatz sehen? Hatte sie so etwas wie einen Schrank, einen Spind, einen Umkleideraum?«

Er nickte. »Natürlich haben wir so etwas. Vorschrift. Der Personalraum ist im hinteren Teil, die Gästezimmer sind alle nach vorn raus, zum Bodden. Ich bringe Sie gerne selbst hin.«

Und am liebsten mit einer Papiertüte über dem Kopf, damit die Gäste sich nicht erschrecken und das Haus nicht in Verruf kommt. »Sehr freundlich.« Sie stand auf.

Tatsächlich führte er sie nicht durch das Hotel, sondern auf dem kürzesten Weg aus dem Gebäude und dann über den Parkplatz um das Gebäude herum. Sie kamen an Müllcontainern vorbei, sieben klobige Metallbehälter auf Rollen standen aufgereiht in der Sonne.

»Riecht nach Landwirtschaft«, sagte sie, um etwas zu sagen.

»Das ist uns sehr unangenehm. Seit letzter Woche wird auf dem Acker gleich hinter dem Haus Mist gestreut, fast rund um die Uhr. Wir haben schon nachfragen lassen, ob das unbedingt sein muss. Schließlich kommen die Gäste auch wegen der guten Seeluft. Manche Stammgäste schon seit über einem Jahrzehnt.« Er hob die Arme und ließ sie an seine Seite fallen. »Es hat nichts genützt, der Gestank bleibt. Man müsse das Wetter ausnutzen, hat man uns gesagt. Jetzt müssen meine Gäste die Fenster geschlossen halten.« Braun hielt eine Tür auf. »Bitte hier hinein.«

In diesem Gebäudeteil gab es nur dünnen, harten Teppichboden, der in der Gangmitte abgelaufen war. Es war deutlich kühler als vorne im Gästetrakt. Braun zeigte im Vorübergehen auf die einzelnen Türen. »Wäschelager. Stuhllager. Dekomaterial. Pumi-Raum. Putzmittel«, erklärte er auf ihren fragenden Blick. Dann standen sie vor einer Tür mit dem Schild »Personal – Aufenthaltsraum«. Braun öffnete die Tür, ohne anzuklopfen.

Es war niemand anwesend. An beiden Seiten standen jeweils fünf schmale Schränke, an jeder Schranktür klebte ein Zettel mit einem anderen Namen. Vor dem Fenster, durch das man einen Fahrradständer und einen Teil der Müllcontainer sehen konnte, stand ein Tisch mit vier Stühlen. Die Stühle passten nicht zusammen. Es roch nach kaltem Zigarettenrauch.

Braun seufzte. »Entschuldigen Sie, das sollte nicht sein. Wir sind natürlich ein rauchfreies Hotel. Auch hier.« Er durchquerte den Raum mit ein paar schnellen Schritten und öffnete das Fenster.

Talvi ging die Schrankreihe entlang. Auf der linken Seite des mittleren Schranks klebte ein Zettel, auf dem »Y. Imken« stand. Handschriftlich mit Filzstift auf einem karierten Stück Papier, dessen Ecken nach vorn abstanden, und mit einem Streifen Tesa befestigt.

Sie wollte fragen, ob er einen Schlüssel hatte, auch wenn das unwahrscheinlich war. Warum sollte der Chef Schlüssel für die Spinde der Angestellten bei sich haben? Aber sie brauchte keinen Schlüssel, der Schrank stand einen Spalt offen, wenn auch nur einen schmalen. Talvi holte Plastikhandschuhe aus der Jackentasche und zwängte ihre Hände hinein.

»Dürfen Sie da einfach reinschauen? Brauchen Sie nicht einen Beschluss dafür?«

»Der Schrank ist offen. Können Sie sich vorstellen, warum?« Sie fand keine Spuren eines Aufbruchs.

»Nein. Vielleicht hat sie ihn einfach offen gelassen.«

»Ist das hier üblich?« Mit einem raschen Blick nach links und rechts und zur Schrankreihe gegenüber prüfte sie die übrigen Schränke. Sie waren alle verschlossen.

»Nein. Beziehungsweise, ich kann das nicht sagen. Ich komme hier nicht oft hin. Ich kann mir jedoch nicht vorstellen, dass die Türen häufig offen sind.«

Talvi zog erst die rechte, dann die linke Tür des Schrankes auf. Sie konnte hören, wie Braun sich hinter sie stellte, um ebenfalls hineinsehen zu können.

Der Schrank war so aufgeteilt, wie sie es erwartet hatte. Auf der linken Seite war eine kurze Kleiderstange mit Platz bis auf den Boden, rechts gab es vier unterschiedlich große Fächer. Auf der Innenseite der rechten Tür war ein kleiner Spiegel angeklebt, groß wie eine Postkarte.

Sie nahm den Inhalt der Fächer heraus. Ganz unten ein paar flache schwarze Schuhe, Größe achtunddreißig, sicher gehörten sie zur Dienstkleidung. Zwei Paar blickdichte Nylonsocken. Im Fach darüber zwei weiße T-Shirts Größe S, eins zerknüllt und mit Kosmetikspuren am Halsausschnitt, das andere sauber und gefaltet. Darüber, auf gleicher Höhe wie der Spiegel, ein Deoroller, eine Haarbürste, zwei angefangene Lippenstifte, rot und blassrot. Zwei Haargummis. Ganz oben eine angebrochene Schachtel Aspirin, eine halb leere Packung Tampons und ein Werbeaschenbecher, aber keine Zigaretten. Kein Feuerzeug, keine Streichhölzer. Ein Taschenbuch mit angestoßenen Kanten und dem leeren Blatt eines Kellnerblocks als Lesezeichen ungefähr nach einem Drittel der Seiten. »Spuren im Sand«, stand auf dem Cover, dahinter eine untergehende Sonne und einige windgeplagte Palmen. Talvi konnte sich nicht erinnern, in der Wohnung von Yvette Imken Bücher gesehen zu haben. Vielleicht war das ein Versuchsbuch. Jetzt wird es wohl niemand zu Ende lesen.

Auf der linken Seite hingen an der kurzen Kleiderstange zwei der Hotelblusen oder Jacken oder wie immer man das nannte, wie Talvi sie im Kleiderschrank in der leeren Wohnung von Yvette Imken gesehen hatte, nur wenige Schritte von dem toten Kaninchen entfernt. Ob es noch immer in seinem Käfig liegt? Hat CK eigentlich schon Angehörige ermittelt? Oder gibt es keine engen Verwandten oder Partner? Sie konnte sich nicht erinnern.

Die Taschen der beiden Blusen enthielten nur jeweils ein zerknülltes Papiertaschentuch. Außerdem hing ein bunter Schal schlaff am Rand der Kleiderstange.

Befundlos und langweilig, das war Talvis erstes Fazit. Hier schien es nichts zu geben, das sie auf eine Spur bringen würde. Sie schloss die Schranktüren, zog die Handschuhe von ihren Händen und klebte einen Siegelstreifen über den Spalt. »Der Schrank ist versiegelt, der Inhalt beschlagnahmt. Die Kollegen von der Spurensicherung werden sich das genauer ansehen.« Sie sah seinen besorgten Blick. »Keine Sorge, die Kollegen kommen ohne Blaulicht und nehmen gerne auch den Hintereingang.«

Jetzt nickte er. »Dann ist das gut.« Sein Gesicht sagte etwas anderes.

»Hatte Frau Imken einen eigenen Arbeitsplatz? An dem sie sich häufiger oder überwiegend aufhielt? Wo sich weitere persönliche Dinge befinden können?«

Er schüttelte den Kopf. »Nein, nicht, seitdem sie im Backoffice ist. *War.* Sie war eigentlich dauernd im Haus unterwegs, Zimmer machen, Wäsche rein und raus, Räume für Veranstaltungen vorbereiten, aufräumen und so weiter. Alles, was so anfällt. Wirklich feste Arbeitsplätze gibt es wenige in einem Hotel.«

Dann war sie hier fertig.

Talvi hatte Staatsanwalt Worges nicht erreichen können und in seinem Büro um Rückruf gebeten. Wie eine verschobene Hinrichtung, weil der Henker auf dem Klo sitzt.

Während der Fahrt zum Krankenhaus erinnerte sie der Geruch im Wagen an Frau Bergmann. Wenn sie sonst unterwegs war, dann war der Geruch einfach nur lästig und ließ sie die Fenster öffnen. Auf dem Weg zum Krankenhaus hatte sie schon das Bild vor Augen, wie Pauline Bergmann beim letzten Besuch hager und winzig im großen Bett eingeschlafen war, das Gesicht zwischen der Pudelmütze in Regenbogenfarben und dem blassen Bettzeug kaum zu sehen.

Stationsschwester Steffi trug jetzt ihre weißen Sandalen mit den grünen Smileys, sie hatte sie wiedergefunden. Und sie hat mich gleich erkannt. Kein Wunder. Schwester Steffi kam ihr entgegen und lächelte freundlich. Sie hat wahrscheinlich schon Schlimmeres gesehen als mein Gesicht, aber bestimmt bin ich in ihrer Gruselliste ganz weit oben.

»Hallo. Wie geht es Frau Bergmann?«

Die Augenbrauen der Frau hoben sich und legten die Stirn in Falten. »Wir haben die Dosierung verstärkt gegen ihre Schmerzen. Frau Bergmann wird künstlich ernährt, sie ist zu schwach zum Essen.« Sie sprach nicht weiter, ihr Blick sagte genug.

»Wie lange noch?«

Der Blickkontakt blieb, aber die Schultern sanken etwas nach unten. Gute Körpersprache, dachte Talvi, ob das Teil der Ausbildung ist?

»Wenn der Patient nicht mehr will, dann geht es meist schnell. Ein oder zwei Tage, schätze ich. Die Ärzte sagen, sie könnten auch eine Woche draus machen, maximal zwei. Aber was wäre das für eine Woche?«

»Hatte sie zwischenzeitlich Besuch? Familie? Nachbarn? Kollegen?«

Schwester Steffi sah zu Boden. »Nicht, seitdem Sie da waren. Und davor auch nicht.«

Die alten Römer hatten eine gute Umschreibung des Sterbens. Sie sagten dazu *»ad plures ire«*, hingehen, wo viele sind. Die einsame Pauline Bergmann würde bald reichlich Gesellschaft haben.

»Danke. Ich kenne den Weg.«

»Seien Sie vorsichtig mit ihr. Ich glaube, sie nimmt nicht mehr viel wahr.«

»Ich passe auf.«

Zimmer zwei, am Ende des Ganges links, war sehr warm und sehr still. Durch das Fenster sah Talvi auf dem Baum einen Vogel sitzen, ihre Blicke trafen sich, und der Vogel flog weg.

Pauline Bergmanns Gesicht war grau, trocken und sah kalt aus trotz der Wärme im Zimmer, der Decke bis zum Kinn und der bis über die Augenbrauen gezogenen Mütze. Über ihre knochige Nase lief ein breites Pflaster mit roten Herzchen, mit dem ein dünner Plastikschlauch fixiert war. Der kam irgendwo neben dem Hals aus dem Bett und verschwand in ihrer Nase.

Sofort fragte sich Talvi, wie weit dieser Schlauch wohl den Mund, den Rachen und den Hals hinunterreichte. Sie selbst hatte stark würgen müssen, sobald die Pfleger begonnen hatten, den Schlauch zu entfernen, der sie drei Wochen ernährt hatte. Ihr Magen war dabei leer gewesen, und sie war ohnmächtig geworden, sobald das letzte Stück Plastik aus ihrem Mund gezogen wurde.

Bergmanns Augen waren geschlossen, die Bettdecke bewegte sich nicht. Eine ungeöffnete Flasche Wasser und ein leeres Glas standen auf dem Nachttisch, völlig unnötig für jemanden, der künstlich ernährt wurde, aber auch Pfleger haben Rituale. Vielleicht wollte man damit der Patientin ein wenig Normalität suggerieren, falls sie die Augen öffnete.

Talvi stand neben dem Bett, wie ein Einbrecher, der versehentlich neben den schlafenden Hausbesitzern steht. Einen Stuhl heranzuziehen, sich hinzusetzen, das wäre alles zu laut.

Das rechte Augenlid der Bergmann zuckte kurz. Sie lebte also noch, aber die Augen blieben geschlossen. Der Luftzug, den Talvi durch die Nase ausatmete, war laut wie ein Windstoß.

»Auf Wiedersehen, Frau Bergmann«, sagte sie so leise sie konnte, ohne es nur zu denken.

Im Stationszimmer gab sie Schwester Steffi ihre Karte. »Bitte sagen Sie Bescheid, wenn sich etwas ändert.«

Die Schwester nickte. »Dann bis später.«

Talvi nickte zurück. Draußen wartete der Dienstwagen. Im Handschuhfach lag noch eine angebrochene Schachtel Marlboro von Bergmann.

Sie hörte ein »Ping« von ihrem Handy und spürte die Vibration in der Jackentasche. Talvi machte den Sicherheitsgurt wieder auf, zog ihr Smartphone heraus.

Noch eine SMS von der finnischen Nummer: »Kein Sex? Dann drücke ich ein Auge zu.«

Das gefiel ihr nicht. Sie kopierte die Nummer und fügte sie in eine eigene SMS an Doc Mertes ein.

Der erste Wagen war halb voll, sie lagen gut in der Zeit. Ole und Krümel schoben und zogen einen Container nach dem anderen an den Wagen, den Morgenschluck aus dem geteilten Flachmann hatten sie längst ausgeschwitzt. Lehmann sah die beiden meist nur in einem der vielen Rückspiegel und der Kamera. Er schwitzte auch, die Heizung in der Fahrerkabine war zu warm eingestellt, aber er wollte sie nicht runterstellen. Wenn ihm zu kalt wurde, dann begann das Zittern.

Drei der Hotels auf der Route hatten sie bereits hinter sich. Zweimal hatte es einen schnellen Kaffee gegeben, sie konnten auch die Personaltoiletten benutzen, das hatte er beide Male getan, auch unter den spöttischen Kommentaren von Ole und Krümel, die währenddessen mit den Küchenmädels scherzten.

Gerade in der Boddenrose hatte es zum Kaffee halbe Brötchen mit Lachs gegeben, die von einer Feier am Vorabend übrig geblieben waren. Dafür standen hinter seinem Sitz jetzt zwei geschlossene Plastikeimer mit altem Frittenfett, die sie mit zum Fuhrhof nahmen.

Krümel hatte sich nur schwer von einem der Küchenmädchen trennen können, die mit großen Augen die Tattoos auf seinen Armen bewundert hatte. Wie kann ein schmaler Kerl wie Krümel so gut bei Frauen ankommen? Wird schon sehen, was er davon hat. Lehmann erinnerte sich an einen Song von Bob Marley, »No Woman, No Cry«. Recht hatte der Mann.

Er knallte die Fahrertür zu und ließ den Motor an. Das war das Signal zum Aufbruch. Ole und Krümel sprangen auf die Trittbretter, die hinten neben der Schüttung befestigt waren, hielten sich mit einer Hand fest und gaben mit der anderen das Zeichen, dass es losgehen konnte.

Lehmann musste ein paarmal kurbeln, bis er den langen Wagen in Richtung Ausfahrt gedreht hatte. Sein Wendekreis betrug fast zwanzig Meter, so viel Platz gab es hier nicht. Schließlich legte er den ersten Gang ein, gab Gas und wischte sich mit dem Ärmel den kalten Schweiß von der Stirn.

Als Nächstes lag das Hotel Mercure auf ihrer Route, da würden sie kurz vor Mittag eintreffen. Und da musste er schon wieder pinkeln, egal, was Ole und Krümel lästern würden. Biertrinken auf einem kalten Balkon war in seinem Alter nicht gesund, aber zurzeit alternativlos.

Vom Service-Parkplatz der Boddenrose – natürlich sollten sie mit ihrem Müllfahrzeug nicht über den Gästeparkplatz fahren – bis zur Straße ging es eine kleine Steigung hinauf. Er ließ den Wagen im ersten Gang und gab ordentlich Gas. Sie spürten einen Ruck, in der Ladekammer hinter ihm rutschte sich gerade der Inhalt der sieben Müllcontainer zurecht, den sie aufgenommen hatten. Sein Wagen hatte deutlich mehr zu ziehen als vor einer Viertelstunde.

Das Fahrzeug dröhnte über die kleine Kuppe, geübt wechselte er direkt vom ersten in den dritten Gang und nutzte die Beschleunigung, die jetzt durch ein kleines Stück Gefälle entstand. Ole und Krümel kannten diese Strecke wie ihre Westentasche, sie wussten genau, wann sie sich stärker festhalten mussten und wann sie sich während der Fahrt noch eine anstecken konnten. Schon nach ein paar Sekunden musste er in den zweiten Gang zurückschalten, da kam eine unübersichtliche Abzweigung. Danach ein langes Stück geradeaus, immer zwischen Bäumen durch, Gas geben, dritter Gang, vierter Gang, der Wagen ruckelte, und bald tat sein Ellenbogen weh vom dauernden Schalten.

Das Gesicht der alten Frau sah er zeitgleich mit dem Knirschen und dem Ruck, der durch den Wagen ging. Es war nur ein kurzer Ruck, fünfunddreißig Tonnen Lastwagen und Müll lassen sich nicht durch den Aufprall auf dem Kühlergrill eines kleinen Honda aus der Bahn werfen. Das Knirschen des Metalls drang bis in die Fahrerkabine, er sah den Kopf der alten Frau nach vorn fliegen und den Hals abknicken. Zu spät, um dieses Leben retten zu können, riss er mit aller Kraft das große Lenkrad herum, er schaffte nur eine halbe Drehung, bis seine eigenen Arme im Weg waren. Der Honda wurde gedreht wie ein Brummkreisel, Plastiksplitter und kleine Scherbenfetzen der Frontscheibe wirbelten durch die Luft und fielen zwischen den Alleebäumen ins Gras. Die kleine Karosserie, einen halben Meter kürzer als vor drei Sekunden, tanzte kreiselnd mit dem leblosen Körper auf dem Fahrersitz, dessen Arme unkontrolliert vor dem Oberkörper herumwinkten, über die Straße und blieb dann nach einem weiteren Knirschen und Scheppern an einem Baum stehen.

In dieser Zeit hatte der Müllwagen über zehn Meter zurückgelegt, durch den Lenkradeinschlag geriet das rechte Vorderrad in den Straßengraben und zog den Rest hinter sich her. Die Fahrerkabine kippte nach rechts, das Lenkrad wurde Lehmann aus der Hand gerissen und schlug nach links, dadurch rutschten auch die rechten Hinterräder in den Graben und zogen durch das Gewicht der halb vollen Ladekammer dicke Furchen durch das Grün. Lehmann sah die Bäume auf sich zukommen, konnte aber nicht ausweichen und hielt nur noch die Arme vors Gesicht.

Der Wagen schaukelte zurück, kippte immer mehr nach links, dann knallte der Aufbau über der Fahrerkabine gegen einen der schräg stehenden alten Bäume, die Kabine wurde gebremst, der Rest des Wagens drückte weiter nach vorn. Die Frontscheibe zersprang, ein funkelndes Gewitter aus kleinen Scherben regnete auf Lehmann, einige Scherben landeten kalt und kantig auf seiner bloßen Haut zwischen Bartstoppeln und T-Shirt. Dann kippte der Wagen auf die linke Seite, rutschte mit dem kreischenden Geräusch von Metall auf Asphalt zwölf Meter auf dem Seitenstreifen entlang und kam zur Ruhe. Es gab einen letzten Ruck, mit dem der Müll in der Ladekammer nach unten rutschte. Alles war ruhig, bis vor dem Müllwagen ein Taxi mit blockierten Reifen zum Stehen kam.

Lehmann konnte das nicht sehen, denn er hing in der umgekippten Fahrerkabine im Sicherheitsgurt, er hörte nur das Quietschen der Reifen und hielt wieder die Arme vors Gesicht, denn er rechnete mit einem weiteren Aufprall. Seine Hose war nass, seine Hände vor dem Gesicht rochen nach Bier und nach Lachs und nach Müll. Kaltes Frittenfett lief über seine Beine.

Dr. Worges erhielt die Nachricht als Erster, drückte den Hörer an sein Ohr und rührte mit der anderen Hand seinen zweiten Kaffee des Tages um. Zu Hause gab's nie mehr als eine Tasse, später im

Büro trank er zu viel davon. Und der Kaffee im Büro war besser als die saure Brühe, die seine Frau ihm vorsetzte.

»Ja, das habe ich verstanden. Danke für die Information. Rufen Sie mich gerne an, wenn es noch irgendwelche Formalitäten gibt.«

Er legte auf, trank langsam einen Schluck Kaffee, der hatte jetzt genau die richtige Temperatur, stellte die Tasse ab und klickte genussvoll mit der Maus auf die Mail, die seit Tagen im Entwurfsordner stand:

»Liebe Kolleginnen und Kollegen, ich habe die traurige Pflicht, Sie über das Ableben unserer lieben und geschätzten Kollegin Kriminalhauptkommissarin Pauline Bergmann zu informieren …«

Hoffentlich hatte er bei dem Nachruf nicht zu dick aufgetragen. Die Vorlagen, die er dafür zusammenkopiert hatte, stammten aus unterschiedlichen Quellen, und die Sätze lasen sich sehr unterschiedlich, auch für ihn als Laien.

Das musste für die Bergmann reichen.

Also war der letzte große Streit mit ihr, drei Wochen bevor sie endlich in die Klinik gemusst hatte, tatsächlich der letzte gewesen. Ein großer Fehler seines Vorgängers, eine Frau auf diesen Posten zu setzen, das würde er nicht wiederholen.

Die Bewerbung ihres Nachfolgers hatte er schon dreimal durchgesehen und dreimal mit Verbesserungen und Tipps zurückgegeben. Immer auf einem USB-Stick, damit in den dienstlichen Mails nichts gefunden werden konnte. Eigentlich sollten ihre Dienstrechner ja so konfiguriert sein, dass mit USB-Sticks gar nicht gearbeitet werden konnte, aus Sicherheitsgründen. Aber das hatte die IT nicht hingekriegt. Schade eigentlich.

Ein Teil der Anforderungen an die Nachfolge, die er in den nächsten Tagen veröffentlichen würde, konnte nur von seinem Favoriten erfüllt werden, das war so abgestimmt. Andere Bewerber würden also an formalen Hürden scheitern müssen. Unglücklich auch für diese Talvi Caster, die ihn mit einem falschen Geständnis zum Gespött der Presse gemacht hatte. Unglücklich für ihn, dass er sich diesen Favoriten nicht hatte aussuchen können.

Jetzt lag die richtige Bewerbung fertig in seiner Schublade, nur das Datum musste noch nachgetragen werden. In den nächsten Tagen würde das Bewerbungsverfahren auch offiziell beginnen. Es musste ja alles seine Ordnung haben.

Talvi hatte auch einen Anruf von Schwester Steffi erhalten, hatte sich bedankt, sich verabschiedet und aufgelegt.

Jetzt geht es also los.

Sie informierte im Meetingraum zuerst das Team über den Tod ihrer ehemaligen Chefin. Ein paar Sekunden stand ein dunkles Schweigen im Raum, alle hingen ihren Gedanken nach. Die Schweigeminute dauerte zwanzig Sekunden.

»Wir sollten alle zur Beerdigung gehen«, sagte Pfahls dann. »Sobald wir den Termin kennen.«

»Klar«, sagte CK.

»Ehrensache«, sagte Horn, »das sind wir ihr schuldig.«

»Ich weiß gar nicht, wer sich um die Beerdigung kümmert«, räumte Talvi ein. »Aber ich frage nach. Wir sollten auch einen Kranz organisieren. Ist das okay?«

Alle nickten nur und sahen auf die Tischplatte oder aus dem Fenster.

Talvi wusste nicht, wie sie jetzt das Thema wechseln sollte. Sie hatten trotz allem einen Fall zu klären, der in den letzten Stunden noch mal komplizierter geworden war.

»Ich glaube«, sagte Pfahls in die Stille, »sie hätte gewollt, dass wir weitermachen. Unseren Job machen. Gute Polizeiarbeit.«

»Trauern werden wir später«, stimmte Horn zu, und Talvi glaubte ihm kein Wort.

»Also«, sagte Talvi in den Raum. Sie warf CK einen Blick zu, die junge Frau stand auf und ging an das Flipchart. »Also«, sagte auch sie.

»Wir haben in der Wohnung von Yvette Imken und in der Wohnung von Wolf Bundt keinerlei DNA-Spuren der anderen Opfer gefunden. Damit haben wir weiterhin keine offensichtliche

Verbindung zwischen ihnen. Die Wohnung von Elias Tschernig müssen wir uns noch ansehen. Die beiden in der Garage von Bundt fotografierten Kennzeichen gehören zu der Kanzlei und zu dem Zahnarzt im Haus, also ist das auch keine Spur. Und die Kamera in der Tiefgarage macht keine Aufzeichnungen.«

Horn räusperte sich. »Wir gehen also weiter davon aus, dass wir drei Opfer ohne Verbindungen zueinander haben, drei getrennte Opfer und einen Täter. Die drei haben sich nicht gekannt, zumindest nicht offensichtlich. Haben sie miteinander kommuniziert?«

»Wir warten noch auf die Anruflisten der Mobilfunkbetreiber«, ergänzte CK und kontrollierte auf dem Blatt mit der Überschrift »Laufend«, ob es diesen Eintrag schon gab.

»Aber der Täter hat die drei doch gerade in Verbindung gebracht. Durch die Inszenierung der Schädel, durch die Ausweise im Mund«, fuhr Horn fort.

»Wir übersehen etwas. Wir haben den Täter noch nicht begriffen.« Pfahls verschränkte die Arme vor der Brust.

»Wir haben das Motiv des Täters noch nicht begriffen«, stellte Talvi klar. »Warum gerade das Fischerfest? Warum dieses Datum? Ist dort etwas passiert, etwas Besonderes, etwas Relevantes? Für den Täter, meine ich.«

CK schrieb »Datum Fischerfest« auf das Flipchart. »Vielleicht gar nicht dieses Fischerfest? Vielleicht das vom letzten Jahr?«

Talvi runzelte die Stirn.

»Und der Anruf bei Ihnen, Frau Caster? Das war eine Männerstimme, richtig?«

Talvi nickte, und CK schrieb auch das auf. »Dann haben wir wahrscheinlich einen männlichen Täter.«

»Das passt auch zur Enthauptung. Dr. Mertes sagte, man brauche schon ein wenig Kraft, um mit einer solchen Gigli-Säge eine Amputation vorzunehmen. Halswirbel sind da nicht weniger hart als Oberschenkel, denke ich. Horn und Kressin, Sie übernehmen bitte die Wohnung des Arztes Tschernig und sehen sich auch seinen Arbeitsplatz im Krankenhaus an. Er ist für den Täter anders, oder er ist für ihn besonders, immerhin hatte er seinen eigenen Ausweis im Mund, dafür muss es einen Grund geben.«

Die beiden sahen sich an und nickten. »Geht klar.«

Pfahls sah auf. »Der Täter hätte die Ausweise ja auch reihum verteilen können, warum hat er Tschernig ausgenommen?«

CK zog die Kappe von ihrem Flipchart-Stift. »Also doch etwas Sexuelles? Ich meine, jeder von den beiden starb mit dem anderen im Mund. Symbolisch«, setzte sie hinzu und bekam rote Wangen.

»Und ich werde mir das Tagebuch der Mobilen Wache vom Fischerfest ansehen. Das von diesem Jahr kenne ich recht gut, ich war ja dabei, da erwarte ich nichts. Werde mir vor allem das letzte und vorletzte Jahr ansehen.«

»Das ist gut. Das hätte Pauline auch gemacht«, stimmte Pfahls zu, sah Talvi aber nicht an.

»Ich kann dabei gerne helfen. Ich weiß, wo die aufbewahrt werden«, bot Horn sich schnell an. »Dauert nicht lange. Kann ich gerne machen, bevor wir losfahren.«

»Ja. Danke.«

Vielleicht wird ja doch ein Team daraus.

Horn und Kressin waren gerade aufgebrochen, da klingelte Talvis Telefon. Sie nahm ab, hörte zu. »Dr. Mertes, das ist ein Verkehrsunfall. Das ist nicht unser Ding.« Mertes sprach weiter. »Pfahls! Wir müssen los!«

Sofort stand er im Türrahmen ihres Büros, die Jacke in der Hand. »Was gibt's?«

»Einen Verkehrsunfall. Rentnerin und Müllauto. Die Rentnerin ist tot.«

»Bedauerlich. Warum wir? Kein Unfall, sondern Vorsatz?«

»Doc Mertes ist schon vor Ort. Er sagt, da ist mehr. Und allen dort wäre schlecht.«

Sie nahm die Autoschlüssel vom Schreibtisch. »Hoffe, es gibt wirklich gute Gründe. Wir haben keine Zeit zu verplempern.«

Wegen des Verkehrs brauchten sie eine Viertelstunde. Unterwegs hörten sie dreimal im Polizeifunk von dem Unfall. Ein Streifenpolizist sei zusammengeklappt. Sonst ein Todesopfer, Mitte siebzig, ein Müllwagenfahrer mit nasser Hose und Schleudertrauma, nicht fahrtüchtig, eins Komma zwo, zwei städtische Bedienstete mit Schock, einer mit Verletzung am Sprunggelenk.

Das mussten die beiden Leute sein, die hinten auf dem Müllwagen mitfuhren. Der Fahrer hatte also eins Komma zwei Promille Alkohol im Blut, und dabei hatte die Messung nach dem Schock des Unfalls stattgefunden. Der ursprüngliche Wert konnte deutlich höher gewesen sein, war aber nicht mehr exakt zu ermitteln.

Der Unfallort war bereits großräumig abgesperrt, Talvi drückte den Dienstwagen mit Blaulicht, aber ohne Martinshorn an einem Stau vorbei. Sie mussten zwei Absperrungen überwinden und die letzten fünfzig Meter zu Fuß gehen.

Neben einem roten Honda lag ein Körper, kurz und schmal, auf dem Asphalt, bedeckt mit einer schwarzen Plane. Die Feuerwehr hatte den Wagen aufgeschnitten, um die Leiche der Rentnerin bergen zu können, A- und B-Säule waren mit der hydraulischen Metallzange durchtrennt und das Wagendach wie von einer Brotbüchse abgehoben worden.

Die Aufmerksamkeit konzentrierte sich auf den riesigen Müllwagen, der auf der Seite lag und aussah wie eine schwarz-orange Made. Unterboden und Räder zeigten zum Straßenrand.

Das stinkt, wie es stinken muss, dachte Talvi. Ist das der Grund, warum die Kollegen von der Streife zusammenklappen? Die sind doch Schlimmeres gewohnt.

Pfahls ging voraus und hielt für sie das letzte Absperrband vor dem Wagen hoch.

»Danke.«

Sogar die Feuerwehrleute hielten Abstand und starrten auf die offene Klappe am Ende des Müllwagens. Es gab für sie nichts mehr zu tun, aber dabei sein war alles.

Drei Personen in weißen Ganzkörperanzügen, dem Körperbau nach waren es drei Männer, standen im Halbkreis um die Öffnung.

Talvi und Pfahls kamen näher, und in den alles bedeckenden Müllgeruch mischte sich ein strenger Geruch von Pfefferminze. Die drei hatten sich Pfefferminzöl auf die Gesichtsmasken geträufelt. Der mittlere drehte sich um, kaum dass er ihre Schritte gehört hatte. Sie erkannte Doc Mertes und begrüßte ihn mit einem Nicken. »Danke für den Anruf, aber warum sind wir hier?«

Aus dem Augenwinkel sah sie, dass ein Streifenpolizist am Straßenrand stand, beide Hände auf die Leitplanke gestützt, und würgte. Es kam nichts mehr aus seinem Magen, aber er hörte nicht auf. Sie meinte, das Gesicht zu kennen, den Kollegen hatte sie auf dem Fischerfest gesehen, er war beim Fund des ersten Schädels dabei gewesen. Klüver oder so ähnlich.

Mertes träufelte aus einer kleinen Plastikflasche ein paar durchsichtige Tropfen auf ein Papiertaschentuch und reichte es ihr. Das Gleiche dann für Pfahls, den auch hier nichts aus der Ruhe brachte. »Sehen Sie selbst, Kollegen.« Er trat zur Seite, und auch die beiden anderen machten mehr Platz. Einer von ihnen hielt eine Metallstange mit Haken am Ende in der Hand.

Talvi und Pfahls traten an die offene Klappe des umgestürzten Müllwagens, sie war groß wie eine Tischtennisplatte.

Sie sah, was sie erwartet hatte. Müll, Dreck, Abfall, Reste, Überbleibsel, Ausschuss. Eine feuchte gelbbraune Masse, hier und da Farbpunkte durch Plastikteile, Orangenschalen, ein roter Stöckelschuh ohne Absatz. Ein riesiges Durcheinander mit so vielen Details, dass sie keine Details erkennen konnte. Ein Wimmelbild aus Müll. Aber da musste etwas sein. Sie beugte sich nach vorn, stützte eine Hand auf das Knie, das Taschentuch drückte sie auf die Nase.

Neben ihr zuckte Pfahls mit den Schultern, er hielt sich das Papiertaschentuch vor das Gesicht, seine Stimme war gedämpft. »Sehe nichts.«

Dann hatte sie etwas, verlor es wieder aus dem Fokus. Etwas Bleiches, Rundes, Längliches. Sie fand es wieder, fokussierte den Blick darauf, schloss etwas die Augen. Es war ein Stück frei liegender Oberschenkel, der durch den Müll zu sehen war.

Der Rest kam automatisch. Wenn man den Oberschenkel hatte, dessen Rückseite sie sah, dann setzten Augen und Gehirn andere Farbpunkte zu einem Körper zusammen, der im Müll verborgen war. Wie der Oberschenkel war der Rest des Körpers aufgedunsen, bleich und dreckverschmiert.

»Da liegt eine Leiche im Müll«, sagte sie. »Mehrere Tage tot.« Sie nahm das Papiertaschentuch von der Nase, das Pfefferminzöl brannte in ihren Augen. Talvi stutzte, da war noch ein anderer Geruch, hier dicht vor der Leiche und dicht vor dem Müll. Ein Geruch, der hier hinpasste und dann auch wieder nicht. »Es riecht nach Stall. Nach Kuhstall.«

Dr. Mertes stellte sich neben sie und beugte sich ebenfalls vor. »Da liegen drei Leichen im Müll«, sagte er nickend. »Alle ohne Kopf. Und vorbehaltlich der Obduktion sage ich, die Leichen lagen während der Verwesung einige Tage in Kuhmist.«

»Scheiße«, sagte Pfahls trocken hinter dem Taschentuch.

»Oder so.« Mertes grinste. »Auf jeden Fall gab es dort Ratten, die haben schon mit der Obduktion begonnen.«

Ihr Telefon klingelte. Auf dem Display sah sie keinen Namen, nur eine Nummer, die aber erkannte sie sofort, sie hatte diese Nummer in den letzten Stunden häufig probiert, und sie riss den Hörer hoch.

»Mertes, was gibt's Neues?«

»Freue mich auch, mit Ihnen zu sprechen, Frau Caster. Hatten Sie schon versucht, mich zu erreichen?« Das klang scheinheilig, er hatte gute Laune. Dann gab es etwas Neues.

»Ich sitze«, sagte Talvi.

»Okay, das wäre mein nächstes Thema gewesen. Ich habe noch nichts Schriftliches, ist alles diktiert, muss aber noch geschrieben werden. Daher ist mein Anruf genauso kollegial wie inoffiziell.«

»Okay. Danke, ich weiß das zu schätzen. Was?«

»Zuerst das kleine Thema. Ihre SMS. Die Nummer ist eine Prepaidnummer, sagen meine Leute. Tatsächlich aus Finnland, die Nummer und das Guthaben kann man sich übers Netz besorgen.

Und wo das Handy dazu her ist, kann natürlich niemand sagen. Also Sackgasse. Wenn Sie jemand nervt, dann ignorieren Sie ihn oder beschaffen Sie sich eine neue Nummer.«

»Okay. Danke. Und der Müllwagen?«

»In dem Müllwagen haben wir drei menschliche Leichen gefunden. Zwei Männer unterschiedlichen Alters und eine Frau. Alle drei Körper sind ohne Kopf, die Schädel wurden recht sauber zwischen dem ersten und zweiten Halswirbel abgetrennt. Wir werden noch ein paar Untersuchungen machen, aber ich denke, das Werkzeug dazu war eine Garotte oder eine Gigli-Säge.«

»Und?«

»Aufgrund der Fundsituation und der Tatsache, dass die drei Leichen einige Zeit in fast hermetisch verschlossenen Müllcontainern gelegen haben und davor mindestens achtundvierzig Stunden – vielleicht auch länger, es gibt dafür kaum Vergleichswerte, ein sehr interessantes Thema – mit Kuhmist bedeckt gewesen sein müssen, war es nicht einfach, eine nicht verunreinigte DNA-Probe zu erhalten. Wir haben in allen drei Fällen subkutanes Material aus dem Gluteus maximus entnommen.«

Mit anderen Worten, er hatte ihnen ein Stück Fleisch aus dem Arschmuskel geschnitten. »Okay.« Sie wollte nicht unterbrechen, sondern ihn am Reden halten.

»Der Toner auf den ausgedruckten DNA-Ergebnissen ist sozusagen noch feucht.« Er machte eine weitere Kunstpause, Talvi ließ sich nicht zu einer Reaktion provozieren. »In allen drei Fällen konnten wir einen Körper einem der Schädel zuordnen, die in der Kühlung liegen. Wir haben die Opfer. Zwar als Puzzles mit zwei Teilen, altersgerecht sogar für Rechtsmediziner, aber wir haben sie.«

Endlich. »Danke, Doc. Ich meine, sorry, Herr Dr. Mertes.«

»Eigentlich ja Professor Doktor, aber wir sind ja nicht im Fernsehen. Schon okay.«

»Haben Sie schon etwas zu den Todesursachen?«

»Nein, noch nicht. Nach der Reinigung der Leichen haben wir bei zweien keine weiteren äußeren Verletzungen gefunden, keine

Schuss-, Hieb-, Stich-, Schnitt- oder Schlagwunden, keine Traumata, Abschürfungen, Verbrennungen, Verätzungen, Amputationen oder Verstümmelungen. Abgesehen von einem tätowierten Rennwagen auf der Schulter von Wolf Bundt und Intimschmuck bei Yvette Imken. Dazu schweigt des Sängers Höflichkeit, die Fotos finden Sie dann in der Akte. Tätowierung und Intimschmuck sind auf jeden Fall älter und stehen wahrscheinlich nicht mit dem Fall in Verbindung.«

»Sie waren äußerlich unversehrt. Woran sind sie dann gestorben?«

»Stimmt nicht ganz. Eine der Leichen, einer der beiden Männer, hat mehrere Frakturen, wie nach einem schweren Sturz oder einem Autounfall. Unterarme, Rippen, Becken. Alles vor dem Tod, aber nicht sehr lange davor. Die beiden anderen sind tatsächlich äußerlich unversehrt. Woran sie gestorben sind? Das Durchtrennen der Halswirbelsäule und des umgebenden Gewebes sind post mortem vorgenommen worden. Neben den Gewebeproben haben wir Proben aller noch vorhandenen Körperflüssigkeiten genommen, also Blut, Stuhl, Magenflüssigkeit, Urin, Leber, Nieren, Lungenflüssigkeit. Und einen Scheidenabstrich bei Yvette Imken. Bevor Sie fragen, auch hier keine Anzeichen von Gewalteinwirkung, keine Penetrationsspuren, keine Spermarückstände. Das alles ist im Labor und wird uns noch mindestens zwölf Stunden beschäftigen. Wenn wir Kulturen anlegen müssen, dann länger. Wenn wir zwischendurch einschlafen, dann noch länger.« Rückfragen ließ er keine zu, sie hörte nur noch das Freizeichen. Wahrscheinlich hatte er keine Antworten mehr. Oder er war einfach nur müde.

Drei Leichen in einem Müllwagen und vorher in Kuhmist. Die Möglichkeit, Leichen in Müllcontainern zu entsorgen, schränkte den Täterkreis nicht sehr ein, die Möglichkeit, sie vorher in Kuhmist zu lagern, schon eher.

Talvi brauchte jetzt etwas Glück, um die Soko für eine Telefonschalte zusammenzukriegen. Das klappte sogar, auch wenn sie Pfahls wohl zu Hause erwischte. Und sie fragte sich, ob Horn und CK mit ihren Handys im gleichen Raum waren. Sie informierte das Team über den noch inoffiziellen Erfolg, endlich hatten sie wieder einen belastbaren Ausgangspunkt für weitere Ermittlungsschritte.

»Kuhmist?« Aus Horns Stimme war der Zweifel herauszuhören. »Kriegen wir da noch mehr? Welche Kühe, welches Futter, wie alt? Kühe, Rinder oder Bullen? Rotbunt, schwarzbunt, Fleckvieh? Und wie viele Landwirte mit Rinderhaltung gibt es im Umkreis?« Er zögerte kurz. »Mein Schwager ist Landwirt. In Bayern.«

»Ich habe noch was.« Das war Pfahls Stimme. »Ich habe mit den drei Leuten vom Müllwagen gesprochen. Die letzte Station auf der Tour, die letzte vor dem Unfall, war das Hotel Boddenrose. Wo Frau Imken gearbeitet hat. Ich glaube, dort sind die Leichen in die Container gekommen. Auf jeden Fall lagen sie im Müll von diesem Hotel.«

»Und der Hotelchef hat sich bei mir über einen Mist streuenden Bauern auf dem Acker direkt hinter dem Hotel beschwert.«

»Und der Acker grenzt an den Hinterhof, auf dem auch die Müllcontainer stehen«, ergänzte Pfahls. »Habe ich schon mit Google Maps geprüft, wir müssen dafür nicht hinfahren.«

Greifswald, 5. Oktober 2021

Vernehmung des KK Ernst Pfahls, Polizeiinspektion Anklam, Polizeihauptrevier Greifswald, in der Ermittlungssache Talvi Caster (KOK), Aktenzeichen 9 Js 451/21

»Das hatte ich so nicht erwartet. Ich glaube, wir haben Frau Caster alle unterschätzt. Mich hat sie auf jeden Fall sehr überrascht.

Sie war noch nicht lange bei uns in Greifswald, und ich werde auch nicht mehr lange da sein. Zwei Wochen, um genau zu sein. Ich könnte Ihnen auch sagen, wie viele Stunden noch. Das werden Sie in Ihrem Alter wohl nicht nachvollziehen können, Sie haben ja alles noch vor sich. Die Soko Fischerfest würde meine letzte sein, das war allen klar. Ganz ehrlich, diesen Fall hätte ich nicht mehr gebraucht, eigentlich hatte ich schon alles gesehen. Aber es kommt, wie es kommt. In der Landwirtschaft sagt man, das Wetter ist der Chef, bei der Polizei sind es die anderen.

Die Soko Fischerfest war aber ganz klar etwas für die jungen Kollegen. Daher hab ich mich zurückgenommen und den anderen den Rücken freigehalten. Auch dieser Fall war anders, wie jeder Fall, den ich mitgemacht habe.

Frau Caster hatte beste Voraussetzungen, als sie bei uns startete. Da war viel theoretisches Wissen und echte Begeisterung für die Praxis. Ich mochte sie und habe sie unterstützt, wo ich konnte. Sie hat eine ganz andere Art zu arbeiten mitgebracht, das war nach meinen Jahrzehnten in der Routine eine Herausforderung. Aber sie hat es uns leicht gemacht, ihr zu folgen.

Uns als Team hatte sie gut im Griff, denke ich. Sie wusste einfach, wie sie mit jedem umgehen musste. Ob sie bei der Bergmann-Nachfolge dabei war, ob sie sich beworben hatte und eine Chance hatte, das weiß ich nicht. Ehrlich gesagt haben Frauen hier wohl einen eher schlechten Stand. KHK Bergmann ist mit der Staatsanwaltschaft häufig aneinandergerasselt, sie war nicht einfach. Aber erfolgreich. Das ist so im Leben, das kann ein alter Mann bestätigen.

Nein, ihr Aussehen hat mich nicht gestört. Klar, an ihrem ersten Tag habe ich mich wohl genauso erschreckt wie alle anderen. Wir waren ja nicht darauf vorbereitet worden. Ich habe mich furchtbar blamiert, denke ich, und habe noch am gleichen Tag mit ihr gesprochen, wollte nicht, dass etwas für meine letzten Wochen zwischen uns steht. Sie hat ganz lieb reagiert, und seitdem war alles gut zwischen uns. Sie könnte ja fast meine Enkelin sein, vom Alter her.

Nein, eine Vaterfigur bin ich nicht gewesen, hoffe ich. Sie hat auch nie etwas Privates erzählt, nichts von sich oder ihrer Familie. Auch nicht, wie es zu ihrer Verletzung kam. Ich weiß nur, dass es bei einem Fall passiert ist und dass sie lange außer Dienst war.

Ich wünsche Ihnen, dass Sie das alles bald abschließen können, auch wenn das sicher noch länger dauert als meine zwei Wochen. Das ist bei internen Ermittlungen so, das war früher auch so, auch vor der Wende. Da war ich auch schon dabei, bei der K, so sagte man damals. Ein Buchstabe reichte, um sich Respekt zu verschaffen. Heute kann es gar nicht ausführlich genug sein. Wir hatten keine PCs und kein Handy, erst recht kein Smartphone oder WhatsApp. Wir haben uns mit den Menschen beschäftigt und versucht, die Menschen zu verstehen. Heute kommen die Menschen zu kurz, Bürokratie und Papierkram gehen vor, keiner traut sich mehr, ein Bauchgefühl zu haben. Das ist nicht mehr meine Welt. Ich freue mich auf den Schrebergarten.«

Donnerstag, 16. September 2021, Nachmittag

Horn und CK nahmen seinen Dienstwagen für den Weg zum Krankenhaus, einen neuen A3 Diesel, den Horn beim Anfahren ziemlich quälte. Die Uniklinik an der Fleischmannstraße lag mitten in der Stadt, und Horn drängelte sich mit dem Wagen auf einen schmalen Parkplatz an der Anklamer Straße.

»Lass mich vorher raus«, sagte CK. »Dann wird's einfacher.«

Er setzte noch einmal zurück, sie stieg aus, gleich danach stand er neben ihr. Den restlichen Weg über das Gelände mussten sie zu Fuß zurücklegen. Der Eingang zur Klinik lag der Mensa genau gegenüber.

Durch die Durchsuchung der Wohnungen von Yvette Imken und Wolf Bundt hatten sie über diese beiden Opfer schon eine Menge Infos, aber der Termin von Talvi Caster mit diesem Schumann bei der Witwe von Dr. Tschernig war ohne großes Ergebnis geblieben. Sie hofften, durch einen Besuch an seinem Arbeitsplatz eine Spur zu finden. Irgendwie mussten die drei Opfer doch in Verbindung gestanden haben.

An der Rezeption fragten sie sich zu der Abteilung und Station durch, in der Dr. Tschernig gearbeitet hatte. Die Unfallchirurgie und Notaufnahme mit der Raumnummer UMG/5367-00-U-0.02 auf Ebene 0 lag dann noch mal am anderen Ende des Geländes.

»Ich mag den Geruch hier nicht.« CK schob die Hände in die Taschen.

»Warst du eigentlich bei der Bergmann?«

Die nächsten Schritte gingen sie schweigend. Horn öffnete die Tür zu dem nächsten Gebäudetrakt und hielt sie für CK auf. Hinter ihnen fiel die Tür lautlos zu.

»Ich mag den Geruch nicht«, wiederholte CK, als ob das alles erklären würde. Horn brummte nur, und sie erreichten das nächste Gebäude.

»Wir hätten gleich hier parken können«, sagte Horn mit einem Blick auf die angrenzende Straße und den Hubschrauberlandeplatz.

»Letztes Mal bin ich anders gegangen. Wo hat er wohl sein Fahrrad gelassen?«

»Wir wissen nicht viel über ihn. Eigentlich gar nichts.«

Jetzt am Vormittag war nicht viel los in der Notfallaufnahme. Horn nahm an, dass es nachmittags mehr Arbeit gab, wenn die Kinder aus der Schule kamen und die Handwerker unaufmerksam wurden. Und natürlich an Wochenenden und bei Volksfesten.

Eine weiß gekleidete Frau mit altmodischer Dauerwelle saß hinter einer großen Glasscheibe und betrachtete sie aufmerksam, denn sie waren unverletzt, gingen normal und hatten keine Blumen dabei. »Ja bitte?«

Sie drückten ihre Dienstausweise an die Scheibe und gaben der Frau ein paar Sekunden, um die Fotos anzusehen und die kleine Schrift zu lesen. Horn beugte sich an die runde Öffnung in der Scheibe. »Wir möchten mit jemandem sprechen wegen Herrn Dr. Tschernig.«

Die Frau senkte den Kopf, ihre Locken fielen über die Stirn. »Traurig«, hörten sie undeutlich.

»Gibt es einen Vorgesetzten, jemanden von der Stationsleitung, mit dem wir sprechen können?« Ehrlich gesagt hatten sie beide keine Ahnung von der Personalhierarchie in einem Krankenhaus.

»Da sprechen Sie am besten mit der leitenden Oberärztin Frau Dr. Schmied. Oder mit dem Chefarzt Herrn Dr. Landmesser. Moment.« Sie konsultierte ihren Bildschirm, nahm dann die Maus, begann auf ihrer Tastatur zu tippen. »Dr. Landmesser ist noch zwei Stunden im OP. Und danach braucht er Ruhe. Frau Dr. Schmied ist gerade auf Visite. Das dauert noch.« Sie sah auf die Uhr an ihrem Handgelenk, eine Herrenuhr mit großem Display. »Etwa eine Viertelstunde. Wenn alles normal bleibt. So lange müssen Sie warten. Ich sage ihr Bescheid.«

»Danke.«

Horn und CK setzten sich auf eine der drei Bänke, die vor der

Glasscheibe zu einem Wartebereich zusammengeschoben worden waren. An der Wand hing ein großer Fernseher, auf dem lief n-tv ohne Ton. Außer ihnen saß eine Mutter mit einem Kind auf einer Bank, das Kind hatte einen provisorischen Kopfverband und war blass. Die Mutter hielt das Mädchen im Arm, ihre andere Hand umklammerte ihre Handtasche.

Niemand sagte etwas. Die Frau hinter der Glasscheibe telefonierte, sie konnten sie sprechen sehen, aber nicht hören. CK streckte die Beine aus, ihre Absätze quietschten auf dem Fußboden. Horn fragte sich, ob es hier irgendwo einen Kaffee gab. Aber dann wären sie wahrscheinlich genau dann unterwegs, wenn diese Dr. Schmied kam. CK deswegen loszuschicken wäre machohaft gewesen, und so dringend, dass er selbst loslaufen würde, war der Kaffee auch nicht.

Es dauerte länger als eine Viertelstunde. Die lautlosen Nachrichten auf n-tv wiederholten sich. Die Mutter und das Kind wurden aufgerufen und gingen in einen der angrenzenden Untersuchungsräume, ein Pfleger in grünem Oberteil hielt ihnen die Tür auf, nickte Horn und CK vertröstend zu und schloss die Tür.

Dann hörten sie ein »Klack-Klack«, schnelle Schritte. Jemand stand hinter ihnen, Horn musste sich umdrehen und aufsehen, ein schlechter Start für ein Gespräch.

»Schmied. Sie wollen zu mir?«

Frau Dr. Schmied war Mitte dreißig. Die Augen standen hinter der modischen Brille eng zusammen, der Mund war breit, aber schmallippig. Blonder Pferdeschwanz, kein Schmuck, kein Make-up.

Horn stand auf und blieb einen halben Kopf kleiner als die Ärztin. CK kam nach ihm auf die Beine und wurde von der Frau im weißen Kittel ignoriert.

»Schwester Nora sagte, Sie wollen zu mir? Polizei? Haben Sie Ausweise?«

Gehorsam hielten sie die Plastikkarten hoch, die sich Schmied nicht ansah.

Sie nickte. »Ich habe ein Büro und zehn Minuten. Kommen Sie.«

Horn und CK folgten ihr, quietschend dem »Klack-Klack« der niedrigen Absätze der Ärztin folgend. Niemand kam ihnen entgegen. Im nächsten Quergang bog Schmied ab, öffnete eine Tür auf der rechten Seite und trat ein. Anschließend zeigte sie wortlos auf zwei Besucherstühle aus dünnem Kunststoff, die vor ihrem Schreibtisch standen, und setzte sich. Nach einem Blick in einen leeren Kaffeebecher, der vor der Tastatur stand, stellte sie ihn zur Seite.

Horn beschloss, dass er mit dem nächsten Kaffee noch warten konnte. »Sehr freundlich von Ihnen, dass Sie kurz Zeit für uns haben«, sagte er. »Das erspart uns die Mühe, Sie vorladen zu lassen.«

»Ich wäre nicht gekommen. Wir haben hier viel zu tun, es geht nicht ohne mich.«

CK bewegte sich auf ihrem Stuhl, damit sie die Aufmerksamkeit der beiden anderen bekam. »Es geht um Dr. Elias Tschernig. Er hat hier gearbeitet?«

»Meistens. Meistens hier, meine ich, in der Notaufnahme. Hier war er sogar recht gut, auf Station war er kaum zu gebrauchen.«

»Er war nur wenige Jahre jünger als Sie.«

Sie zog die Augenbrauen hoch. »Sie können einen Blinden nicht zum Scharfschützen machen, egal, wie alt er ist und wie lange er trainiert. Er war recht gut, sagte ich. Unter Stress gute und schnelle Diagnosen, schnelle erste Schritte. Handeln, ohne nachzudenken, das ging gut, würde ich sagen. Wenn er zu viel Zeit hatte, dann wurde er unpräzise, hat seine eigene Diagnose zu sehr in Frage gestellt, hat nach Alternativen gesucht, wenn keine notwendig waren. Und im Patientengespräch holprig, wenig selbstbewusst, kein Erklärer, konnte die Gespräche nicht führen. Ein recht guter Mediziner, aber kein guter Arzt, wenn Sie verstehen.«

»Ich denke später darüber nach. Hatte er hier Feinde? Neider? Liebschaften?«

Schmied zögerte und schüttelte den Kopf. »Nein, dafür war er zu introvertiert. Er war hier für keinen, der seinen Job versteht und weiterkommen will, eine Gefahr oder ein Hindernis. Gleiche Sportart, andere Liga.«

»Dazu gehören Sie?« CK stand Horn bei.

Schmied sah sie nicht an. »Ich bin vierunddreißig, der leitende Oberarzt ist dreiundsechzig. Tschernig war ungefähr in meinem Alter, genau weiß ich das nicht, blass und still mit einer Inselbegabung für Notfälle. Der wäre im Mittelalter ein guter Quacksalber nach der Schlacht gewesen. Wissen Sie, dass der Begriff Quacksalber von Quecksilber kommt, weil die Leute damals dachten, mit Quecksilber könne man fast alle Wunden und Krankheiten heilen? Die meisten Patienten sind an den Nebenwirkungen draufgegangen.«

Horn ging darauf nicht ein. »Also keine Konkurrenz, wie Sie sagen. Wollte jemand seinen Job, gab es Fehlbestände bei den Medikamenten, zweifelhafte Gutachten für Krankenkassen, Schwangerschaften unter den Krankenschwestern?«

»Sie fischen im Trüben, Herr ...«

»Horn«, erinnerte er sie. »Kriminalkommissar Horn, Mordkommission. Meine Kollegin heißt Kressin.«

Schmied nickte. »Sie werden bestimmt Ihre Karte dalassen, falls mir noch etwas einfällt.« Sie sah auf ihre Armbanduhr, eine goldfarbene Apple Watch. »Ich habe noch vier OPs heute. Zwei Knie, eine Hüfte, eine Schulter. Und was von den Straßen und Baustellen noch so reinkommt. Mit Tschernigs Tod hat sich unser Dienstplan erst mal gestrafft. Aber Ersatz ist schon unterwegs.«

»Wir brauchen die Unterlagen von allen Fällen, an denen er in den letzten zwölf Monaten gearbeitet hat. Sagen wir, in den letzten vierzehn Monaten.« Dann wäre auf jeden Fall das Fischerfest letztes Jahr mit abgedeckt.

Schmied zog die Augenbrauen hoch und sah ihn über den Rand ihrer Brille an. »Das sind Tausende.«

Horn zuckte mit den Schultern.

»Und wonach wollen Sie in den Unterlagen suchen? Nach Drohungen? Kunstfehlern? Patienten, die ihm unter dem Messer weggestorben sind und deren Angehörige eine Vendetta ausgerufen haben? So etwas können Sie draußen im Fernsehen haben, aber nicht bei uns.«

»Noch etwas«, sagte CK. »Hatte Dr. Tschernig Verbindungen zur Landwirtschaft? Familie? Freunde?«

»Soll das mit seinem Tod zu tun haben? Ich habe mich für so etwas nicht interessiert. Ich weiß nicht mal, wo er gewohnt hat.«

»Er war geschieden, zwei kleine Kinder.«

»Mein Beileid. Wegen der Unterlagen müssen Sie bei der Verwaltung fragen, die brauchen bestimmt etwas Schriftliches. Datenschutz, Arztgeheimnis, was weiß ich. Wir retten hier Leib und Leben, aber wir füllen keine Aktenordner. Bevor Sie jetzt gehen, gibt es schon einen Termin für die Beerdigung? Vielleicht wollen doch einige von unseren Leuten hingehen.«

»Die Leiche ist noch nicht freigegeben.«

»Dann liegen Tschernig und die anderen noch bei Kollege Mertes in der Rechtsmedizin? Da muss ich ja nur das Gebäude wechseln und ihm einen Kaffee ausgeben.« Sie stand auf.

»Einen Augenblick noch.« Horn stand ebenfalls auf. »Wir brauchen noch jemanden, der uns seinen Schrank, Spind, oder was auch immer er hier hatte, öffnen kann.«

»DNA-Probe?«

CK und Horn nickten.

»Dann sind Sie noch gar nicht sicher? Sie müssen seine Identität noch bestätigen?«

»Sagen wir, wir arbeiten einfach gründlich.«

»Natürlich hatte er hier einen Spind, wie wir alle. Da wird zumindest ein Kulturbeutel drin sein. Wussten Sie, dass der Begriff Kulturbeutel nicht von Kultur kommt, sondern vom lateinischen *cultura*, was Pflege bedeutet? Es ist also ein Pflegebeutel.«

»Wir werden versuchen, es uns zu merken. Danke sehr.«

Von Schwester Nora hinter der Glasscheibe ließen sie sich den Weg zur Verwaltung zeigen. Eine halbe Stunde später saßen sie mit einer abgenutzten Zahnbürste in einem Plastikbeutel als rechtlich einwandfreie DNA-Probe wieder im Auto und fuhren zur Adresse von Elias Tschernigs Apartment, die sie von der Verwaltung bekommen hatten.

»Ganz schöne Strecke, das mit dem Fahrrad zu machen. Und bei Schichtdienst, das heißt bei Tag und Nacht, Wind und Wetter.« CK blickte am Gebäude hoch.

»Augen auf bei der Berufswahl«, sagte Horn nur und sah auf die Uhr. Sie warteten auf den Vermieter, damit er ihnen das Apartment von Elias Tschernig aufschloss.

Es kam nicht der ältere Herr, den sie nach dem kurzen Telefonat erwartet hatten. Aus einem Smart stieg ein junger Mann in schwarzen Jeans und einem Norwegerpullover. Er war einen Kopf größer als Horn. »Sie sind von der Polizei?«

Horn und CK zeigten die Ausweise. »Wir haben mit Ihrem Vater telefoniert, glaube ich. Danke, dass Sie so schnell kommen konnten.«

»Kein Thema. Ich war gerade bei ihm. Er ist nicht mehr gut zu Fuß, und da habe ich ihm das schnell abgenommen. Soll ich einfach aufschließen, oder brauchen Sie den Schlüssel dauerhaft? Dann benötige ich wohl eine Quittung oder so etwas.«

»Nur einmal aufschließen. Wir ziehen dann die Tür einfach hinter uns zu, wenn wir fertig sind.«

Das Apartment lag im dritten Stock. Den Etagen und den Türen nach zu urteilen, gab es in diesem Haus nur solche kleinen Apartments. In Fahrradentfernung zur Uni musste das eine Goldgrube scin.

Der junge Mann öffnete die Tür und trat dann zur Seite. »Soll ich dabei sein? Ich meine, brauchen Sie Zeugen?«

»Nein.« Horn ging an ihm vorbei in das Apartment. Gleichzeitig zogen sie die Plastikhandschuhe über.

»Nein danke.« CK folgte ihrem Kollegen und schloss die Tür hinter sich.

Das Apartment bestand aus einem einzigen Raum mit angrenzendem Duschklo. Links stand eine Pantry-Küche mit zwei

Kochplatten und drei gebrauchten Töpfen. Im Spülbecken türmten sich schmutzige Teller und Tassen, Griffe von Gabeln und Löffeln guckten heraus. Gleich daneben stand ein hohes Regal voll medizinischer Fachbücher mit vielen Lesezeichen. Regal und Bücher wirkten gebraucht. Das Regal sah nach Ikea oder Flohmarkt aus, die Bücher mussten einmal teuer gewesen sein. Der Schlafsessel war gerade lang und breit genug für eine Person, er war ausgezogen, und darauf lag unordentlich eine bunte Decke. Daneben ein Haufen schmutziger Wäsche auf dem Boden.

»Hier muss dringend gelüftet werden.« CK rümpfte die Nase, aber weder sie noch Horn rührten die Fenstergriffe an.

Horn beugte sich über die kleine Spüle. »Dosensuppen. Spiegelei.« Unter den Kochplatten gab es einen kleinen Kühlschrank, kaum größer als ein Campingkühlschrank. Horn sah hinein. »Das Brot schimmelt. Wahrscheinlich hat er regelmäßig in der Kantine der Klinik gegessen.«

CK stieg über den Wäscheberg. »Ich sehe keinen Laptop, auch keine Kabel dafür. Und kein Handy.«

»Das hatte er wahrscheinlich bei sich. Haben wir seine Nummer?«

»Hab ich dabei.« Sie zog ihr Smartphone und ihr Notizbuch hervor und wählte die Nummer von Elias Tschernig, die sie vom Mobilfunkanbieter erhalten hatten. CK wartete zehn Sekunden. »Klingelt, geht aber wieder keiner ran. Können wir nicht orten lassen, wo das Ding jetzt ist?«

»Ja, das kriegen wir wohl durchgesetzt. Vermisste Person, vermutlich Opfer einer Gewalttat. Das geben wir an die Tekkies.«

CK machte sich eine Notiz.

Es gab keinen Fernseher und auch keine Zeitung. »Fernsehen hat er ja den ganzen Tag in der Klinik. Nur ohne Ton.«

Neben dem Schlafsessel lugten die Ecken von zwei Comics unter dem Wäscheberg heraus. Horn bückte sich, es waren zwei Asterix-Hefte, beide in Latein. Er ließ sie auf den Sessel fallen.

»Sieh mal.« CK stand vor einem Foto, das mit einer Heftzwecke in Augenhöhe an der Wand befestigt war. Horn stellte sich neben sie. Das Foto zeigte eine junge Frau, die zwei kleine Kinder im Arm hatte. Die Kinder sahen lachend in die Kamera. Das Gesicht der Frau war mit einem auf dem Kopf stehenden Smiley überklebt.

»Hier liegen Fahrradklammern«, sagte CK. »Aber wo ist das Fahrrad dazu?«

»Wir sehen gleich mal im Keller nach. Sonst müssen wir noch mal zum Krankenhaus.«

»Hätte das eine Bedeutung, wenn wir das Fahrrad nicht finden können? Wir können es ja schlecht zur Fahndung ausschreiben.«

»Greifswald ist eine Studentenstadt«, gab Horn zu bedenken. »Da werden zehnmal mehr Fahrräder gestohlen als Autos. Denke ich.«

CK hielt einen Stapel Papier in der Hand. »Kontoauszüge. Tschernig war konstant an der Nulllinie. Dispo schon auf null, das Konto läuft auf Guthabenbasis. So habe ich mir ein Arztleben nicht vorgestellt.«

Horn stand in der Mitte des Zimmers und drehte sich einmal um die eigene Achse. »Wäre es sinnvoll, dass wir die Spurensicherung hier durchschicken? Was denkst du?«

Sie zuckte mit den Schultern. »Nur der Vollständigkeit halber, denke ich. Keine Prio.«

»Sehe ich auch so. Damit was auf dem Papier steht. Wer kümmert sich jetzt um die Wohnung hier und seine Sachen? Nehme an, das muss die Ehefrau machen, oder?«

»Dann sind wir hier fertig.«

Sie standen nebeneinander, viel Platz gab es nicht. CK lehnte sich zu ihm herüber, wollte ihn küssen.

»Nicht jetzt. Doc Mertes sollte unsere DNA hier besser nicht finden.«

Sie verzog die Lippen. »Zu dir oder zu mir?«

»Zu mir.« Horn legte eine Hand auf ihre Brust.

»Jetzt?«

»Nein, nicht jetzt.« Er schüttelte den Kopf. »Heute Abend.«

»Manno.« Sie stieß seine Hand weg.

Er folgte ihr aus dem Apartment und schloss ab. Sobald er die Beförderung hatte, würde er sie versetzen lassen. Sie hatte ihm nichts genutzt, und der Reiz ihres Piercings war verflogen.

Leider lässt sie es an professioneller Distanz fehlen. Worges wird wissen, wie das gemeint ist.

»Chefin?«

Sie hob nicht den Kopf, sie sah weiter auf den Bildschirm, auf den Bericht des Krankenhaustermins, den Horn und CK schon geschrieben hatten. »Ja?«

Horn stand in der Tür. »Nichts Wichtiges. Dieses Aktenzeichen, Bengt Hellmän.«

Talvis Finger fassten die Maus fester, dann atmete sie durch. Blickte ihn an. »Ja?« Sie zwang sich weiterzuatmen.

»Der sitzt noch, sagen die Kollegen.«

»Danke Ihnen.«

»Ist das eine gute Nachricht oder eine schlechte?«

»In erster Linie einfach eine Nachricht. Nochmals danke.«

Also alles, wie es sein sollte. Aber wer hat mir den Stacheldraht auf den Schreibtisch gelegt?

»Horn?«

»Ja?«

»Was ist mit der Durchsuchung von dem Apartment von Tschernig?«

»Wir schreiben noch, aber eigentlich keine Ergebnisse.«

Sie hatte noch einen Termin, bei dem sie keine Begleitung wollte. Karl wartete auf sie. Außerdem konnte sie das Ladekabel für ihr Diensthandy nicht finden. Der Akku war unter zehn Prozent, das reichte für gar nichts mehr. Der Platz im Schrank, an dem das Kabel sonst lag, zusammen mit zwei Ladekabeln für Handys, die es schon gar nicht mehr gab, war leer. Nur die beiden nutzlosen lagen noch da.

Ohne Handy war sie nicht erreichbar, konnte nicht kommunizieren, nicht recherchieren, nicht einmal navigieren in der fremden Stadt. Der alte Dienstwagen von KHK Bergmann hatte kein Navi, sie war so lange in Greifswald gewesen, dass sie den Einbau eines Navis als Beleidigung abgelehnt hatte. Wo ist Bergmann eigentlich gewesen, bevor sie nach Greifswald gekommen ist? Ich weiß nichts über sie, außer ein paar Legenden. Und dass sie geraucht hat und tot ist.

Klar, das Ladekabel lag garantiert im Wagen, es gab einen Adapter für den Zigarettenanzünder. Dann würde sie den Akku auf dem Weg zu Karl zumindest so weit aufladen können, dass sie online blieb.

Talvi packte ihre Sachen und fuhr den Rechner herunter.

Ihr Parkplatz war leer. Sie sah sich um. Nein, sie stand am richtigen Platz in der richtigen Reihe. Da hing sogar das »Bergmann«-Schild über dem leeren Stellplatz. Was ist das jetzt für ein Scheiß? Wer klaut einen Dienstwagen vom Polizeiparkplatz?

Pachulke hatte sein Büro direkt nebenan, sein Fenster ging auf den Parkplatz hinaus. In seinem Büro war ein Stahlschrank mit den Zweit- und teils auch Drittschlüsseln aller Dienstwagen, egal, ob zivil oder Streifenwagen. Pachulke war für den Fuhrpark zuständig, nachdem ihm bei einem Einsatz vor vielen Jahren jemand eine Kugel in die Hüfte gejagt hatte. Die Kugel war entfernt worden, aber der Nerv für das linke Bein war beschädigt. Kein aktiver Dienst mehr. Also war der Versorgungsfall Pachulke in das Fuhrpark-Zimmer versetzt worden.

Und Pachu machte alles möglich, sagte man. Er kannte die günstigsten Werkstätten, die günstigsten Tankstellen, und die Verkäufer aller Autohäuser in der Stadt kannten ihn. Er kam auch schon mal mit einem A8 oder einer S-Klasse auf den Hof gefahren, zur Evaluation, wie er dann sagte. Alle wussten, dass diese Evaluationen meist über das Wochenende stattfanden, aber niemand sagte etwas. Und es gab keine Beschwerden, denn alle waren auf Pachu angewiesen.

Sie stürmte in sein überheiztes Büro. Er saß hinter einem altmodischen Schreibtisch mit zwei Aktenfächern und wenig Platz für die Beine. An der Wand ein Pirelli-Kalender und ein alter Stadtplan von Greifswald. Ausgetretenes Linoleum auf dem Boden und auf dem Schreibtisch eine dunkelgrüne Thermoskanne mit weißen Punkten.

»Herr Pachulke, mein Wagen ist verschwunden.«

»Junge Frau, meine Wagen verschwinden nicht so einfach.« Er sah auf, rückte die Brille zurecht. Seine Bewegung und seine Augen froren einen Augenblick ein, huschten zum Wandkalender und zu ihr zurück. Dann rückte er noch mal an der Brille, und der Augenblick war vorüber. Er blieb sitzen. »Und Sie sind?«

»Kriminaloberkommissarin Caster, Soko Fischerfest. Mordkommission. Ich fahre den Wagen von Frau Bergmann.«

»Ah, Sie sind die Neue. Und Sie haben den Stinker bekommen.« Er seufzte. »Pauli Bergmann. Ich habe das schon gehört, hier kommen die Informationen zwar spät an, aber sie kommen an. Schade um Pauli, sie hatte immer Zeit für einen kurzen Schnack. Alte Schule, sage ich. Lebende Legende, sagen sie jetzt. Jetzt, wo sie tot ist.«

»Und mein Wagen?« Er musste doch wissen, wie sehr eine Ermittlerin auf ihr Auto angewiesen war. Das mit dem Ladekabel und dem fast leeren Akku ging ihn nichts an.

»Den habe ich heute rausgegeben. Telefonische Anfrage, glaube ich. Die Stimme war bekannt, ein internes Gespräch auf jeden Fall. Da brauchte jemand kurzfristig einen fahrbaren Untersatz. Meinte, das wär mit Ihnen abgesprochen.«

»Ist es nicht. Ich brauche den Wagen. Oder irgendeinen Wagen.«

Pachulke ließ theatralisch die Schultern sinken. »Ach, junge Frau, wenn ich noch freie Wagen hätte, dann hätte ich den von Pauli Bergmann ja gar nicht rausgeben müssen. Für genau solche Fälle habe ich hier ja alle Zweitschlüssel und Kopien der Papiere. Damit meine Kunden mobil sind.«

»Das bin ich jetzt also nicht.«

»Sorry, wenn das schiefgelaufen ist. Der Bergmann-Wagen soll heute Abend wieder da sein. Spätestens morgen Mittag, hieß es.«

»Wer hat denn überhaupt angerufen? Und wer hat die Schlüssel und Papiere abgeholt?«

»Die Stimme war bekannt, habe ich ja schon gesagt. Und es war eine interne Nummer, kein externes Gespräch. Für die Schlüssel kam einer der Azubis oder Praktikanten oder wie das heute heißt. Der auch die Post bringt, wenn mal was für mich dabei ist. Selten genug. Keine Ahnung, wie der heißt.«

»Und was mache ich jetzt? Wir sind mitten in Ermittlungen.«

»Das sind immer alle. Gefahr in Verzug, das höre ich auch häufig. Der eine ZBV-Wagen ist unterwegs, der andere hat Getriebeschaden, schon seit Wochen, aber die Werkstatt kriegt das Ersatzteil nicht. Alle anderen Wagen, die draußen stehen, die sind persönlich zugeordnet. Ich kann doch keinem den Dienstwagen wegnehmen.« Er sah sie treuherzig von unten an. »Wenn ich Ihnen was raten soll, nehmen Sie ein Taxi und schreiben Sie es auf Spesen.«

Talvi gab sich keine Mühe, die Tür leise zu schließen.

Was für ein Arschloch. Und wie soll ich mit leerem Akku ein Taxi rufen?

Das Taxi setzte sie bei Karl ab, die Quittung steckte sie sorgfältig ein. Während der Fahrt in einem nicht stinkenden Auto hatte Talvi sich schon auf die frische Luft und den Spaziergang mit ihm gefreut. Aber über den Ärger mit dem Auto hatte sie vergessen, die Kekse für Karl zu besorgen.

Den Weg zu Speedy kannte sie schon auswendig, auch wenn die Anlage etwas unübersichtlich war und unaufgeräumt. Speedy, eigentlich hieß er Mario Schulz, sah sie kommen und ging ihr ein paar Schritte entgegen. Er trug heute einen hellen Overall und ein weißes T-Shirt, seine Arme waren bis zu den Handgelenken tätowiert. Das rechte Ohr hatte fünf Piercings, und das T-Shirt hing über seinen Schultern wie über einem Kleiderständer.

»Wenn doch alle Besucher so verlässlich wären wie du, Talvi.«

Sie umarmten sich kurz. Speedy hatte keine Berührungsängste, er freute sich einfach über die Unterstützung. Talvi freute sich über die Umarmung und die körperliche Nähe, nicht aber über den Geruch nach parfümierten E-Zigaretten, der in seinen Klamotten steckte.

Der Medikamentenschrank über der Arbeitsplatte stand wieder offen, wie letztes Mal. Talvi hatte schon erfahren, dass er seinen Spitznamen im Fußballverein bekommen hatte, nicht wegen seines Schlüssels zu den Drogen.

»Hast du zufällig ein Ladekabel für so etwas hier?« Sie hielt ihm ihr Diensthandy hin, noch drei Prozent Akku, schon so gut wie unbrauchbar.

Er warf einen kurzen Blick auf die Schmalseite. »USB-C. Klar, ist wie meins. Kannst du gerne hier aufladen, während ihr unterwegs seid.«

Speedy schloss das Gerät an und legte es an die Seite der Arbeitsplatte. »Komm, Karl wartet sicher schon.«

Er führte sie den bekannten Weg zu Karl, der beim Klang ihrer Stimme sofort aufstand. Sie drückte ihn zur Begrüßung. Er sagte nichts, erwiderte aber den Druck.

»Ich gehe mit ihm eine Runde nach draußen, okay?«

»Sehen wir eigentlich nicht gerne, wenn ihr das Gelände verlasst.«

»Ich passe auf. Du weißt, ich bin die Polizei.«

»Okay, okay. Ich muss nur drauf hinweisen. Vorschriften.«

Speedy machte einen Eintrag in einer Liste, Talvi schrieb die Uhrzeit daneben und ihre Unterschrift.

Draußen gefiel es Karl immer besser als in geschlossenen Räumen. Er mochte wohl mehr Platz, mehr Grün und mehr Eindrücke. Aber er konnte nicht weit gehen, seine Hüfte war kaputt. Eine OP war nicht möglich, da er für sein altes Herz täglich einen Blutverdünner einnehmen musste. Dieses Mittel für eine OP abzusetzen würde ihn sofort in Lebensgefahr bringen. Von den Risiken einer langen Hüft-OP unter Vollnarkose in seinem Alter ganz zu schweigen.

Daher gingen sie in kurzen Schritten, und sie erzählte ihm von ihrem Tag, sobald sie außer Hörweite von Speedy waren, der ihnen vom Eingang aus nachsah. Sie erzählte auch von dem Fall mit den drei Schädeln und – sie sah sich davor noch einmal um, ob wirklich niemand zuhören konnte – von ihrer leeren Wohnung mit dem Schreibtisch voller Arbeit, von der leeren Wohnung der Frau Imken mit dem toten Kaninchen und der leeren Wohnung der Pauline Bergmann mit zwei Schildkröten, die wohl bald ins Tierheim mussten. Sie erzählte auch über Thomas Schumann, aber nur kurz. Die Nacht und den Morgen ließ sie aus, das ging auch Karl nichts an.

Karl hörte einfach zu und akzeptierte sie, wie sie war. Ihr Aussehen interessierte ihn nicht, er freute sich schlicht über ihre Anwesenheit und bemühte sich, schneller zu gehen, als gut für ihn war. Talvi wusste, was diese Spaziergänge für Karl bedeuteten, und war bei den ersten Malen selbst erstaunt gewesen, wie anders sie sich nach einem Spaziergang mit ihm gefühlt hatte. Immer besser als vorher, manchmal richtig gut. In der ganzen Woche sprach sie nicht so viel wie während der kurzen Zeit mit Karl, und sie sprach dann auch schneller.

Sie blieben kurz stehen, und er lehnte sich an sie, weil er jetzt selbst Halt brauchte.

»Karl, es ist Zeit für den Rückweg.« Und sie musste zu dem Gespräch mit Dr. Worges, das lag schon wie ein Stein in ihrem Magen. Aber davon hatte sie auch Karl nichts erzählt.

Auf dem Rückweg gingen ihr die Worte aus, das machte Karl offenbar nichts aus. Sie war sich zuerst nicht sicher gewesen, ob er überhaupt noch etwas hörte. Speedy hatte ihr versichert, dass da alles in Ordnung war, und auch an ihrer Seite reagierte er auf Geräusche rechts und links ihres Weges. Das war sicher unterhaltsamer als der Tagesablauf in seinem Zimmer, auch wenn es nur der Wind in den Bäumen und vorbeifahrende Autos waren.

Speedy hatte sie durch das Fenster gesehen und hielt ihnen die Tür auf. »Alles okay?«

»Wie immer. Wir haben uns Zeit gelassen füreinander. Er braucht jetzt Ruhe, denke ich.«

»Danke dir, Talvi. Zeit für einen Kaffee?«

Karl ging schon mit unsicheren Schritten neben Speedy ins Haus und drehte sich nicht mehr um. Er würde jetzt lange schlafen müssen. Sie schüttelte den Kopf. »Sonst gerne. Ich nehme nur mein Handy wieder mit. Kannst du mir noch ein Taxi rufen? Bitte?«

Etwa ein Viertel aufgeladen, besser als nichts. Und keine Anrufe in Abwesenheit. Es waren ja auch nur dreißig Minuten gewesen, plus/minus. Mehr schaffte Karl nicht.

Horn hatte durch das Fenster beobachtet, dass Talvi Caster von einem Taxi abgeholt wurde. Wie geplant gab es jetzt eine kurze störungsfreie Zeit. Er schloss die Tür und öffnete dann den verschlüsselten Ordner auf seinem PC. In einer der Akten fand er zwei weitere Schwächen und Ansatzpunkte. Es war sicherer, sich keine Notizen zu machen. Sehr reichhaltig, diese Akte, sie war schon früher einmal nützlich gewesen. Jetzt konnte er die Sahne abschöpfen, das Killerargument heraussuchen.

Viel Zeit war nicht mehr, in wenigen Tagen würde die Entscheidung vorliegen.

Zwanzig Minuten lang prägte er sich die beiden schwerwiegendsten Vermerke ein, zwei Jura-Studentinnen hatten sich nach einem Pflichtpraktikum beschwert. Unangemessenes Verhalten, fehlende Distanz. Klar, was damit gemeint war. Es war nicht zur Anzeige gekommen, aber die Vermerke standen noch in der Akte.

Das war Gold wert. Horn schloss die Personalakte von Dr. Peter Worges.

Sie war erst ein Mal bei Dr. Worges im Büro gewesen. Das war an ihrem ersten Tag, vor einigen Wochen. Da war er sehr freundlich gewesen, hatte sie herzlich willkommen geheißen und sie nach einem kurzen Plausch zu ihrem Arbeitsplatz und zu KHK Bergmann gebracht.

Kein Wort darüber, dass niemand im Haus bei ihrer Versetzung hatte mitsprechen oder mitentscheiden können.

Das war drei Wochen gewesen, bevor ihre neue Chefin und Türöffnerin bei der Polizeiorganisation in Greifswald vor einer roten Ampel zusammengebrochen und ins Krankenhaus gebracht worden war. Ein Kollege von der Streife hatte den Wagen zurück auf den Hof gefahren, die Schlüssel bei Talvi abgegeben und sich nach Bergmann erkundigt. Das war das erste Mal gewesen, dass Talvi den Ruf, den die Bergmann hatte, erlebt hatte. Sie hatte aber noch keine Infos gehabt, die Klinik hatte sich noch bedeckt gehalten. Da hatte außer Pauline Bergmann und ihrem Lungenarzt auch noch niemand von den Röntgenbildern gewusst.

Talvi hatte nach dem Klopfen bestimmt zu lange gewartet, bis sie die Tür zu Worges' Büro öffnete. Oder nicht lange genug. Er begrüßte sie, war freundlich und sah ihr beim Händeschütteln sogar in die Augen. Sie setzten sich an den kleinen Besprechungstisch am Fenster, Worges überließ ihr geschickt den Sessel, auf dem sie gegen das Licht gucken musste. Talvi hätte das auch getan, an seiner Stelle.

»Frau Caster, Ihre Spesenabrechnung ist überfällig, habe ich gehört.«

»Da ist nicht viel angefallen letzten Monat.«

Worges zog die Augenbrauen zusammen. »Ein ganzer Monat ohne Spesen? Was macht denn das für einen Eindruck? Das sieht ja so aus, als würden Sie nicht arbeiten. Wir erwarten ja nicht, dass Sie mit Ihrer Spesenaufstellung Luftschlösser bauen wie manche Ihrer Kollegen, das nun wirklich nicht.« Dabei ließ er offen, wen er mit »wir« meinte. »Aber gar keine Spesen einreichen, das ist kein gutes Beispiel für Ihre Mitarbeiter. Die sollen schließlich nicht meinen, dass sie sich kasteien müssen.«

Sie nickte und hoffte auf einen Themenwechsel. Ihm eröffnen, dass die Spesenbelege aus ihrem Schreibtisch geklaut worden waren? Da könnte sie gleich behaupten, ihr Hund hätte sie gefressen. Und sie hatte keinen Hund, das wusste Worges wahrscheinlich. »Ich werde darauf achten.«

Das mit den Spesen war nur der taktische Einstieg, um sie in die Defensive zu bringen und seine Position zu stärken. Sie wartete darauf, dass er jetzt Luft holte und sie wegen der Informationslage zur Pressekonferenz niedermachte, ihr seine Blamage in die Schuhe schob, nur einen halben Tag nach der PK alles zurücknehmen zu müssen. Das sah sie kommen, darauf war sie vorbereitet, wenn man sich auf so etwas vorbereiten konnte. Schließlich hatte er die PK selbst einberufen. Und es war ganz klar nicht ihr *shit happens*, dass sich die Ermittlungslage kurzfristig geändert hatte. Sicher unglückliches Timing, aber nicht ihre Schuld. Für dieses Gesprächsthema hatte sie alle Fakten vorbereitet und konnte im Notfall sogar ihr Team als Zeugen dafür anführen, dass sie Worges nicht böswillig oder vorsätzlich hatte in diese Falle laufen lassen.

Der Staatsanwalt legte die Hände auf die Sessellehnen und beugte den Oberkörper etwas vor. Nur so viel, um sich ihrer Aufmerksamkeit sicher zu sein.

»Mussten Sie ihn gleich ficken?«

Ihr Mund wurde trocken, und sie spürte ihre Wangen warm werden. »Was?«, brachte sie heraus.

»Den Kollegen Schumann aus Hannover. Kriminaloberrat Schumann! Meine Güte, Frau Caster, ich gebe mir Mühe und beschaffe Ihnen kurzfristig, sehr kurzfristig, einen der besten Fachleute aus ganz Deutschland, einen Kollegen, von dem wir alle hier nur lernen können, und was machen Sie?« Er hob die Hände und ließ sie mit einem lauten Klatschen wieder auf die Lehnen fallen. »Sie steigen mit ihm am ersten Abend ihn die Kiste und verscheuchen ihn, bevor der Fall geklärt ist. Bevor er überhaupt richtig mit seiner Arbeit für uns beginnen konnte!«

In ihrem Magen lag ein großer kalter Stein. »Das war anders. Das war nicht so.«

Steckte Schumann dahinter, der sich für eine enttäuschende Nacht rächen wollte? Hatte er sich bei Worges beschwert oder sogar mit dem Erlebnis geprahlt? Oder hatte irgendjemand ihn gesehen, wie er frühmorgens aus ihrem Haus gekommen war, und ein Gerücht in Umlauf gebracht? Ach, guckt mal, die Caster macht auf Mitleid und holt sich damit ihre Typen ins Bett, würde man bei ihrem Gesicht aus der Geisterbahn gar nicht erwarten, dass jemand darauf anspringt. Sie will sich aus Greifswald herausschlafen, will wieder in ein LKA, wir sind ihr nicht genug. Gibt ja auch Kerle, die stehen auf so was, die kriegen keine andere.

»Ach, das war alles ganz anders, natürlich! Frau Caster, wenn diese Story durchs Haus geht und sogar bei mir ankommt, wo man mich doch sonst aus allem raushält, dann wird wohl irgendwas dran sein. Oder?« Er sah sie erwartungsvoll an, ihre Wangen brannten, aber er wartete ihre Antwort nicht ab. »Frau Caster, was soll ich mit Ihnen machen? Was haben die sich bloß dabei gedacht, Sie ausgerechnet bei mir zu entsorgen?«

Er machte rasch eine abweisende Handbewegung. »Okay. Nein.« Worges sah an die Decke. »Wir müssen das hier nicht vertiefen. Ich habe an dieser Geschichte oder an den näheren Details Ihres Liebeslebens nun wirklich kein Interesse. Aber bitte haben Sie Verständnis für meine Situation, Frau Caster. Bei Ihrem Verhalten und Ihrer Arbeitsqualität empfehlen Sie sich nicht wirklich für weitere Aufgaben hier im Haus. Und wenn ich Sie an etwas erinnern darf«, er machte eine Kunstpause, »Ihr Engagement hier in Greifswald ist noch befristet.«

Worges sah sie wieder an, sie fand ein Lächeln in seinen Mundwinkeln, das er nicht verstecken konnte und auch nicht verstecken wollte.

Er hatte recht. Sie war aus Kiel nach Greifswald gekommen, weil ihr ehemaliger Chef im LKA Schleswig-Holstein hier einen Gefallen eingefordert hatte, einen großen Gefallen. Der war unter der Bedingung zugesagt worden, dass diese Versetzung eine aufschiebende Wirkung hatte. Auf diese Formulierung hatte man sich geeinigt, das Wort »Probezeit« war dabei nicht gefallen, aber allen war klar gewesen, dass es darauf hinauslief. Und man hatte ihr zu verstehen gegeben, dass die dienstrechtlichen Vorschriften im Zweifel gegen sie ausgelegt würden, wenn sie ihre Chance in Greifswald nicht nutzte. Dann würde sie zurück nach Kiel gehen, in irgendeinen internen Stab im LKA, Einzelbüro zum Hof, kleines Fenster, ein Tisch voll staubiger Akten und die Tür geschlossen. Denn ihr ehemaliger Chef war versetzt worden, der konnte ihr nicht mehr helfen. In Kiel galt sie als Versorgungsfall, kein Netzwerk, keine Rückendeckung, ein Haufen Nachteile auf zwei Beinen. Das war ihr bewusst, jeden Morgen, wenn sie aufstand, war ihr das bewusst.

»Ich werde darauf achten.«

Zum Abschied gab er ihr nicht die Hand.

Greifswald, 6. Oktober 2021

Vernehmung des leitenden Staatsanwaltes Dr. Peter Worges, Staatsanwaltschaft Stralsund, Außenstelle Greifswald, in der Ermittlungssache Talvi Caster (KOK), Aktenzeichen 9 Js 451/21

»Nun, meine Herren, wie kann ich Ihnen helfen? Ich hätte eigentlich erwartet, dass Sie früher zu mir kommen. Immerhin ging das alles vom ersten Tag über meinen Tisch. Tragisch, kann ich nur sagen, und völlig unerwartet, diese Entwicklung. Nach meiner Kenntnis war der alte Fall, der Frau Caster so beschäftigt hat und der so einschneidend für ihre Laufbahn war, doch längst abgeschlossen und der Täter für lange Zeit in Haft, mit verschärften Auflagen, hoffe ich. Die Unterlagen zu dem Fall habe ich nie angefordert, ich kenne also die Details nicht. Frau Caster hat nie von dem Fall gesprochen oder erwähnt, dass ihr das noch in den Knochen sitzt. Oder dass da noch etwas offen ist.

Nach meiner Kenntnis hat sie sogar vermutet, dass der Täter auf freiem Fuß war und sich hier in Greifswald aufgehalten, ihr sogar nachgestellt hat. Man kann den Leuten ja nur vor den Kopf sehen, nicht wahr?

In der Soko Fischerfest hat Frau Caster unter meiner Leitung gute Arbeit geleistet, auch als die Ermittlungen mittendrin eine unerwartete Wendung genommen haben. Ich hatte rechtzeitig Unterstützung für mein Team angefordert, einen versierten Profiler vom LKA Hannover. Sehr fähiger Mann. Der war aber nur kurzzeitig bei uns im Einsatz, Frau Caster konnte wohl nicht viel mit ihm anfangen. Sie hat den Fall mit ihrem Team auch ohne externe Unterstützung in Rekordzeit gelöst. Sehr professionell, immer sehr gut kommuniziert und dokumentiert, die Arbeit der Soko war vorbildlich. Wir waren alle sehr stolz auf dieses Team.

Selbstverständlich stand sie zu diesem Zeitpunkt auf meiner Liste für die Neubesetzung der Teamleitung und die Beförderung zur Kriminalhauptkommissarin an erster Stelle, mit Abstand. Überlegen Sie mal, Kollegen, mit Abschlüssen in Jura und Kriminalistik, beides mit Bestnoten, da fällt doch so eine Entscheidung nicht schwer, oder?

Frau Caster hat sich dabei gar nicht in den Vordergrund gedrängt, das war nicht ihre Art. Kann man ja verstehen, dass sie nicht gerne ins Rampenlicht wollte. Aber es ist doch klar, dass jemand mit ihrem Werdegang und dann einem so klaren und vorzeigbaren Erfolg auch Ambitionen hat. Das würde uns doch auch so gehen, Kollegen, nicht wahr?«

Donnerstag, 16. September 2021, später Nachmittag

Er wusste, wo er suchen musste, und zog die Handschuhe schon an, bevor er die graue Stahltür aufschloss. Jeder wusste, wo der Schlüssel dafür lag.

Die Tagebücher der Mobilen Wache wurden eine Zeit lang im Schrank der Wache aufbewahrt. Diese Wache war ein mehr oder weniger vollständig eingerichteter Raum im Erdgeschoss, der gleichzeitig als Umkleide diente, wenn die Mannschaft ausrückte.

Fußballspiele, Lkw-Kontrollen auf der Autobahn, Demonstrationen, Volksfeste. Der alte Bus mit den eingebauten Bänken und der Schreibplatte dazwischen wurde überall hingefahren und aufgebaut, wo die Polizei Greifswald eine Präsenz brauchte und die Möglichkeit, Personalien aufzunehmen, Alkoholkontrollen durchzuführen, Beweismittel zu inventarisieren oder einfach nur auf engem Raum Verwarnungen und Platzverweise auszusprechen.

Der letzte Einsatz war beim Fischerfest gewesen, das Tagebuch dieses Einsatzes würde noch einige Monate oben im Schrank liegen, bis die Wahrscheinlichkeit, tatsächlich einen der Einträge zu benötigen, so gering war, dass es ins Archiv im Keller mitgenommen wurde. Falls sich aus einem der Einträge tatsächlich etwas ergab, eine OWiG-Sache, ein Strafverfahren, eine Anzeige, dann würden die Informationen und das vor Ort vergebene vorläufige Aktenzeichen herauskopiert und an anderer Stelle weitergeführt. Diese Tagebücher waren nur Zwischenspeicher für Nichtigkeiten, was daraus nicht kopiert wurde, hatte eigentlich nicht stattgefunden und wurde vergessen.

Entsprechend war der Archivraum im Keller nicht besonders gesichert, eine graue Stahltür mit einem einfachen Schloss und einem aufgeklebten Kunststoffschild, das Eingeweihten sagte, was dort gelagert wurde. Und es gab keine Kameras. Die waren teuer, und es müsste sich jemand die Bilder ansehen, also gab es hier unten keine. Es gab ja auch nichts zu schützen.

Alle warteten auf die Einführung eines digitalen Tagebuchs, dessen Einträge per Mail verschickt oder bei Bedarf einfach in das aktenführende System kopiert werden konnten, ohne sie abschreiben zu müssen. Dann würde man die Stapel von Tagebüchern, die im Archiv lagen, wahrscheinlich nach einer Schonfrist, über deren Länge Juristen lange diskutieren würden, in den Reißwolf werfen. Aber noch war im Haus das meiste auf Papierbasis.

Jeder Einsatz der Mobilen Wache wurde durch eine eigene Kladde dokumentiert, auf deren Umschlag in Druckbuchstaben das Datum oder der Zeitraum des Einsatzes und eine Bezeichnung vermerkt waren. Diese Kladden standen aufrecht in halbhohen Holzkästen in den Regalen, nach Datum geordnet. Man ließ immer etwas Platz in den Kästen, damit man die Kladden beim Suchen einfach durchblättern konnte wie Karteikarten. Hier etwas zu finden war leicht, sofern man nach einem Datum suchte. Ging es dagegen um einen bestimmten Eintrag, einen Namen oder ein Tatmuster, dann konnte es dauern. Dafür gab es in der Ecke des fensterlosen Raumes einen schmalen Holztisch mit einer Lampe und einem alten Drehstuhl davor, alles von einer Staubschicht bedeckt.

Er würde darauf achten, keine Spuren zu hinterlassen.

Es war dunkel. Er brauchte hier kein Licht, ohnehin würde er schon fast fertig sein, bevor die alten Neonröhren aufhörten zu flackern. Also hatte er sie gar nicht erst eingeschaltet.

Er ignorierte den Tisch, den Stuhl und die Staubschicht. Der Holzkasten für die neuesten Kladden war nur halb gefüllt, daneben gab es viel Platz für weitere Kästen. Schließlich würde es mit dem digitalen System noch lange dauern, niemand kannte einen Termin dafür.

Was er suchte, fand er nur zwei Holzkästen neben dem aktuellen. Mit den Handschuhen nahm er die Kladde für das Fischerfest 2020 aus dem Holzkasten, ging damit zwei Schritte das Regal entlang und stopfte die Kladde in einen anderen Kasten, rüttelte daran, damit die Kladde nicht zur Seite der langen Reihe herausschaute, tastete sicherheitshalber mit seinen Plastikfingern an der Kante entlang und verließ anschließend den Archivraum.

Draußen auf dem Gang war niemand, warum auch. Er schloss ab, zog die Handschuhe aus und sah auf die Uhr.

Nicht einmal zwei Minuten. Kleiner Aufwand, große Wirkung.

Zuerst hatte er daran gedacht, die entsprechende Kladde ganz einfach verschwinden zu lassen, aber das war ein größeres Risiko. Das konnte man ihm vorwerfen, wenn ihn jemand damit in Verbindung brachte. Dass eine Kladde versehentlich, wann auch immer und von wem auch immer, an einen falschen Platz gestellt wurde, das konnte passieren. Es war sicher unglücklich, aber so was kam nun mal vor.

Irgendwie war ja auch keiner dafür zuständig, hier unten Ordnung zu halten.

Die Taxiquittungen von den Fahrten zu Karl und zurück hatte sie in ihre übliche Mappe gelegt, die Mappe aber an einer anderen Stelle in ihrem Büro abgelegt. Zu keinem ihrer Schränke hatte sie einen Schlüssel, auch zu ihrem Schreibtisch nicht, der eigentlich noch so aussah und so roch wie der Schreibtisch von Pauline Bergmann. Ich kann nichts sicher verwahren. Schon heftig, sich diese Gedanken für ein Dienstbüro im Polizeihauptrevier machen zu müssen.

Viel Zeit verschwendete sie damit allerdings nicht, schließlich ging es nur um ein paar Spesenbelege, auch wenn Dr. Worges das zu einem Problem aufblies. Viel mehr beschäftigte sie die Info, die Horn ihr vor ein paar Minuten gegeben hatte. Er hatte kurz bei ihr vorbeigeschaut, mit einem Kaffee auf dem Weg zu seinem Büro nebenan, und ihr gesagt, dass es im Archiv kein Tagebuch der Mobilen Wache vom Fischerfest 2020 gebe. Entweder war das noch woanders oder irgendwie weggekommen. Sie hatte dankend genickt und wieder an ihrem Bericht geschrieben. Worges legte sicher Wert darauf, dass die Berichte der Soko zeitnah und komplett vorlagen.

Mehr konnte sie heute nicht tun. Nach dem dreifachen Leichenfund im Müllauto, dem Ärger mit dem Dienstwagen, dem Besuch bei Karl und der Breitseite von Worges konnte sie keinen richtigen Satz mehr auf den Schirm kriegen. Dann lieber spät abliefern, als Unsinn zu schreiben. Sie fuhr den Rechner runter, machte sich ein paar handschriftliche Notizen, mit denen sie morgen am Bericht weiterarbeiten wollte, und stand auf. Kurz kontrollierte sie, ob ihre Brieftasche und ihre Schlüssel wirklich in der Jacke waren.

Ihre Belege waren irgendwie weg. Aber wie? Die verschwundenen Spesenabrechnungen ließen ihr keine Ruhe, sosehr sie das auch als Randproblem beiseiteschieben wollte. Sonst war alles an seinem Platz, sie fand sogar die Autoschlüssel zum Dienstwagen der toten Bergmann.

Unten an der Drehtür stieß sie mit Horn zusammen. Sie konnten beide das Gebäude nicht sofort verlassen, weil draußen die Kollegen vom Einbruch standen und den Eingang blockierten. Alle waren gut drauf oder bemühten sich darum. Talvi hatte gehört, dass sich der Einbruch heute spontan für Pizza und Feierabendbier verabredet hatte. Jemand hastete an ihnen vorbei, murmelte eine Entschuldigung, quetschte sich durch die Drehtür und wurde von den Kollegen draußen laut und erleichtert begrüßt. Endlich war man vollzählig und konnte aufbrechen, einige knöpften sich die Jacken zu. Die kleine Gruppe zog ab, die Tür wurde frei.

Mit einer Armbewegung ließ Horn ihr den Vortritt, dann standen sie draußen in der Stille, die die Kollegen vom Einbruch hinterlassen hatten.

Hoffentlich fragt er nicht, ob wir auch irgendwo hingehen sollen. Talvi sah die Straße hinunter, als erwarte sie jemanden, der sie abholte.

Ich kann doch nicht einfach so abhauen, dachte Horn. Schließlich ist sie meine Chefin.

Ein Taxi näherte sich. Es musste langsam fahren, weil es ein dahinschleichendes Motorrad mit zwei großen Gepäckkoffern nicht überholen konnte. Der Taxifahrer sah zu ihnen herüber, wartete auf eine Armbewegung. Dann waren Motorrad und Taxi vorbei.

»Ich muss dann mal«, sagte Horn.

»Ja, ich auch. Bis morgen«, sagte Talvi.

Er nickte ihr zu und ging nach rechts.

Sie hätte in die gleiche Richtung gehen müssen wie Horn, auf den Parkplatz, um nachzusehen, ob sie wieder einen Wagen hatte. Dazu hatte sie jetzt aber keine Lust. Trotzdem wollte sie nicht im Eingang stehen bleiben und warten, bis Horn weg war. Oder sich in irgendeinem Hauseingang verstecken. Talvi schlug den Kragen ihrer Jacke hoch und ging nach links.

Eigentlich hatte sie keine Zeit für die Runde um den Block. Zu Hause warteten ihr Schreibtisch und der Laptop, heute Abend würde sie ihre Bewerbung schreiben. Die Unterlagen müssten noch einigermaßen aktuell sein, die Pro-forma-Bewerbung für die Stelle, die hier in Greifswald auf dem grauen Markt angeboten worden war, war ja erst ein paar Monate alt.

Oder ist das nur eine Windmühle, gegen die ich kämpfe?

Trotzdem formulierte sie im Hinterkopf bereits an ihrer Begründung und Motivation bezüglich der Planstelle von KHK Pauline Bergmann.

Hunger hatte sie nicht, aber eine Kanne Tee würde sie aufgießen. Tür abschließen und Tee kochen und arbeiten, das war ein magerer Plan für den Abend, aber immerhin war es ein Plan. Sie umrundete den Block in Rekordzeit und betrat den Polizeiparkplatz durch den Nebeneingang. Horns Wagen stand nicht mehr auf seinem Platz. Dafür war ihr Wagen wieder da, ordentlich eingeparkt und verschlossen, so wie sie ihn heute früh selbst abgestellt hatte.

Sie fand keine Hinweise darauf, wer den Wagen in den letzten Stunden gefahren hatte oder wo der Wagen gewesen war. Natürlich hatte sie sich heute Morgen den Kilometerstand nicht gemerkt, aber die Tankanzeige schien sich nicht verändert zu haben. Also entweder nicht weit gefahren oder wieder so weit aufgefüllt, wie er oder sie den Wagen mitgenommen hatte. Sie kontrollierte Kofferraum, Türablagen, Handschuhfach, Mittelkonsole, Sonnenblenden, Fußraum vorn und hinten, unter den Sitzen, hinter den Sitzen. Da war nichts, was sie nicht kannte oder eindeutig Bergmann zuordnen konnte. Der Geruch im Wagen hatte sich ebenfalls nicht verändert.

Der Motor sprang sofort an, es gab keine Explosion, die sie in tausend Stücke riss. Es war nur ein alter verlässlicher Diesel in Staatsdiensten, dem egal war, wen er wohin brachte. Und warum.

Talvi fuhr vom Parkplatz und suchte eine Lücke im dichten Verkehr. Das Motorrad, das sich aus einem Schatten löste und ihr folgte, bemerkte sie nicht.

Talvi fand überraschend einfach einen freien Parkplatz in der Nähe ihrer Wohnung. Beim Öffnen der Wohnungstür raschelte etwas unter ihrem Schuh. Jemand hatte einen Brief unter der Tür durchgeschoben. Sie bückte sich, hob ihn auf, drückte dann die Tür zu und schloss sie zweimal ab. Die Riegel machten ein beruhigendes Geräusch.

»Frau Talvi Caster, im Haus«, stand auf dem Umschlag. In einer Handschrift, die ihr irgendwie bekannt vorkam. Mit den Fingerspitzen tastete sie den Brief ab. Keine Verhärtungen, keine Kabel, normales Gewicht. Der Umschlag schien nur ein Blatt zu enthalten.

Talvi öffnete den Brief mit einem Küchenmesser an der Unterseite, nicht dort, wo er zugeklebt worden war.

Es war nur ein Blatt.

Sehr geehrte Frau Caster,
wir bedauern, Ihnen diese Mitteilung machen zu müssen. Unsere Nichte wird bald ihr Studium in Greifswald beginnen, daher kündigen wir Ihren Mietvertrag wegen Eigenbedarf zum Ablauf des nächsten Monats. Unser Anwalt sagt, das sei kein Problem, auch wenn es sicher für Sie etwas unglücklich ist.

Bitte setzen Sie sich wegen des Termins zur Wohnungsübergabe mit uns in Verbindung.
Wir wünschen Ihnen alles Gute.
Maria und Peter Anton Baumgarten

Sie konnte sich jetzt nicht an den Laptop setzen und nachdenken. Stattdessen legte sie sich in der fremden Stadt in der fremden Wohnung in ein fremdes Bett und starrte an die Decke.

Unten auf der Straße beschleunigte ein Motorrad.

Irgendwann schlief sie ein.

Greifswald, 6. Oktober 2021

Vernehmung des Peter Anton Baumgarten, wohnhaft in Greifswald, in der Ermittlungssache Talvi Caster (KOK), Aktenzeichen 9 Js 451/21

»Das tat uns wirklich leid, der Frau Caster kündigen zu müssen. Da ist nie etwas vorgefallen. Ich habe immer gute Erfahrungen gemacht, an Beamte zu vermieten, wissen Sie.

Die Wohnung habe ich als Teil meiner Altersvorsorge angeschafft, schon vor vielen Jahren. Das war nicht einfach damals, zwei Immobilien zu finanzieren, und viele haben mich ausgelacht und sind lieber teuer in Urlaub gefahren. Jetzt zahlt sich das aus, man muss bei Finanzen nur langfristig denken und sein Geld zusammenhalten.

Und bei Frau Caster, da habe ich gedacht, die Gefahr, dass sie plötzlich heiratet und auszieht, die ist nicht sehr groß. Hatte gehofft, sie viele Jahre als Mieterin zu haben. War immer ruhig und hat pünktlich gezahlt, per Dauerauftrag, so wie das abgesprochen war.

Es gab auch nichts, was sie falsch gemacht hat. Aber ich brauche die Wohnung für meine Nichte, die will ab nächstem Semester in Greifswald studieren. Kirchenmusik. Da stehe ich bei meinem Bruder im Wort. Also ein klarer Fall für eine Kündigung wegen Eigenbedarf, das hat der Anwalt uns mehrfach bestätigt. Frau Caster muss das auch klar gewesen sein, sie hat gar nicht versucht, gegen die Kündigung anzugehen. Bei mir ist auf jeden Fall nichts angekommen. Sie ist ja selbst Juristin, habe ich gehört.

Wir wohnen nicht im gleichen Haus, nicht einmal in der Innenstadt. Ich kann also nicht sagen, ob sie viel Besuch hatte oder nicht. Beschwerden gab es auf jeden Fall keine. Und ich habe mir gesagt, als Beamtin findet sie sicher rasch etwas Neues, bei dem

Gehalt. Wie geht es ihr eigentlich? Ich habe sie schon länger nicht gesehen.

Wenn sie jetzt nicht zurückkommt, wann kann ich die Wohnung betreten und räumen lassen? Meine Nichte würde gerne mal die Räume ausmessen wegen der Möbel.«

Freitag, 17. September 2021, Vormittag

Sie hatte die Klamotten, in denen sie geschlafen hatte, ausgezogen und in die Waschmaschine gestopft. Die Maschine war schon alt, weshalb sie sich eigentlich angewöhnt hatte, sie nicht ohne Aufsicht laufen zu lassen, falls sie wieder mittendrin stehen blieb oder der brüchige Schlauch undicht wurde. Scheiß drauf.

Der Kaffee im Büro schlug schon mit dem ersten Schluck wie eine heiße Faust in ihren Magen, sie hatte weder zu Hause noch auf dem Weg ins Revier etwas essen können. Talvi hatte kurz überlegt, ob sie den Wagen nicht auf dem offiziellen Parkplatz, sondern irgendwo in einer Seitenstraße abstellen sollte. Das war ihr dann zu blöd gewesen. Falls er wieder vom Parkplatz verschwand, würde sie eben wieder Taxi fahren und Spesenbelege produzieren.

Den fehlenden Schluck im Becher ersetzte sie mit Zucker und ging an ihren Schreibtisch, wo das Telefon bereits klingelte. »Caster.«

»Guten Morgen, Frau Caster. Von Breeten hier, JVA Lübeck.«

Sie starrte in ihren Becher. Nahm einen Schluck. »Ja?«

»Das ist mir sehr unangenehm, Sie telefonisch zu informieren. Aber wir haben hier eine Situation, glaube ich, da will ich keine Zeit verlieren.«

Die Kehle wurde ihr eng.

»Leider haben wir Ihrem Kollegen Horn gestern eine falsche Auskunft gegeben. Er hatte sich in Ihrem Namen nach dem Häftling Bengt Hellmän erkundigt und dazu ein Aktenzeichen genannt. Dabei kam es hier intern zu einer Verwechslung, die Unterlagen waren nicht auf dem neusten Stand. Sehr unglücklich. Wir haben hier eine Krankheitswelle und mehrere neue Kollegen.«

»Was ist?«

»Bengt Hellmän ist seit einem Monat abgängig. Ist von einem Hafturlaub nicht zurückgekehrt. Leider hat es furchtbar lange gedauert, bis unsere Unterlagen aktualisiert wurden, und wir hatten einen Zahlendreher im Aktenzeichen. Daher die falsche Auskunft an Ihren Kollegen. Das wollte ich Ihnen auf jeden Fall persönlich sagen. Und mich dafür entschuldigen. Ich hoffe, das bringt Sie nicht in Schwierigkeiten.« Er zögerte. »Ich habe mir seine Unterlagen angesehen, von der Verhandlung und der Verurteilung. Wir können nicht sagen, ob Hellmän noch gewalttätig ist. Er hat Ihren Namen in der Zeit bei uns nicht erwähnt. Aber das heißt vielleicht nicht viel.«

Sie sah auf die Tastatur vor sich auf dem Schreibtisch, auf der sie vor drei Tagen das Stück Stacheldraht gefunden hatte.

»Vielleicht nicht«, sagte sie und legte auf.

Talvi konnte den Kaffee nicht trinken. Und musste sofort den Becher abstellen, weil ihre Hände zitterten. Sie legte die Hände um das Telefon wie um eine wärmende Tasse Tee und wählte mit den Daumen die Nummer von Doc Mertes. Er war nicht da, aber seine Sekretärin ließ sich überreden, Talvi zu einem der Techniker durchzustellen. Der stellte sich erst quer, klar könne man auch ein anonymes Prepaidhandy lokalisieren, aber wo sei die richterliche Anordnung dafür? Die würde sie nachreichen, sagte Talvi. Sie hörte, dass er ihr nicht glaubte und vorher bei Mertes nachfragen würde. Zumindest hatte er ihre Bitte nicht kategorisch abgelehnt.

Talvi blieb mit den Händen um das Telefon sitzen, denn sie zitterte noch immer.

Unbewegt am Schreibtisch zu sitzen, dass ihr nur kalt wurde, war nicht gut. Das war wie damals, verletzt im Erdloch, verscharrt im Wald, wenn draußen die Nacht kam und sie vor Schmerzen nicht schreien und nicht schlafen konnte.

Talvi stand auf und ging in den Keller. Auf dem Weg dahin ging sie an der Hauptwache im Erdgeschoss vorbei, umrundete den Tresen, der den Raum teilte, und nahm den Schlüssel für den Archivraum aus dem Holzkasten an der Wand. Niemand achtete auf sie. Drei Beamte waren anwesend, vor dem Tresen warteten zwei junge Männer auf irgendetwas, aber niemand kümmerte sich um sie.

Ohne angesprochen zu werden, verließ sie die Wache, ging an den Toiletten und dem Aufenthaltsraum vorbei, sah dort im Vorbeigehen Red-Bull-Dosen und leere Pommesschalen auf dem Tisch stehen und öffnete die Tür zum Treppenhaus. Oben im zweiten Stock hörte sie zwei Stimmen. Es waren Männerstimmen, und aus dem Gespräch hörte sie »Hansa Rostock« heraus.

Sie kannte den Archivraum nicht, hatte nur gehört, dass er hier unten war. Mit den Abkürzungen an den Türen kam sie nicht klar, die waren anders als in Kiel. Talvi probierte einfach eine Tür nach der anderen aus. Der Schlüssel hatte einen blauen Anhänger mit einem Papierstreifen für eine Beschriftung, aber der Streifen war nicht beschriftet. Eine Tür stand offen, der Geruch von Essig und Ammoniak schlug ihr entgegen – ein Raum für Putzmittel.

Beim nächsten Versuch passte der Schlüssel. Die Tür öffnete nach innen, und Talvi tastete im Dunkel nach einem Lichtschalter. Es dauerte lange, bis die Neonröhren zur Ruhe kamen.

Die Größe des Raums war schlecht zu schätzen, weil in der Längsrichtung deckenhohe Regale dicht an dicht standen. Die Neonröhren waren so angebracht, dass sie in die Gänge zwischen den Regalen schienen. Oder die Regale waren so aufgestellt, dass sie nicht direkt unter den Neonröhren standen. Egal. Insgesamt gab es vier Regalreihen mit einem breiteren Mittelgang zwischen der zweiten und dritten Reihe. Der Boden war nackter Estrich, die Decke nackter Beton.

Links von ihr, gleich neben der Tür, stand ein kleiner quadratischer Holztisch mit einer alten Lampe darauf und einem alten Drehstuhl daneben, der aussah wie aus einer Schule. Alles war mit einer gleichmäßigen Staubschicht bedeckt. Hier hatte lange niemand gesessen oder es auch nur versucht.

Auf den Regalböden aus Aluminiumblech standen Holzkisten wie große Schubladen. Darin hintereinander Notizbücher, Spiralbücher und Kladden, teilweise abgetrennt durch echte Karteikarten.

Eine Welt aus A5 und A6. Die Kisten waren mit schwarzem Filzstift beschriftet, jede hatte ein Kürzel und eine Jahreszahl.

Natürlich fand sie keine Liste mit der Bedeutung der Kürzel, weder an der Wand noch in der Schublade des Schreibtisches, die nur einen gelben Textmarker ohne Kappe enthielt. Der Tisch wackelte beim Schließen der Schublade.

Talvi ging die Reihen entlang und beleuchtete die Jahreszahlen an den Holzkisten mit dem Handy. Außer ihren eigenen Schritten hörte sie nichts. In der dritten Reihe fand sie ein Dutzend Kisten mit der Beschriftung »TMWPHGW« und Jahreszahlen. Das konnte »Tagebuch Mobile Wache Polizei Hansestadt Greifswald« bedeuten. Sie stellte das Handy aufrecht an eine Regalstütze und machte einige Stichproben.

Es waren die Tagebücher der Mobilen Wache. Jetzt musste sie nur noch das richtige Jahr und den richtigen Einsatz finden. Die Kiste mit der Jahreszahl TMWPHGW-2020 war die vorletzte in der Reihe, die 2021-Kiste daneben war erst halb voll.

In der 2020er Kiste ging sie die Kladden einzeln durch. Eine Kladde für das Fischerfest gab es nicht. Um sicherzugehen, wiederholte sie den Vorgang, nahm jede der blauen Kladden in die Hand, prüfte auch, ob eventuell zwei Einsätze in einer Kladde gelandet waren, weil irgendjemand hatte sparen wollen oder weil gerade keine leere Kladde verfügbar gewesen war. Sie prüfte auch die blauen Kladden in der 2021er Kiste. Sie fand sogar die Kladde vom diesjährigen Fischerfest und konnte sich an jeden Vorfall erinnern, der in ihrer eigenen Handschrift festgehalten war. Aber 2020 war nicht dabei.

TMWPHGW-2019 hatte nur Kladden mit 2019er Einsätzen. Hier gab es eine Kladde für das Fischerfest, aber nichts aus 2020. Wenn wir mit 2020 nicht weiterkommen, dann können wir bei 2019 ansetzen. Aber sie glaubte nicht wirklich, dass der Täter zwei Jahre gewartet hatte. Dann fiel es ihr auf.

Die Kladden in TMWPHGW-2019 waren grün. Erst Ende 2019 tauchten in dem Kasten die ersten blauen Kladden auf, blau setzte sich dann in 2020 fort. Die Kiste für 2019 enthielt bis dahin nur grüne Kladden, genau wie 2018 und 2017. Im Frühjahr 2017 gab es Kladden in Orange, das reichte bis 2016 zurück. Jetzt war sie schon am Ende der Regalreihe.

Nur der Vollständigkeit halber, um sich später keine Vorwürfe machen zu müssen, blätterte sie im Licht der Handylampe die Kladden ab Anfang 2016 durch. Weiter zurückzugehen hatte wirklich keinen Sinn, da konnte sie auch gleich bis in die Achtziger zurückgehen.

Im letzten Viertel der 2016er Kiste fand sie eine blaue Kladde. »Fischerfest 2020«, stand da in den Druckbuchstaben eines Mannes, der sich bemüht hatte, leserlich zu schreiben. Bei ihrer Suche hatte sie die Kisten und Kladden so oft bewegt und die Staubschichten verwischt, dass es jetzt unmöglich war festzustellen, ob die blaue Kladde schon lange oder erst seit Kurzem hier gestanden hatte.

Da es keine Inventarliste gab, konnte sie nirgendwo eintragen, dass sie die blaue Kladde aus der Kiste gezogen und an sich genommen hatte. Auf dem Weg zurück in die Hauptwache, um den Schlüssel ordnungsgemäß abzugeben, widerstand sie der Versuchung, die blaue Kladde unter ihrem Sweatshirt zu verbergen.

Dumme Kuh. Das ist eine offizielle Ermittlung.

Talvi ging absichtlich bei Horn vorbei und zeigte ihm die Kladde, die sie mit staubigen Fingern hochhielt. »Treffer. Zwei Kollegen der Hauptwache haben beim Suchen geholfen. Irgendjemand hatte die Kladde nur falsch eingeordnet. Glück gehabt, sonst hätten wir eine gute Chance weniger, den Fall zu lösen.«

Auf eine Reaktion wartete sie nicht, sie ging weiter in die Küche, holte sich mit viel Geschirrklappern einen Becher Kaffee und setzte sich an ihren Schreibtisch. Sie schob alles zur Seite und schlug die Kladde auf.

Die Einträge begannen am 17. Juli 2020. Sie waren lesbar, mehr oder weniger, es schienen auch damals drei Beamte vor Ort gewesen zu sein. Alle Einträge, das stellte sie beim schnellen Durchblättern fest, waren der Handschrift nach von Männern gemacht worden. Zwei Tage Fischerfest hatten zu zweiundsiebzig Einträgen geführt. Taschendiebstahl, Handtaschendiebstahl, gestohlene Kleidung, Verstoß gegen das Waffengesetz, sexuelle Belästigung, Fahrraddiebstahl, Verdacht des Verstoßes gegen das Betäubungsmittelgesetz, Anschuldigung der vermeintlichen Verwendung von K.-o.-Tropfen, Zuparken einer Rettungszufahrt, tätlicher Angriff gegen Rettungspersonal und immer wieder Schlägereien unter Alkoholeinfluss.

Nach einer halben Stunde hatte Talvi alle Einträge einmal durchgesehen und den Kaffee ausgetrunken. Ein Muster bei den Vorfällen gab es nur insoweit, als die Abstände zwischen den Einträgen gegen Abend kürzer wurden und in den letzten zwei Stunden vor dem offiziellen Ende des Tages Alkohol und körperliche Gewalt deutlich zunahmen. Keine Überraschung, so war es dieses Jahr auch gewesen. Aber letztes Jahr hat niemand drei abgetrennte Schädel gefunden.

Talvi begann wieder bei Seite eins und las sich dieses Mal jeden Eintrag genau durch.

Im Verlauf wurden alle drei Handschriften immer unleserlicher, einige Einträge waren unter Zeitdruck geschrieben, mit Flüssigkeiten verschmiert oder von Abkürzungen durchsetzt, mit denen man hatte Zeit sparen wollen.

Am Ende der Einträge des zweiten Festtages – ihre Augen brannten bereits, und ihr Nacken tat weh – blätterte sie eine Seite zurück. Etwas auf dem Papier hatte einige Sekunden gebraucht, um in ihrem Gehirn anzukommen und auf sich aufmerksam zu machen.

Die Buchstaben in der jetzt achtlosen Handschrift, mit blauem Kugelschreiber regelrecht ins Papier gedrückt, hatten ihre müden Augen nur überflogen. Jetzt sah Talvi sich den Schriftzug genauer an, brachte die Augen näher an das Papier, hielt die Kladde dann weiter weg. Schließlich nahm sie zwei Zettel von dem Notizwürfel einer Spedition, warum auch immer KHK Bergmann das Ding hier hingestellt hatte, und deckte damit alles rund um diese Buchstaben ab.

Das konnte Yvette Imken heißen. Das Y war wie ein J geschrieben, die beiden t lagen auf der Seite, und das Imken war nicht mehr als ein schräg stehender Strich, gefolgt von einer fast geraden Linie.

Das hieß Yvette Imken. Mit an Sicherheit grenzender Wahrscheinlichkeit. Mindestens.

Talvi nahm die beiden Notizblätter weg und konzentrierte sich auf diese Seite, bemühte sich, zwischen Wahrnehmung und Wunschdenken zu unterscheiden. Sie musste sich in diese Handschrift einlesen, musste die einzelnen Buchstaben intuitiv unterscheiden und erkennen lernen, musste die Spuren des Kulis nachempfinden.

Schließlich ging sie mit der Kladde auf den Gang und machte von der Seite eine Kopie, schwarz-weiß mit viel Kontrast. In der Kladde selbst wollte sie nichts markieren oder verändern, die Kladde war gerade ein Beweisstück geworden. Mit der Kopie, auf der ein paar mehr Einzelheiten und Andeutungen von Kulistrichen erkennbar waren als auf der Originalseite, suchte sie unter Zuhilfenahme zweier unterschiedlicher Textmarker die Stellen heraus, auf denen ihre Hoffnungen lagen.

Sie griff zum Hörer. »Pfahls?«, sagte sie nur. Sie wollte die Meinung des erfahrenen Polizisten, nicht die von Horn. Und sollte er ihr zustimmen, würde sie auch noch CK fragen.

Pfahls hatte wohl die Anspannung aus ihrer Stimme herausgehört, nach wenigen Sekunden stand er in der Tür. »Frau Caster?«

Sie hielt ihm die Kopie entgegen. »Ein Eintrag im Tagebuch der Mobilen Wache vom Fischerfest letztes Jahr.«

Er nahm das Blatt und zog die Brille aus der Brusttasche seines Cordsakkos. »Und?«

»Und wenn das Gelbe oben der Name Yvette Imken ist, ist dann das Blaue der Name Wolf Bundt?«

Pfahls ließ sich Zeit. Konzentrierte sich. Fokussierte die Stellen, schloss die Augen, fokussierte erneut. Dann nickte er. Sie war dankbar, dass es ein kurzes, aber eindeutiges Nicken war. Keine Vermutung, keine Zustimmung aus Gefälligkeit, keine Gleichgültigkeit, um nur schnell wieder an den eigenen Schreibtisch zu kommen.

»Yvette Imken, Wolf Bundt. Das lese ich hier auch. Das ist gut. Es gibt tatsächlich eine Verbindung zwischen diesen beiden Opfern.«

»Und wenn es nur eine sehr kurze Verbindung ist, vielleicht nur wenige Minuten. Festgehalten im Tagebuch der Mobilen Wache. Jetzt müssen wir nur noch den Rest der Seite entziffern.«

Unaufgefordert rückte Pfahls einen Stuhl an ihren Schreibtisch, und sie beugten sich gemeinsam über die Kopie. Sie war froh über seine Nähe und seine Zustimmung. Sein Sakko roch nach dem Rasierwasser ihres Großvaters.

»Das hier sieht wie ein weiterer Name aus.« Pfahls nahm sich einen Kuli aus dem Stiftebehälter und zeigte auf einen Textabschnitt. »Algenbutter?«

»Alpenhütte. Wenn das da zwei Punkte sind. Das muss eines der Lokale oder Zelte oder wie das heißt gewesen sein.«

»Das können wir rauskriegen. Es muss ja eine Liste der Schausteller geben, die mussten ja alle ihre Standgebühr entrichten, Müllabfuhr und so weiter.« Er machte sich eine Notiz auf einem der Zettel, mit denen sie gerade die Schrift über und unter dem Namen Yvette Imken abgedeckt hatte.

»Das hier kann ›Tätlichkeit‹ heißen. Also ein Kampf, Prügelei, Geschubse, was auch immer.«

»Lässt sich ebenfalls klären. Wenn es zu einem Notarzteinsatz kam, dann gibt es darüber auch eine Aufzeichnung. Irgendwo.«

Sie nickte. »Das hier, gleich daneben, ist ganz klar ›RTW‹.« Die Kollegen von der Wache hatten einen Rettungswagen gerufen. Es war mehr vorgefallen, als mit Bordmitteln behoben werden konnte. Erste-Hilfe-Ausrüstung war immer an Bord der Mobilen Wache, aber das hier war über ihre Möglichkeiten hinausgegangen.

»Dann haben wir doch endlich was. Aber Imken und Bundt werden nur als Zeugen genannt, die Personalien wurden nur überprüft, aber nicht festgehalten. Oder wie lesen Sie das?« Er zeigte wieder mit dem Stift auf etwas. Sie beugte sich vor. »Wissen wir eigentlich nicht, wer diese Einträge gemacht hat, wer damals Dienst hatte? Der Kollege muss doch seine eigene Schrift lesen können.«

»Das holen wir nach«, sagte sie. »Das dauert mir jetzt zu lange. Wer weiß, wo der gerade steckt und wann er Zeit hat. Und ob er überhaupt noch im Dienst ist. Ja, die beiden waren nur Zeugen, so wie es aussieht.« Talvi richtete sich wieder auf.

Pfahls brummte etwas, widersprach aber nicht. Er sah weiter auf das Blatt. »Ist das hier noch ein Name? Ich kann nichts anderes daraus machen. Und irgendwo müssen die Kollegen doch festgehalten haben, für wen sie den RTW gerufen haben. Ich bin ja sonst kein Freund von Formularen, aber hier würden sie echt helfen.«

Es war wohl lange her, dass Pfahls selbst in der Mobilen Wache gesessen hatte und im Trubel zwischen Pöbeleien, Funksprüchen, Anremplern und Geschrei versucht hatte, einen Vorfall zu dokumentieren.

»Das hier ist ein großes H«, meinte Talvi. »Insgesamt Hinnerk, Heinrich?«

»Wenn es ein deutscher Name ist. Wenn nicht, dann sind wir tatsächlich auf den Kollegen und sein Gedächtnis angewiesen.«

»Und dahinter?« Ihre Augen brannten.

»Vorn ein N. Klar. Dann o und c und k.«

»Oder o und r und b. Oder a und r und b.«

»Aber hinten keine Unterlänge, kein g oder q oder p. Sieht eher aus wie ck oder sch.« Pfahls schrieb die Kombinationen auf seinen kleinen Zettel.

Talvi seufzte. »So kommen wir nicht weiter. Aber das war trotzdem schon mal ein Riesenschritt. Danke, Herr Pfahls.«

Der alte Kollege lächelte tatsächlich und sah nur einen kurzen Augenblick auf die Narbe in ihrem Gesicht, dann in ihre Augen. »Gerne. Ich mache mich an die Arbeit.« Er nahm seinen Zettel mit.

Sie hatten ein Datum, eine Uhrzeit, einen RTW-Einsatz und Fragmente eines Namens. Eines neuen Namens, einer neuen Spur.

Auf ihrem Telefon konnte sie sehen, dass Horn noch immer telefonierte. Das zeigte eine kleine rote Lampe unter der Kurzwahltaste, auf der sein Name stand, in Bergmanns Handschrift.

Sie stand auf, ging ans Fenster, ging wieder zum Schreibtisch, setzte sich nicht, ging hinaus auf den Flur. Pfahls war gerade erst weg, rechts und links war niemand zu sehen, Horns Tür war geschlossen, sie hörte seine Stimme, konnte aber kein Wort verstehen. Bei CK stand die Tür offen, Licht schien auf den Gang und an die Wand. Unterwegs dorthin hörte sie CK tippen.

»Kaffee?«, fragte Talvi beim Eintreten.

»Danke.« CK zeigte auf ihren vollen Becher. »Hab gerade.« Dann blickte sie auf, sah ihre Chefin in der Tür stehen. Cornelia Kressin schob die Tastatur einige Zentimeter weiter auf den Tisch. »Setzen Sie sich doch. Pfahls kriegt sicher rasch etwas raus. Die kennen ihn doch alle, wenn er anruft, dann geht das schnell.«

»Danke.« Talvi schob sich einen Stuhl zurecht. Sie war noch nie länger in diesem Büro gewesen, sie traf CK sonst im Meetingraum oder in der Küche.

Das Büro war so groß wie das von Horn und das von KHK Bergmann, das nicht ihr Büro war. Eine Schrankwand, ein Schreibtisch, ein Drehstuhl, ein Besucherstuhl. Bei Horn war ein Plakat von Hansa Rostock an der Wand, bei Bergmann waren es die Alpen. Bei Kressin war es Hawaii. Talvi konnte sehen, dass auch auf dem Mousepad ein Foto von Hawaii war, irgendein Vulkan.

CK trug weiße Turnschuhe, Jeans mit aufgerissenen Knien und ein rosafarbenes T-Shirt mit Knopfleiste. Das Piercing war nicht zu sehen. Die blonden Haare waren derzeit glatt und schulterlang. Talvi vermied es, die glatte Haut, die gleichmäßigen Lippen und den schlanken Hals ihrer Kollegin anzustarren. Stattdessen sah sie sich die Poster an der Wand an.

Kann mir schon vorstellen, dass Horn oder einer aus seiner

Liga etwas an dir findet, Kleines. Mach was draus, solange du Zeit hast.

CK brach das Schweigen. »Kann ich Sie mal was fragen?«

»Klar.«

»Haben Sie sich schon beworben? Auf die Bergmann-Stelle, meine ich.«

»Sollte ich das tun? Fänden Sie das gut?«

»Glaube schon. Können Sie sich denn mit Greifswald anfreunden?«

Talvi probierte ein Lächeln. »Der Start war holprig.«

»Das stimmt wohl. Hätte nicht mit Ihnen tauschen wollen.«

»Sie wollen keine Bewerbung von außen, oder? Keinen, den Sie nicht kennen.«

»Glaube, wir suchen alle Sicherheit. Zumindest Stabilität.«

»Gibt es denn keine internen Kandidaten?«

CK runzelte die Stirn. »Pfahls ist bald weg, für den ist es zu spät. Das hätte er vor zehn Jahren machen müssen.«

Talvi nickte nur.

»Ich selbst bin gerade mal Anwärterin, für mich ist das zehn Jahre zu früh. Oder fünfzehn.«

Talvi nickte wieder und lächelte. »Und was ist mit Horn? Richtige Stufe, richtiges Alter. Er ist bekannt und anerkannt. Wahrscheinlich.«

Jetzt musste CK lächeln. »Das stimmt schon. Hat einiges vorzuweisen.« Sie wurde ein wenig rot, Talvi sah weg. Kein Geheimnis, Kleine. »Und er ist ehrgeizig. Merkt man hier nicht so, aber er sitzt jeden Abend zu Hause und büffelt. Dienstvorschriften, Personalführung, Strafrecht, Kriminalpsychologie, Ermittlungsmethoden. Alles, was auf dem Lehrplan steht, sein ganzer Küchentisch ist voll damit. Hat sogar die Muckibude drangegeben, das heißt bei ihm etwas.«

Dann muss ich Horn auf jeden Fall ernst nehmen, ein echter Gegner bei der Bewerbung. Wie weit wird er gehen? Aber das konnte sie CK nicht gut fragen. Die Antwort wäre nicht ehrlich, und die Frage würde sich schnell bis ins Nachbarzimmer rumsprechen. Oder an den Küchentisch.

Die beginnende Mädelsstimmung wurde durch Schritte auf dem Gang gestört. Sie hörte, dass jemand vor ihrem Büro stehen blieb, ihren leeren Platz sah und weiterging.

»Frau Caster?« Das war Pfahls. Er klang kurzatmig.

»Hier bei mir!«, rief CK.

Talvi musste aufstehen. »Was haben Sie?«, fragte sie, noch bevor Pfahls ganz im Büro war.

Er atmete einmal tief ein. »Die RTW-Zentrale hat ihre Sachen im Griff. Konnten den Vorfall vom 18. Juli 2020 sofort bestätigen. Der Transport ging ins Unikrankenhaus. Notaufnahme.«

»Da waren wir doch erst. Horn und ich.«

Pfahls nickte CK zustimmend zu. »Genau. Wird noch besser. Die Unterlagen der Notaufnahme bestätigen das Eintreffen im Schockraum und den Beginn der Untersuchung für dreiundzwanzig Uhr fünfundzwanzig. Diensthabender Arzt Dr. Elias Tschernig.«

Das war die Verbindung zum dritten Opfer. Talvi hätte gern jemanden für ein High Five gehabt.

»Hab noch mehr. Natürlich haben die Unterlagen der Notaufnahme auch den Namen des Patienten. Heinrich Norbasch.« Er zwinkerte. »Da waren wir nahe dran.«

»Wo ist der gemeldet? Schicken Sie einen Wagen los, Pfahls, den will ich hier haben, so schnell es geht. Aber noch keine Beschuldigung, nur ›im Zusammenhang mit‹ oder so etwas. Und Sie, Frau Kressin, beenden bitte Horns Telefonat und finden raus, ob wir über diesen Norbasch schon etwas haben. Wir sehen uns in einer halben Stunde.«

Eine knappe halbe Stunde später saßen alle im Meetingraum. »Was haben wir?«, fragte Talvi.

Pfahls legte los. »Dieser Norbasch ist in Greifswald gemeldet, letzter Umzug vor ungefähr einem Jahr. Ein Wagen ist unterwegs. Wenn die Kollegen ihn antreffen, dann sollten sie bald mit ihm zurück sein. Habe vorsichtshalber gesagt, dass er gefährlich sein kann, zum Selbstschutz könnten sie ihm Handfesseln anlegen.«

Talvi war einverstanden. »Okay, das trage ich mit. Und was haben wir zu ihm? Erst nur die Fakten.«

Horn und CK hatten ein paar Ausdrucke und Zettel vor sich auf dem Tisch liegen. »Okay«, begann Horn nach einem Blickkontakt mit seiner Kollegin, »nur die Fakten. Dr. Heinrich Paul Norbasch, Tierarzt. Achtundvierzig Jahre, keine Kinder, die Scheidung läuft. Hatte bis vor einem Jahr eine Praxis für Großtiere in Weitenhagen.« Horn blickte auf. »Kühe, Schweine, Pferde.«

»Wissen wir«, sagte Pfahls.

»Die Praxis hat er zugemacht, von heute auf morgen. Den Mietvertrag gekündigt, den beiden Sprechstundenhilfen auch, sagen die Nachbarn. Wir hatten noch keine Zeit, mit den beiden zu sprechen. Holen wir nach.«

»Das war vor oder nach dem Fischerfest letztes Jahr? Was macht er jetzt? Wissen wir das?«

»Das war ganz klar nach dem Fischerfest. Einige Monate danach. Er soll bei einem Bauern in der Gegend arbeiten, da will ihn einer seiner alten Kunden, auch Landwirt, gesehen haben. Haben wir aber bisher nur aus zweiter Hand.« Horn blickte entschuldigend zu Talvi. »Noch keine Zeit.«

Sie winkte ab. »Später. Also dieser Tierarzt war auf dem Fischerfest 2020 in Kontakt mit den beiden Opfern Imken und Bundt, die beiden waren Zeugen bei einem Vorfall, der von den Kollegen der Wache festgehalten wurde. Der Tierarzt wurde vom RTW ins Unikrankenhaus gebracht und dort vom dritten Opfer Elias Tschernig behandelt.« Talvi sah in die Runde.

Pfahls machte weiter. »Er ist Tierarzt, Großtiere, hat also auf jeden Fall die technische Möglichkeit und auch die Kenntnis, Knochen zu durchtrennen und auch Schädel zu amputieren. Eine Gigli-Säge ist ihm sicher vertraut. So stark unterscheiden sich ja Humanmedizin und Veterinärmedizin nicht, wenn es um Amputationen geht. Nehme ich an.«

CK wollte nicht zurückstehen. »Wenn er tatsächlich auf einem Bauernhof arbeitet, hat er sicher Berührung mit Kuhmist oder Zugang dazu oder sogar Verfügungsgewalt darüber.«

»Hätte nicht gedacht, dass Verfügungsgewalt über Kuhmist mal einen Fall aufklärt«, sagte Horn.

Talvis Handy vibrierte in der Hosentasche, sie hörte das »Ping« durch den Stoff nur gedämpft. Das musste warten. Sie verschränkte ihre Finger, um nicht sofort nachzusehen. »Noch sind wir nicht so weit. Aber Frau Kressin hat recht, die zwischenzeitliche Lagerung der drei Leichen in Kuhmist deutet auf ihn. Und erinnern Sie sich, der Hotelmanager hat sich bei mir über einen Mist streuenden Traktor gleich hinter seinem Gelände beklagt, der Gestank würde die Gäste belästigen. Der Acker, auf dem der Traktor gefahren ist, grenzt direkt an die Ecke des Hotelgeländes, auf dem die Müllcontainer stehen. Das wissen wir von der Google-Recherche des Kollegen Pfahls.«

Pfahls hob die Hand. »Und wir hatten neulich unseren Spaß mit dem Bauern, der sich über fremden Mist auf seinem Acker beschwert hat.«

»Aber dann ist der Mist mit eventuellen DNA-Spuren längst großflächig verteilt, wir wissen nicht mal genau, wo überall. Vielleicht auf mehreren Äckern, und bisher hat es nur ein Bauer gemerkt, die anderen haben sich vielleicht gefreut und die Klappe gehalten.«

»Können wir aber rauskriegen.«

»Und womit genau wollen wir Mertes und seine Leute beauftragen?« Talvi schüttelte den Kopf. »Wir müssen erst mehr Infos haben. Also, was ist auf dem Fischerfest letztes Jahr passiert, dass Norbasch seine Praxis aufgibt und seine Ehe in die Brüche geht?«

Es klopfte, ein Streifenbeamter schob seinen Kopf durch die Tür. »Verhörraum zwei. Ein Kollege ist bei ihm.«

»Wir kommen. Wie ist er drauf? Hat er Widerstand geleistet?«

»Im Gegenteil. Sagte, er hätte uns erwartet. Hat uns von seinem Kaffee angeboten, sagte, das wäre eine gute Sorte. Aber wir müssen den Wagen lüften, stinkt wie ein Kuhstall.«

»Haben Sie ihn durchsucht?«

Der Mann nickte. »Nur ein großer Schlüsselbund und zwei gebrauchte Taschentücher. Kein Messer, kein Skalpell, kein Draht, keine Tabletten, kein Pulver.«

»Danke. Gute Arbeit!«

Sie musste noch in ihrem Büro vorbei, Unterlagen holen. Endlich unbeobachtet zog sie das Handy heraus.

Eine SMS. Von Doc Mertes. »Gerät mutm. Lange Str 22 +/-. RichtAn wird mutm. nachgereicht.«

Google Maps zeigte ihr, dass die Lange Straße 22 dicht an ihrer Joggingstrecke lag. Ein Eckgebäude. Hotel Kronprinz, Parkplätze auf dem Hof.

Klar, das kannte sie, war aber bis jetzt nicht drin gewesen.

Auf dem Weg in den Verhörraum klärte sie die Rollenverteilung. »Pfahls und Kressin in den Technikraum, und bitte keine Patzer bei der Aufzeichnung. Hier darf nichts schiefgehen. Horn und ich führen die Vernehmung. Im ersten Anlauf konzentrieren wir uns auf die Fakten, Personalien, Tatvorwurf, seine Einlassung dazu. Das wird sicher neue Ansatzpunkte geben, deshalb machen wir eine frühe Pause, um das zu prüfen.«

»Alles klar«, sagte CK. Pfahls und Horn nickten.

Talvi griff ihre Mappe mit den Ermittlungsunterlagen fester. »Dann los.«

Auch in Vernehmungsraum zwei lag die Tür im Rücken des Befragten. Sie grüßte den Uniformierten, der mit verschränkten Armen vor der Wand stand. Er nickte ihr zu und rümpfte wegen des Geruchs, der im Raum lag, demonstrativ die Nase. Der Beamte war jung, hatte einen Kinnbart, und auf seinem Namensschild stand »Bergmann«.

Verwandtschaft? Aber sie hatte nie davon gehört, dass die Bergmann hier Verwandtschaft hatte. Vielleicht nur Zufall.

Sie spürte den Blick des jungen Beamten, der sie wahrscheinlich zum ersten Mal sah, auf ihrem Gesicht und im Rücken, bis sie am

Tisch war. Noch bevor sie den Tisch umrundet hatte, ließ sie ihre Mappe klatschend auf die Tischplatte fallen, aber der Mann zuckte nicht. Talvi nahm sich einen Stuhl, setzte sich mit einem betont gelangweilten Seufzen, lenkte den Blick auf ihr Gegenüber und erstarrte.

Horn und CK hatten in der kurzen Zeit kein Bild von Heinrich Norbasch auftreiben können, sie hatte also nicht gewusst, was sie erwartete.

Er sah älter aus als die achtundvierzig Jahre, die Horn genannt hatte. Die Haare waren eher grau als blond, und sie waren zu lang. Er trug einen dunkelblauen Rollkragenpullover mit einem Loch am Kragen und eine grüne Latzhose mit Deutz-Fahr-Logo und aufgenähtem Namensschild »Hinnerk«. Seine Schuhe oder Stiefel konnte sie nicht sehen.

Norbasch hatte die Hände hinter das Brustteil der Latzhose geschoben, die Handgelenke, die sie zwischen Pulloverärmel und Latzhose sehen konnte, waren kräftig. Er hatte breite Schultern, einen beginnenden Bauch und saß zurückgelehnt mit ausgestreckten Beinen da.

Die Kollegen von der Streife hatten nicht übertrieben. Von ihm und seiner Kleidung ging ein heftiger Stallgeruch aus, der den Verhörraum schon beherrschte. Sein rechtes Auge war grau, klar und traurig. Er musterte sie damit eingehend, tastete damit ihr Gesicht ab, folgte dem Verlauf ihrer Narben. Sein rechter Mundwinkel hob sich dabei einige Millimeter, die mühsame Andeutung eines Lächelns.

Das linke Auge war geschlossen und faltig, das Augenlid hing über einer leeren Öffnung. Unter der Augenöffnung bis zum hohen Kragen des Pullovers war die Haut verzerrt und zerklüftet, ein daumenbreiter Wulst zog sich von der Nase bis zum linken Ohr, dieser Wulst hatte die Wange an sich gezogen, die Haut war gespannt, aber trotzdem nicht glatt. Die linke Hälfte seines Gesichtes war starr wie eine angeklebte Maske, beim Sprechen bewegte sich nur sein rechter Mundwinkel, und sie mussten sich konzentrieren, um ihn zu verstehen.

»Ich fühle mich wohl hier«, sagte Norbasch langsam, damit sie ihn verstanden. »Ich bin froh, dass Sie es sind.«

Talvi hörte, dass er das ernst meinte und dass es ihm wichtig war, ihr das zu sagen.

»Wir unterbrechen«, sagte Horn und stand auf.

Norbasch lachte und schüttelte den Kopf.

Sie standen im Technikraum, es gab Stühle, aber niemand konnte jetzt sitzen.

»Was für ein Mist«, sagte Pfahls schließlich. »Er hat es auf Sie abgesehen, Chefin.«

Talvi hatte die Hände vor ihr Gesicht gelegt und massierte ihre Stirn, die Wangen und das Kinn. Ihr Gesicht war wie eingefroren, ihre Lippen wollten sich nicht bewegen. Ist das ein Schock? Jetzt nicht zusammenklappen, nicht vor den Kollegen.

»Nei…«, versuchte sie ein Wort, räusperte sich dann, nahm die Hände vom Gesicht und wiederholte: »Nein. Er hat es nicht auf mich abgesehen. Aber es bedeutet etwas für ihn, dass gerade ich vor ihm sitze.«

»Er hofft auf Ihr Mitleid. Auf Verständnis. Verbrüderung. Nachsicht. Shit, was auch immer.« Horn blickte in die Runde. »Das macht Sie befangen, oder? Ich meine, ganz egal, wie es abläuft, sein Verteidiger wird Ihnen etwas vorwerfen können. Oder Worges wird das tun.«

Horn war ihr einige Gedanken voraus. Sie war noch dabei, den Eindruck zu verarbeiten, eine Trennlinie zu finden zwischen der unerwarteten Gemeinsamkeit mit dem Täter und den schweren Vorwürfen, die sie gegen ihn erheben musste.

CK reichte ihr ein Glas Wasser. Talvi trank dankbar einen Schluck, eine dünne Tropfenspur lief aus ihrem Mundwinkel und den Hals hinunter. Sie wischte sie mit der anderen Hand weg. Das kalte Wasser im Mund und das Schlucken lösten die Starre. Sie schüttelte den Kopf, wie ein junger Hund sich nach dem Regen schüttelt, und gab CK das Glas zurück.

»Der Fall ist gerade komplexer geworden. Nicht komplizierter, aber komplexer. Horn hat früh genug abgebrochen, bevor etwas schiefgehen konnte, schiefgehen und aufgezeichnet werden. Eine Befangenheit muss ich natürlich verhindern. Auch alles, woraus man vor Gericht eine Befangenheit konstruieren kann.«

»Wir tauschen die Rollen?«, fragte Horn.

»Genau. Sie vernehmen, ich beobachte.« Damit würde ihm ein Großteil des Vernehmungserfolges zugeschrieben werden, aber das konnte sie nicht ändern. »Der Rest bleibt wie gehabt. Wir machen gleich weiter.«

Talvi verließ den Technikraum und eilte den Gang hinunter auf die Toilette. Sie pinkelte, bis ihre Nieren wehtaten. So war es damals auch gewesen, voller Blut und unterkühlt unter dem kalten Waldboden. Nach dem Händewaschen spritzte sie kaltes Wasser ins Gesicht, wusch sich damit die Augen aus und rieb sich dann mit einer Handvoll muffiger Papierhandtücher trocken. Jetzt war ihre Haut gerötet wie bei einer Erkältung oder nach einem Weinkrampf. Das ändert auch nichts mehr. Sie wich ihrem Anblick im Spiegel aus und ging zurück zu den anderen.

»Geben Sie uns bitte zuerst Ihre Personalien.« Horn unterstrich diese Aufforderung mit umständlichem Ausrichten seiner Unterlagen, um die Aufmerksamkeit von Norbasch zu erhalten und den Blick des Mannes von Talvi Caster abzulenken. Er hatte sie beide bereits vorgestellt und darauf hingewiesen, dass es eine Video- und Audio-Aufzeichnung des Gesprächs gab. Das hatte der Tatverdächtige ihnen gegenüber mit einem Nicken zur Kenntnis genommen. Er hatte sich nicht umgesehen und nach den Kameras gesucht.

»Heinrich Paul Norbasch, 10. März 1973. Doktor der Veterinärmedizin. Wohnhaft derzeit Zur Schwedenschanze in 17498 Weitenhagen bei Greifswald. Derzeit noch verheiratet. Ausgeübter

Beruf: Knecht«, rasselte der Mann ihnen gegenüber seinen offenbar einstudierten Text herunter.

Er hat sich auf diesen Moment vorbereitet. Ist das hier seine Bühne? Geht es darum? Aufmerksamkeit? Mitleid? Drei Menschen töten, um Mitleid zu erhalten? Das passt nicht, da muss mehr sein.

»In welcher Verbindung stehen Sie zu Frau Yvette Imken, Herrn Wolf Bundt und Herrn Dr. Elias Tschernig?«

»Nur flüchtige Begegnungen. Aber ich habe die drei umgebracht. Muss ich etwas unterschreiben?«

»Das kommt später. Wir haben viel Zeit mit Ihnen eingeplant, also keine Eile. Bevor Sie sich zu Ihrem Motiv und dem Tathergang äußern, lassen Sie uns sichergehen, dass die Kollegen Sie bereits auf Ihr Recht zur Aussageverweigerung und auf anwaltlichen Beistand hingewiesen haben.«

Norbasch nickte, nahm den Blick dabei nicht von der Tischplatte. »Haben Sie. Ich bin ja hier, weil ich aussagen will. Sonst hätte ich Sie nicht angerufen und gewarnt, als Sie auf der falschen Fährte waren.« Sein Blick ging zu Talvi.

»Dann geben Sie zu, sich gestern telefonisch bei meiner Kollegin Caster gemeldet zu haben? Sie haben dabei Täterwissen offenbart und sich einer schweren Straftat beschuldigt.«

»Das ist richtig. Sonst würdet ihr ja immer noch suchen. Oder den falschen Baum anbellen.«

»Und ein Anwalt?«

»Nein, lieber nicht. Habe seit Monaten nur Ärger mit dem Anwalt meiner Ex, da habe ich keine Lust drauf.«

»Der Beschuldigte wurde seiner Rechte belehrt und verzichtet auf anwaltlichen Beistand«, wiederholte Horn noch einmal und sprach lauter und deutlicher als im Gespräch mit Norbasch, damit bei der Tonaufzeichnung kein Zweifel aufkommen konnte. »Sie behaupten, die von uns genannten drei Personen, Frau Yvette Imken, Herrn Wolf Bundt und Herrn Elias Tschernig, umgebracht zu haben. Warum haben Sie das getan?«

Die Antwort kam sofort, Norbasch musste darüber nicht nachdenken. »Für das, was sie mir angetan haben.« Er löste die linke Hand aus der Umarmung unter der Latzhose, fuhr sich damit durchs Gesicht und verstaute sie wieder unter dem Stoff.

Auch das hat er sich vorher zurechtgelegt, dachte Talvi. Er hat viel Aufwand in die Taten, aber auch viel in die Vorbereitung seiner Vernehmung investiert. Er will sich ausliefern, er will bestraft werden. Wie leicht hätte er die Schuld auf diesen Friedrich Jessen abwälzen und uns noch ein paar Wochen zum Narren halten können.

»Also aus Rache?«

Für diese Antwort nahm Norbasch sich Zeit, seine wichtigste Botschaft war schon platziert. »Im Alten Testament hätte man es Rache genannt, Auge um Auge, Zahn um Zahn.« Sein beweglicher Mundwinkel verzog sich zu etwas, das ein Lächeln sein konnte. »Wir sind modern, wir nennen es nicht mehr Rache. Das ist primitiv, rustikal, rückständig. Nennen Sie es Genugtuung oder Ausgleich oder Gerechtigkeit. Meine Gerechtigkeit, nicht Ihre. Eine moralische Gerechtigkeit, keine aus dem Strafgesetzbuch. Gesetze kennen keine Gerechtigkeit. Das wissen Sie doch.«

»Das gibt Ihnen das Recht, selbst zu urteilen und zu richten?«

»Junger Mann, wir führen keine Diskussion unter Moraltheologen. Sie lösen Ihren Fall, ich helfe Ihnen dabei. Meinen Teil habe ich getan, ich kann mich jetzt endlich wohlfühlen.«

Talvi wollte die Sache abkürzen und den Mann von seiner Bühne holen. »Ich denke, wir haben das verstanden.« Sie blickte zu Horn.

Der nickte. »Sie werfen also den drei gerade namentlich genannten Opfern vor, für Ihren Zustand verantwortlich zu sein?«

Norbasch schlug mit der Faust auf den Tisch, schneller, als sie beide reagieren konnten. »Das ist kein Zustand, verdammt noch mal! Ich bin kein Auto mit einem Blechschaden, das jetzt in einem Zustand ist!« Er ließ sich auf den Stuhl zurücksinken.

Der junge Beamte mit dem Kinnbart räusperte sich. Auch er war überrumpelt worden und hätte nichts tun können, wenn Norbasch tatsächlich auf Talvi oder Horn eingeschlagen hätte. Aber etwas sagte Talvi, dass Norbasch sie nicht angreifen, nicht verletzen würde. Vor allem sie nicht. Ihm war bewusst, dass sie bereits verletzt genug war, dass man das nicht verschlimmern konnte.

Er atmete einmal tief durch. »Die drei haben mein Leben beendet. Sie haben mir ein Leben aufgezwungen, das ich nicht wollte und das ich nicht ertrage.«

»Welche Rolle spielt das Fischerfest dabei? Ist das ein magisches Datum für Sie«?

»Magisches Datum, Quatsch. Das war das Ende, der 18. Juli letztes Jahr, der zweite Tag des Fischerfestes. Fast ein Jahr habe ich gewartet, bis ich etwas getan habe. Ich gelte als austherapiert, mehr kann man nicht tun. Alle Wunden sind versorgt, nichts droht schlimmer zu werden, und nichts kann besser werden.«

Talvi spürte wieder diesen Kloß im Hals, die Enge.

Norbasch konnte das nicht sehen, er schaute Horn an. »Ich habe keine Familie mehr, das ist alles zerbrochen. Ich habe einen Job mit Scheiße an den Schuhen, wohne in einer abbruchreifen Kate, fahre einen abbruchreifen Wagen und sehe aus wie aus einem Horrorfilm. Das ist kein Zustand und kein Leben. Das konnte ich vor mir selbst nur rechtfertigen durch das Ziel, das ich mir gesetzt hatte. Durch die Genugtuung an den dreien, die verantwortlich sind. Die mir beiläufig alles genommen haben und mich nicht mal kannten.«

Talvi wollte ihn fragen, ob er die Schädel der Opfer deshalb gehäutet hatte, damit sie zur gleichen Fratze wurden wie er. Aber das Abziehen der Kopfhaut war Täterwissen, das mussten sie von ihm erfahren, das durften sie ihm nicht mitteilen. Das hatte er auch am Telefon nicht genannt, bei dem Anruf, mit dem er diesen Jessen als Trittbrettfahrer entlarvt hatte.

»Was ist letztes Jahr auf dem Fischerfest passiert, am 18. Juli abends?« Horn hätte ihm Details nennen können, den Tagebucheintrag der Mobilen Wache, die Fahrt im RTW, eine genaue Uhrzeit, aber das tat er nicht. Auch er wollte möglichst viel vom Täter hören, von ihm bestätigt bekommen. Nach dem Reinfall mit Jessen war auch Horn vorsichtig.

»Das dauert. Kann ich einen Kaffee haben?«

Horn sah Talvi an, die zuckte mit den Schultern. Warum nicht? Horn machte ein Zeichen in Richtung der Kamera.

Norbasch schwieg, bis ein dampfender Plastikbecher vor ihm stand. Natürlich gab es die Gefahr, dass er die heiße Flüssigkeit auf sie kippen und dann versuchen würde, sie zu überwältigen. Aber er hatte nur einen Becher und drei Gegner im Raum, weshalb Talvi das Risiko als minimal einschätzte.

Er verzog das Gesicht. »Das gibt man Ihnen hier zu trinken? Grund genug, den Job zu wechseln, würde ich sagen. Sagen Sie den Kollegen, die sicher gerade mein Haus auf den Kopf stellen, im Küchenschrank sind zwei Dosen Jamaica Blue Mountain. Die schenke ich Ihnen, damit Sie was Anständiges in den Becher kriegen.«

»Nein danke«, sagte Horn bestimmt.

»Verstehe schon. Keine Gefälligkeiten. Keine Vorteilsnahme. Schon gar nicht vor laufender Kamera. Aber besser, ihr kriegt die beiden Dosen als meine Ex. Mehr habe ich nicht, das von Wert ist.« Norbasch roch ein zweites Mal am Kaffee und schob den Becher dann von sich.

»Okay, muss auch so gehen«, sagte er nach einer weiteren Kunstpause. »Fischerfest 2020, zweiter Tag. Ich hatte eine Woche mit Herbstimpfungen hinter mir, jeden Tag an der frischen Luft und im Stall unterwegs, ein Hof nach dem anderen. Mal kalt, mal stallwarm, zu wenig zu essen, zu viel Kaffee. Bei allen Kunden ein übles Gebräu. Ich war ziemlich fertig und wollte einen Abend unter Leute, eine gute Wurst im Stehen, ein oder zwei Bier. Gesichter sehen und keine Kuhärsche und Schweineschwänze. Meine Frau wollte nicht mit, war mit Freundinnen verabredet, sagte sie. Da habe ich nichts verloren. Also bin ich allein los.«

Er legte ein Bein auf das andere. Jetzt sah Talvi, dass er stabile Arbeitsschuhe anhatte, das Leder zerkratzt, die Sohle abgelaufen. »Ein schöner Abend, bis halb elf ungefähr. Ich hatte meine Wurst, ich hatte mein Bier, ließ mich treiben. Groß ist das Gelände ja nicht, aber es war gut besucht, ich habe zwei, drei Runden gedreht, weiß nicht mehr genau. Es wurde dunkel, und ich landete in der Alpenhütte. Alberner Name für ein mühsam auf bayrisch gemachtes Schützenzelt. Aber die Kapelle war gut, und ich wollte das Bier dort probieren, also bin ich rein.« Er seufzte. Diese Entscheidung hatte er oft bedauert.

»Da war diese Frau, jung und blond und ziemlich aufgedonnert und hatte auch schon einen über den Durst. Viel jünger als ich, trotzdem hat sie meine Blicke erwidert. Ein- oder zweimal. Eigentlich stand sie zwei Tische weiter, Platz zum Hinsetzen war nicht, das war auch nicht beabsichtigt, glaube ich, damit man schnell trinkt und den Platz für die nächsten Gäste frei macht. Stand da mit einem Mann, der älter war als sie und ihr dauernd in den Ausschnitt gestarrt hat. Das hat ihr mal gefallen und mal nicht. Und wenn nicht, dann hat sie zu mir rübergesehen. Natürlich fühlte ich mich geschmeichelt und habe ihr auch zugeprostet, darauf hat sie aber nicht reagiert. Alles harmlos, eigentlich. Ich fühlte mich ganz wohl und hab mir noch ein Bier geholt, war ja noch nicht so spät, und ein Taxi brauchte ich sowieso schon. Das ging dann ein paar Minuten so weiter, nur die Musik wurde immer lauter, und man konnte von den Gesprächen nichts mehr verstehen. Auch die Blonde und der ältere Mann haben nur noch die Köpfe über den Stehtisch gehalten und sich angebrüllt. Für ihn war das die beste Gelegenheit, wieder in ihre Bluse zu glotzen, und irgendwann begann er zu fummeln. Dann gab es Krach. Sie goss ihr Bier über sein Hemd und fing an, richtig rumzuschreien. Er hat sich erschreckt und ihr eine gelangt, ich konnte das deutlich sehen, auch wenn das Klatschen in dem Krach unterging. Ein paar der anderen Gäste haben das mitgekriegt und rumgejohlt. Plötzlich stand die Frau bei mir, klammerte sich an mich und rief mir etwas ins Ohr. Keine Ahnung, was. Vielleicht hätte ich nachfragen sollen. Ich wollte ihr helfen, legte ihr meinen Arm um die Schulter, wollte mich zwischen sie und den Grapscher stellen.«

Er schloss die Augen, rieb sich wieder mit der linken Hand

durchs Gesicht. »Sie hat nur mit mir gespielt. Sie ließ sich ein wenig drücken, dann lachte sie mich aus, stieß mich weg. Ich glaube, sie hat mir auch ein Bein gestellt, alles ging so schnell. Ich fiel hin, alle hielten mich für betrunken und johlten wieder. Dann stand der Grapscher über mir, zog mich hoch, schrie mich an, ich soll sein Mädel loslassen, und knallte mir seine Hand mit dem Bierglas an den Kopf. Sie sehen ja, wo er mich erwischt hat. Ich hatte die linke Gesichtshälfte voller Splitter und bin einfach umgekippt. Der Schock hat mir die Beine weggezogen. Jemand hat mich dann zur Seite geschleift und aus dem Zelt raus, sehen konnte ich nichts mehr. Habe angenommen, ich hätte nur viel Blut in den Augen, aber da war das linke Auge schon nicht mehr zu retten. Im Krankenhaus haben sie einen vier Zentimeter langen Glassplitter rausgezogen, der den Augapfel fast in zwei Teile geschnitten hatte. Danach kann ich mich an nicht mehr viel erinnern, zwei Köpfe mit Uniformmützen, dann Blaulicht, jede Menge Geschrei und weiter laute Musik. Irgendjemand hat noch ein Bier über mich gekippt und wurde weggestoßen. Die Blonde und der Grapscher standen auch herum, sahen bleich aus und plötzlich nüchtern, und neben ihnen ein Mann in Uniform. Ich habe mir hinterher die Namen besorgt, so getan, als wollte ich mich für die Hilfe bedanken und so ein Unsinn. Yvette Imken und Wolf Bundt. Da wusste ich auch, warum der Mann mir bekannt vorgekommen war, wegen der Werbeplakate für seine Reifenbuden, die man ab und zu sieht. Ich habe nie herausbekommen, ob die beiden etwas miteinander hatten oder ob das nur ein Flirt beim Saufen war.«

Das wissen wir auch nicht, sagte sich Talvi. Das scheint jetzt auch keine Rolle mehr zu spielen.

»Sie geben also Imken und Bundt die Schuld für Ihre Verletzung.« Horn sagte das als eine Art Zusammenfassung, als Zwischenfazit. Beim Lesen der Niederschrift der Vernehmung würde es für den Richter hilfreich sein.

»Ja. Übermut, Rücksichtslosigkeit, Vergnügungssucht, Eitelkeit, Koketterie, Vorspiel mit Gewalteinlage, Machogehabe, Leichtsinn,

Dummheit, und mein Leben war ruiniert. Ja, ich sah in ihnen die Verantwortlichen.«

»Wie ging es weiter?«, fragte Talvi. »Sie kamen in die Notaufnahme?«

»In den Schockraum. Dahin, wo man sich eigentlich besser fühlen soll. Wo es nur besser werden kann. Wo einem geholfen wird. Wo Fachleute am Werk sind.« Norbasch lachte, aber nur die rechte Seite seines Gesichts bewegte sich. »Nicht in meinem Fall. Während der Fahrt dahin wurde mein Kreislauf stabilisiert, ich muss bewusstlos geworden sein. Der Schock ließ nach, ich wusste, dass das passieren würde, und die Schmerzen kamen. Sie gaben mir ein erstes Schmerzmittel, niedrige Dosierung, sie wollten mich nicht abschießen. Der Arzt in der Notaufnahme hat es dann versaut. An dem fehlenden Auge trägt er keine Schuld, das hätte niemand retten können, das werfe ich ihm nicht vor. Vielleicht wäre es auch nicht so schlimm gewesen, einfach nur ein Auge zu verlieren. Viele Menschen leben mit einem Glasauge, kommen gut zurecht, fahren Auto, haben einen Job, sind verheiratet. Keiner weiß, wie und warum es passiert ist. Einige der Splitter saßen so tief im Fleisch und auf den Knochen, dass sie bis in den Mundraum reichten. Ein Splitter war an einem Backenzahn abgebrochen und hatte sich in das Zahnfleisch gebohrt. Diese Splitter musste der Arzt mit Skalpell und Pinzette entfernen und hat dabei eine Nervenbahn durchtrennt. Fünf Millimeter zu weit geschnitten, und fortan sah ich nicht mehr aus wie ein Mensch.«

»Das war Dr. Elias Tschernig.«

»Das war Elias Tschernig«, bestätigte Norbasch. »Der Dritte im Bunde. Obwohl er die beiden anderen nie kennengelernt hat.«

»Haben Sie deshalb die Ausweise so verteilt?«

»Vielleicht habe ich zwischen der Frau und dem Grapscher nur was hergestellt, was die beiden mit ihrer besoffenen Flirterei nicht geschafft haben. Und Tschernig sollte an sich selbst kauen.«

Also war tatsächlich etwas Sexuelles mit im Spiel gewesen. CK hatte nicht ganz unrecht gehabt.

»Was passierte dann?«

Er zuckte mit den breiten Schultern. »Der Verlust des Auges und die Gesichtslähmung wurden auf die Verletzung im Bierzelt geschoben, und der Arzt war fein raus. Imken und Bundt haben mich sicher am nächsten Tag schon vergessen. Ich war einige Tage stationär in der Uniklinik, die Wunden wurden versorgt, Tests wurden gemacht, und jeden Tag war man etwas ehrlicher mit mir. Meine Frau kam mich besuchen, natürlich, am gleichen Abend noch. Jeden Tag. Das war okay, solange ich den Verband trug und die Ärzte noch Hoffnung verbreiteten. Sie war auch beim Entfernen des Verbandes dabei. Meine Ehe ist mit dem Verband im Müll gelandet.«

Das ließ er einige Sekunden in der Luft stehen, und Talvi nahm an, dass er sich auch das zurechtgelegt hatte. Um verstanden zu werden, und nicht, um sich zu entschuldigen. Er würde sich nicht entschuldigen für das, was er getan hatte. Nicht jetzt und nicht vor Gericht. Aus seiner Sicht hatte es keine andere Möglichkeit gegeben.

»Es hat nicht lange gedauert, bis ich wieder auf den Beinen war. Da war nichts mit langer Reha oder so. Kaputt ist kaputt. Ich bekam eine neue Brille für das gute Auge und schlechte Anwälte, die mir für viel Geld sehr kompliziert verdeutlichten, dass zivilrechtliche Ansprüche gegen Imken, Bundt und Tschernig nicht durchsetzbar waren. Keine eindeutigen Verursacher, keine Schuld nachzuweisen, keine belastbaren Zeugen, jeder Richter hätte sofort auf einen unglücklichen Unfall entschieden. Der Arzt hat sich nicht mal an meinen Namen erinnert, glaube ich. Bis er gefesselt im Schuppen lag und die beiden Schädel gesehen hat.«

Norbasch setzte sich aufrecht hin, und damit war klar, dass er eine Episode seines Lebens zu Ende erzählt hatte. »Meine Angestellten haben gekündigt, viele Kunden haben es nicht ertragen, mich auf dem Hof zu haben. Die Praxis musste ich schließen, zu Hause bin ich ausgezogen, dann haben sich nur noch die Anwälte unterhalten. Das ging schnell, von meiner Frau war nichts mehr zu erwarten. Damit war auch das meiste Geld weg, jetzt arbeitet ein promovierter Veterinär für einen dummen Bauern, der ihn Hinnerk nennt und seine eigenen Kühe vernachlässigt. Aber den Tieren ist egal, wie ich aussehe, und auf die Tiere kommt es an.«

Er griff nach dem Plastikbecher mit dem kalt gewordenen Kaffee, nahm einen Schluck und stellte den Becher wieder weit von sich weg. »Kalt und bitter wie der Rest.«

Dann sagte niemand etwas, bis Horn den Kopf senkte und Talvi murmelte: »Wir unterbrechen. Bis morgen.«

Morgen war Samstag. Die Soko Fischerfest protestierte nicht.

Freitag, 17. September 2021, Nachmittag

Nach der Vernehmung hatte sie keinen Kaffee mehr getrunken. Sie war wach genug. Nur einen Schluck Leitungswasser aus dem Kaffeebecher, bevor sie ihn in die Spülmaschine gestellt hatte. Dann war sie zu Fuß in die Stadt gegangen, die Kapuze tief im Gesicht, den Kopf gesenkt. Den Weg kannte sie, sie würde dort nicht gut parken können, und sie wollte jeden Schritt des Weges nutzen, um sicher zu sein.

Sie wollte nicht warten, bis sie angegriffen wurde. Nicht noch einmal. Dieses Mal musste sie ihm voraus sein, das hier war ihr Turf, hier machte sie die Regeln.

Talvi stand vor der Tür von Zimmer sechs im Hotel Kronprinz. Auf dem Gang war es still, aus dem Zimmer hörte sie den Ton des Werbefernsehens, schon der dritte Spot, aber die Wörter kamen nicht bei ihr an.

Die Koordinaten hatte sie von Dr. Mertes, die Zimmernummer gerade eben von der Rezeptionsdame: »In Nummer sechs ist der einzige Gast aus einem anderen Bundesland. Nein, ich habe ihn noch nicht gesehen, bei seiner Anreise hatte eine Kollegin Dienst. Muss ich mir Sorgen machen?«

»Nein. Besten Dank.«

Ihr Finger lag auf dem Abzug der Dienstwaffe, das war gegen die Vorschriften. Dass sie hier war, war ebenfalls gegen die Vorschriften. Die linke Hand hatte sie schon halb erhoben, um an die Tür zu schlagen.

Gleich würde sie sein Gesicht sehen, in seine Augen blicken. In das entstellte Gesicht mit den Spuren des Stacheldrahts, mit dem sie sich verteidigt hatte, mit der Verletzung, die ihre Lebensläufe verschweißt hatte. Sie hatte das Gesicht nur undeutlich in Erinnerung, sie hatte ihn nach der Tat nicht mehr gesehen. Bei der Verhandlung lag sie im Krankenhaus, mehr oder weniger bei Bewusstsein, da waren auch ihre Aussagen protokolliert worden. Nur per Audio aus Rücksicht auf ihre Verletzungen, Video wäre üblich gewesen.

Sie hatten sich damals an den Resten eines Holzlagers im Wald bei einer lange unbenutzten und eingewachsenen Hütte gegenübergestanden. Talvi war Hellmän mehrere Kilometer weit gefolgt, bis er endlich gestoppt hatte. Irgendwo hier muss der entführte Junge liegen, hatte sie gedacht. Gefesselt, vergraben, lebendig oder tot. Dabei hatte Hellmän sie schließlich bemerkt, er kannte die Gegend besser. Er hatte sie überwältigt, ihr die Dienstwaffe abgenommen und sie gezwungen, sich auszuziehen. Vorher hatte er sie überrascht und mit einem Ast niedergeschlagen. Trotz der blutenden Kopfwunde hatte sie es geschafft, den bohrenden Schmerz und den Schwindel immer wieder zurückzudrängen, um zu überleben. Sie hatte sich ausgezogen bis auf die Socken, dadurch hatte sie sich noch nackter gefühlt, sie hatte Tannennadeln durch den dünnen Stoff an den Füßen gespürt. Talvi hatte nicht versucht, ihre Brüste und ihre Scham mit den Händen zu verbergen, das hätte sie noch mehr als Opfer erscheinen lassen. Und sie hätte sich dann nicht wehren können.

Jetzt erinnerte sie sich an seine eiskalten Augen in einem jugendlichen Gesicht, das kurz darauf keins mehr war. Sah die ganze Szene wieder vor sich.

Talvi lag nach dem Sturz auf dem Boden und fühlte die kalte Klinge durch ihre Haut schneiden, ihr Kopf wurde herumgerissen, schwarzer Schmerz drückte ihr von innen gegen die Augen. Aber sie zwang sich, sie offen zu halten. Sein Gesicht war verzerrt, vor Anstrengung, vor Schmerz und vor Mordlust, während er das Skalpell schwang, aber seine Augen blieben unbeweglich, starr und kalt.

Sie riss das kurze Stück rostigen Stacheldraht aus dem Holzstapel neben der alten Hütte, spürte die rostigen Stacheln und schlug mit dem Draht wie mit einer Peitsche nach seiner Hand. Die Hand wurde zur Seite gerissen, die Waffe, ihre Dienstwaffe, fiel aus seinen Fingern. Er sah das Blut an seinem Handgelenk und einen tiefen Riss durch den Handballen und schlug mit der anderen Hand, die das Skalpell hielt, durch ihr Gesicht.

Sie hatte den Widerstand gemerkt, den seine Haut, seine Augenbrauen, seine Nase und seine Lippen dem Stacheldraht geleistet hatten. Inzwischen hatte sie nichts mehr gesehen, ihr Blut war in ihren Augen, ihre Finger waren davon nass und rutschig, nur die Stacheln in ihrer Hand hatten verhindert, dass sie den Draht verloren hatte. Aber mehr als das eine Mal hatte sie ihn nicht getroffen, er hatte wieder mit dem Arm ausgeholt und mit zwei weiten Bewegungen, links, rechts, rechts, links, mit dem Skalpell nach ihr geschlagen. Das kalte Metall hatte eine heiße Spur quer über ihren nackten Körper hinterlassen, hatte über den Knochen ihres Schlüsselbeins geknirscht, sich in das weiche Fleisch ihrer Brüste und ihres Bauchs gefressen, wieder knirschend den Beckenknochen getroffen und eine tiefe Kerbe in den linken Oberschenkel geschnitten. Auf dem Rückweg ihren Bauchnabel geteilt, in einer geraden roten Linie über ihren Bauch, über den schon Blut des ersten Schnittes zwischen die Beine und die Oberschenkel herablief.

Dann war Talvi kollabiert, wie eine Marionette mit durchtrennten Fäden. Sie konnte bis heute nicht sagen, ob das eine Abwehrreaktion oder der Schock gewesen war. Es machte keinen Unterschied.

Er hatte sie in eine Grube geworfen, neben den toten Jungen, sein Körper war so kalt und klamm gewesen wie der Waldboden. Dann hatte er sie beide mit einer Plane zugedeckt und diese mit Ästen und Erde getarnt.

Sie hatte nachts noch oft das Geräusch im Ohr, mit dem die Erde auf ihr Grab gefallen war.

Die Erinnerung an dieses Geräusch, an die Kälte des Waldbodens, die ihr an manchen Tagen noch in den Knochen steckte, brachte sie dazu, dreimal laut mit den Fingerknöcheln der geballten Faust an die Tür zu schlagen.

»Polizei! Aufmachen!« Das war nicht ihre Stimme, das war die Stimme des Racheengels. Die Stimme war hart und unbarmherzig und fremd, und Talvi mochte diesen Klang. Sie wollte immer so sprechen.

Der Mann, der die Tür von Zimmer sechs öffnete, blickte in die Mündung ihrer Dienstwaffe und auf den Dienstausweis, den sie ihm mit der linken Hand ins Gesicht hielt. Er war Anfang sechzig, trug eine Nickelbrille und Hosenträger über einem Unterhemd. Er war glatt rasiert und bleich.

»Was denn?«

»Entschuldigen Sie«, brachte Talvi hervor und verstaute die Waffe im Holster an ihrer Hüfte.

»Was denn?« Der Mann hielt sich am Türrahmen fest, seine Knie zitterten unter einer alten Anzughose.

»Ein Missverständnis. Schönen Aufenthalt.« Sie rannte die Treppe hinunter und aus dem Gebäude.

Die Spurensicherung fand einige Wochen später bei den Ermittlungen zu Aktenzeichen 9 Js 451/21 im Schirmständer neben der Rezeption ein Handy. Es war eingeschaltet und stumm gestellt. Hätte jemand angerufen, dann hätte es nicht vibriert. Aber es hatte niemand angerufen.

Es lag einfach nur da, wo es lag.

Samstag, 18. September 2021

Die Vorteile eines Samstagvormittags waren die leeren Straßen und der leere Parkplatz an der Polizeiwache. Der Nachteil war, dass sie den ersten Kaffee selbst aufgießen musste.

Mit einem Telefonat vergewisserte sie sich, dass Norbasch die Nacht in U-Haft gut überstanden hatte und pünktlich um neun in den Verhörraum gebracht wurde.

Er hatte sogar gefrühstückt, nur den Kaffee nicht angerührt. Das war gut, dann hatte er nicht vor, sich mit einem Hungerstreik zum Märtyrer zu machen.

Um sich abzulenken, hatte sie gestern Abend die weiteren Fragen vorbereitet. Heute hatte sie die Gesprächsführung, und Horn sollte beobachten. Und sie würde Norbasch keinen Vorteil gewähren, keinen Mitleidsbonus, keinen Ich-weiß-wie-Sie-sich-fühlen-Rabatt.

Talvi hörte Pfahls Stimme auf dem Gang. »Frau Caster?«

»Hier! Kaffee ist fertig.«

Er kam in die kleine Küche. »Wir haben ein Problem.«

Ihre Hand mit dem Becher blieb in der Luft stehen. »Was jetzt?«

»Ich war früher hier als sonst, weil alles frei war. Bin gleich in den Technikraum, alles vorbereiten. Wollen ja heute den Sack zumachen.«

Und dann hast du endlich ein paar ruhige Tage bis zur Rente. Klar, dass du deinen Samstag opferst und früh da bist. »Und?«

»Die Aufnahmen von gestern sind weg.«

»Weg?«

»Ja, weg. Nicht zu finden.«

Die Aufnahmen bei Verhören wurden lange Zeit analog gemacht, mit Videokameras und Tonband. Es gab immer wieder Strafverteidiger, die erfolgreich behaupteten, digitale Aufnahmen könnten gefälscht oder manipuliert worden sein zum Nachteil ihres Mandanten. Damit waren einige während der Erprobung der digitalen Aufnahmen tatsächlich vor Gericht durchgekommen, und die Behörden hatten rasch wieder auf die alte analoge Technik umgestellt. Dann gab es irgendein richtungsweisendes Urteil oder eine Grundsatzentscheidung oder nur eine neue herrschende Meinung, das hatte Talvi nicht genau verfolgt, und jetzt waren digitale Aufnahmen wieder zugelassen. Damit nichts verloren ging, wurden die Dateien, die je nach Länge der Aufzeichnung einige Gigabyte groß werden konnten, sowohl auf dem Gerät selbst als auch auf DVD gesichert, noch am selben Tag.

»Beide Exemplare?« Sie konnte das nicht glauben. Dann haben wir gestern vergebens gearbeitet? Gut, dass Norbasch auf einen Strafverteidiger verzichtet hat. Der zerlegt uns das in zwei Sätzen und kommt aus dem Grinsen gar nicht mehr heraus.

»Ich hatte sogar drei Exemplare. Auf dem Laufwerk und zweimal auf DVD. Hat mich gestern Abend noch eine Dreiviertelstunde gekostet, den ganzen Kram ein drittes Mal zu sichern. Und heute Morgen ist alles weg. Das Laufwerk ist leer, die beiden DVDs sind verschwunden. Die Stelle im Regal ist einfach leer.« Er senkte den Blick.

»Und wir brauchen die Aufnahmen für das Protokoll, das Norbasch unterschreiben muss«, murmelte sie. »Ganz sicher nichts mehr da?«

»Ich habe eine halbe Stunde alles abgesucht.« Er zeigte ihr seine Hände und die Ärmel des dunklen Cordsakkos, alles war mit einer dunkelgrauen Staubschicht bedeckt. »Hätte ich die zweite DVD bloß in meinen Schreibtisch gelegt, statt sie im Regal stehen zu lassen. Oder sonst wo.«

»Sie meinen, da wusste jemand, wo er suchen musste?«

Pfahls nickte. »Und dieser Jemand hatte Zutritt zum Gebäude und zum Technikraum.«

»Hat Norbasch einen Helfer eingeschleust? Einen Spitzel?«

»Saboteur nannte man das früher. Aber warum? Er streitet doch gar nichts ab.«

Das Verschwinden der Protokolle könnte für jemand ein Rettungsanker sein. Für sie war es wahrscheinlich der Sargnagel. Worges würde triumphieren. Das Blut rauschte in ihren Ohren.

Sie hörten Schritte, Horn und CK waren auf dem Gang.

»Guten Morgen zusammen«, flötete Horn. »Endlich mal frei parken.«

»Herrlicher Tag, heute nageln wir ihn fest.« CK hatte sich von Horns guter Laune anstecken lassen.

Talvi informierte die beiden über den Verlust der Datenträger.

»Ach du meine Güte«, sagte CK.

»Das wird Konsequenzen haben. Haben müssen.« Horn blickte in die Runde. »Was muss denn jetzt passieren? Wir gehören ja zur Inspektion Anklam, da sind die Kollegen vom Fachkommissariat 5 für interne Ermittlungen zuständig.«

Horn war gut vorbereitet, fand Talvi. Sie hatte noch immer keinen klaren Kopf.

Pfahls schüttelte den Kopf. »Nein, seit Anfang des Jahres ist ein neues Dezernat im LKA Schwerin zuständig. Glaube ich.« Er warf einen Blick zu Talvi. »Hatten wir ja noch nicht, so etwas.«

Talvi schloss kurz die Augen. »Ja, das ist peinlich, und darum werden wir uns kümmern. Aber wir können die Ermittlungen jetzt nicht deswegen unterbrechen oder einstellen. Das wäre Strafvereitelung. Nehme ich an. Also am Montag. Heute erreichen wir sowieso niemand.«

Horn blickte sie von der Seite an. »Sie berufen sich auf Ermittlungsdruck?«

Talvi nickte. So etwas wie Gefahr in Verzug. Für mich auf jeden Fall. »Heute machen wir weiter.«

Pfahls nickte, Horn nickte langsam, und CK nickte dann mit.

Der junge Bergmann war auch da, trotz Wochenende. Er hatte wohl nicht vor, sich diese Vernehmung entgehen zu lassen. Sensationsgeil oder neugierig, Talvi war nicht sicher. Oder er will dabei sein, wenn Geschichte geschrieben wird.

Bergmann hatte sich einen Stuhl mitgebracht und setzte sich damit in eine Ecke des Verhörzimmers, nachdem er Norbasch in den Raum geführt, ihm die Handschellen wieder abgenommen und ihn am Tisch platziert hatte.

Horn lehnte sich zurück und verschränkte die Arme. Talvi begann. »Wir fangen mit Frau Imken an. Mit dem ersten Opfer.«

»Okay. Aber sie war die Zweite, nicht die Erste. Die Imken war einfach. Den Namen hatte ich mir besorgt, mit meinem Anruf wegen der Danksagung, bla, bla. Dann konnte ich mich daran erinnern, ihn schon mal gelesen zu haben. Ich fand sie in meiner Kundenliste mit ihrem Kaninchen. Ab und zu habe ich auch Kleintiere behandelt, wenn jemand damit vor der Tür stand. Dann wollte ich die Tiere nicht wegschicken. Mit dem Kaninchen war damals nichts, nur eine nervöse Halterin. Sie waren nach zwei Minuten wieder draußen, und ich hatte sie vergessen. Aber bei dem Namen hat es klick gemacht. Sie stand in der Kartei, und ich hatte ihre Adresse.«

»Da haben Sie ihr aufgelauert.«

»Unsinn, das ist mitten in der Innenstadt. Ich bin ihr gefolgt bis zum Hotel, in dem sie arbeitet. Da bin ich hinten rein, sie kam mir auf dem Gang entgegen. Glück gehabt. Ich schnitt eine Grimasse, um sie abzulenken. Mit meiner Verletzung gab es kein Risiko, dass sie mich vom Fischerfest wiedererkennen würde. Während sie glotzte, bekam sie die Spritze in den Arm.«

»Was für eine Spritze? Was haben Sie ihr verabreicht?«

»Ich habe aus der Praxis noch einiges übrig. Die Instrumente natürlich und auch zwei Umzugskisten mit Medikamenten. Sie bekam eine halbe Dosis Azaperon, das nimmt man für größere Schweine. Das Haltbarkeitsdatum war abgelaufen, aber ehrlich gesagt machte ich mir wegen der Nebenwirkungen keine Gedanken.« Norbasch verzog das Gesicht. Das sollte ein Grinsen sein, erkannte Talvi. »Dann nahm ich sie auf die Schulter, bin hinten raus und habe sie auf den Hänger geworfen. Ich hatte den Deutz auf dem Acker geparkt, nur ein paar Schritte vom Zaun. War ja schon fast dunkel.

Ihr Schichtende. Ihr letztes. Plane drüber und zum Hof. Wer macht sich schon Gedanken, was unter der Plane eines Treckeranhängers liegt?«

»Was haben Sie auf dem Hof mit ihr gemacht?«

»Ich habe da einen Schuppen hergerichtet, direkt hinter dem Stall. Da bin ich nahe an den Kühen und habe meine Ruhe. Der Chef war noch nie drin, vielleicht hat er den Schuppen schon komplett vergessen. Habe sie drinnen an einen Pfeiler gesetzt, Hände und Oberkörper mit Seil dran festgebunden, einen Knebel in den Mund. Fertig. Dann hab ich mir einen Kaffee gekocht.«

»Als Belohnung für die erste Tat?«

»Habe doch schon gesagt, dass sie die Zweite war. Und nein, sondern weil mir kalt war. Der Schuppen ist nicht geheizt. Mit dem Kaffee habe ich gewartet, bis sie wieder zu sich kam. Dann habe ich mir den Stuhl genommen, habe mich vor sie gesetzt und mich ansehen lassen. Ich habe mich vorgestellt, erzählt, wie wir uns kennengelernt haben und was mir seitdem passiert ist. Ich war sehr freundlich, aber ich habe ihr nichts von meinem Kaffee angeboten. Der war mir zu schade für diese Frau, und sie hatte ja den Knebel im Mund. Sie hätten ihre Augen sehen sollen, die wurden größer und größer. Dann habe ich ihr den Schädel von Wolf Bundt gezeigt, der auf der Werkbank stand und uns zusah. Habe ihr gesagt, wer das ist, denn sie konnte ihn natürlich nicht erkennen. Sie hat nur langsam begriffen, warum sie in meinem Schuppen war und was mit ihr passieren würde. Dann ist sie ausgerastet, hat gezerrt und geschrien und gezappelt. Ihre Absätze brachen ab, weil sie dauernd versuchte, sich hochzustemmen, wollte aufstehen und weglaufen. Sie lief im Gesicht blau an, und ich sah, dass sie dabei war, an dem Knebel zu ersticken.«

Horn konnte nicht mehr schweigen. »Sie hätten ihr helfen können. Sie hätten sie in diesem Moment noch retten können.«

»Wozu? Außerdem war mein Kaffee alle. Bis mein Becher wieder voll war, war sie schon tot. Mit der Gigli, Sie wissen ja jetzt, was das ist, habe ich den Schädel abgetrennt. Das dauert keine halbe

Minute und macht keinen Krach. Nach dem Azaperon muss man eigentlich achtzehn Tage bis zur Schlachtung warten, aber das gilt nur, wenn das Fleisch verzehrt werden soll.«

»Den Leichnam haben Sie im Misthaufen versteckt.« Horn bemühte sich, sachlich und neutral zu klingen. Es gelang ihm nicht.

Der Mann in der Latzhose nickte. »Direkt auf dem Körper von Bundt, der lag schon ein paar Stunden länger da. Im Tode vereint, wenn Sie so wollen. Im Mist würde niemand nach den beiden suchen, da würde niemand nach irgendetwas suchen. Und ich musste mir keine Sorgen wegen des Verwesungsgeruchs machen. Mir fehlte ja noch der sogenannte Arzt.«

Eines wollte Talvi noch wissen. »Warum haben Sie den Schädel von Frau Imken in eine leere Bierkiste gelegt?«

»Weil Sie im Suff alles losgetreten hatte. Der Bundt kam in die Kühltruhe, weil er an dem Abend so cool wirken wollte, überlegen, weltmännisch, so angetrunken, wie er war. Hat die kleine Blonde angemacht und aufgestachelt.«

»Und Tschernig? Warum bei ihm ein Autoscooter?«

»Da war kein Plan dahinter oder eine Botschaft. Sorry, wenn Sie das beschäftigt hat. Ich war in Eile, hab befürchtet, man könnte mich gesehen haben. Ich musste das Dings einfach loswerden.«

Talvi wollte das Thema wechseln. »Was ist mit Wolf Bundt?«

»Bundt war der Erste. Ihn habe ich in seiner Tiefgarage abgefangen. Zuerst habe ich natürlich die Kamera weggedreht, die es da unten gibt. Bin gebeugt gegangen und habe die Kapuze tief über die Stirn gezogen. Sie kennen das ja.«

Talvi wollte nicht wissen, ob er sie dabei ansah.

»Ins Haus gelangt bin ich wie im Fernsehen. Klingeln bei den Nachbarn, Paketbote. Die von der Kanzlei haben sofort geöffnet. Vielleicht warteten die auf etwas. Vom Hausflur kam ich problemlos in den Keller.«

Davon hatte Talvi sich selbst überzeugen können, sie war da gewesen. Mit Schumann. Egal. Weiter.

»Ich wusste ungefähr, wann er runterkommen würde. Steht ja im Internet, wann seine Läden aufmachen. War auch klar, durch welche Tür er kommen würde. Habe mich neben die Tür auf den Boden gehockt, hinter ein Auto, VW-Käfer, glaube ich, weg von den Kameras. Die Spritze und die Flasche mit dem Azaperon hatte ich in der Hand. Tatsächlich kam er allein mit dem Aufzug herunter. Niemand, der mich sehen und Alarm schlagen konnte. Oder mich angreifen. Ich habe einfach gewartet, und er kam aus dem Aufzug. Machte die paar Schritte zu seinem Wagen, legte seine Tasche auf den rechten Sitz. Ich bin ihm leise gefolgt und rammte ihm die Spritze in den Hintern. Azaperon muss intramuskulär verabreicht werden. Leider hat das Zeug bei ihm nicht so schnell gewirkt, wie ich erwartet hatte, war vielleicht doch schon zu alt. Bei der Imken habe ich dann die Dosis erhöht, das war besser. Er hat geschrien, vor Schreck, nehme ich an. Hat sich umgedreht, mich angesehen und wieder geschrien. Hat nicht einmal ein ganzes Wort rausgekriegt, nur so ein lautes Grunzen von sich gegeben. Ich habe ihm die Faust an den Kehlkopf geknallt und ihm dann die Spritze mit dem Rest von dem Mittel einfach in den Bauch gerammt. Dann ist er zusammengeklappt.«

»Und?«

»Ich war noch immer mit ihm allein. Mitten in Greifswald, drei Meter unter der Stadt. Ich hätte ihn da unten obduzieren können, ohne dass es jemandem aufgefallen wäre.«

»Lenken Sie nicht ab. Was haben Sie dann getan? Bundt lebte also noch, war bewusstlos, betäubt. Sie standen neben ihm und seinem geöffneten Wagen.«

»Da hatte mein Plan ein Loch. Ich konnte ihn ja nicht die Auffahrt hochschleppen und über die Straße zu meinem Auto. Er hätte auch nicht in den Kofferraum meines Škoda gepasst, da war zu viel anderes Zeug drin.«

»Also?«

»Also habe ich ihm noch eine Dosis gespritzt. War mir ziemlich sicher, dass ihn das umhaut. Wie einen Stein, den man fallen lässt.

Auf jeden Fall war er nicht mehr in der Lage, zu schreien oder anderen Krach zu machen. Habe ihn im Kofferraum seines Autos zwischengelagert. Das war eng, aber es hat ihn nicht gestört. Den Wagen habe ich abgeschlossen und bin die Rampe raufgegangen, das Tor ging von selbst hoch, da war irgendwo eine Lichtschranke.«

Talvi nickte, eigentlich ohne ihm diese Bestätigung geben zu wollen.

»Ich bin nach Hause gefahren und nachts wieder zurückgekommen. Jetzt hatte ich auch den Schlüssel für das Haus und die Wohnung, kam also ohne Klingeln und ohne Nachbarn in die Tiefgarage. Die Kamera zeigte noch an die Wand, das war keinem aufgefallen, dass sie verstellt war. Das ist wahrscheinlich heute noch so.«

Talvi schaffte es dieses Mal, nicht zu nicken.

»Er war in der Zwischenzeit gestorben, in seinem Kofferraum. Es war kalt im Wagen, und die Leichenstarre setzte rasch ein. Ich konnte nicht sehen, ob er sich noch bewegt hatte, Platz dafür gab es eigentlich nicht. Kann auch nicht sagen, ob er noch mal zu sich gekommen ist oder ob es irgendwann einfach vorbei war mit ihm. Wahrscheinlich hat er gar nicht mitbekommen, dass er einsam in der Kälte und Dunkelheit gestorben ist. Habe ihn rausgeholt und das Auto verschlossen. Da sind jetzt überall meine Fingerabdrücke dran, das war mir egal.«

Sie sah, dass Horn sich eine Notiz machte. Daran hätten sie wirklich schon denken können.

Einsam in der Kälte und Dunkelheit gestorben. Nur die beiden Polizeihunde haben verhindert, dass es bei mir auch so war.

»Das Licht in der Tiefgarage ging dauernd aus und wieder an, wegen der Bewegungsmelder, das war aber von draußen nicht zu sehen. Ich habe Bundt gehalten wie einen Besoffenen und bin mit ihm die Rampe hoch zu meinem Wagen. Dieses Mal hatte ich näher parken können und habe mein Auto offen gelassen. Den Beifahrersitz hatte ich schon ganz nach hinten geschoben. Da passte er gut drauf. Früher hätte ich das nicht geschafft, aber die viele Arbeit im Stall hat auch ihre Vorteile. Wir haben zusammen im Wagen gewartet, bis das Licht in der Tiefgarage ausging und das Tor wieder zu war. Dann bin ich losgefahren.«

»Und die Schlüssel?«

»Die habe ich unterwegs aus dem Fenster geworfen. Irgendwo. Fragen Sie nicht, ich kann mich nicht erinnern. Das macht auch keinen Unterschied, oder?«

»Sie sind mit ihm zu dem Schuppen gefahren.«

»Es war eine sehr friedliche Fahrt. Wie ein Aufbruch zu etwas Neuem, auch wenn die Strecke und das Ziel bekannt waren und langweilig. Er war von den dreien der Erste in meinem Schuppen und der erste Schädel im Kühlschrank. Und ich lernte von ihm Dinge, die er gar nicht wusste. Ich habe in dieser Nacht das erste Mal die Säge an einem Menschen verwendet, habe das erste Mal einen Schädel gehäutet und ausgehöhlt. Das lernt man nicht an der Uni, auch nicht in Veterinärmedizin. Er hatte mir viel genommen, aber in dieser Nacht hat er mir auch etwas gegeben.«

»Was haben Sie mit der Kopfhaut gemacht und mit dem Gehirn?«

»Schweine sind Allesfresser.« Er zuckte mit den Schultern.

»Danke, das reicht zu Wolf Bundt, denke ich. Wir werden Ihre Angaben überprüfen.« Horn rieb sich die Augen.

»Lassen Sie uns mit dem dritten Opfer weitermachen.« Talvi bemühte sich um einen forschen, klaren Ton, aber ihre Kehle schmerzte bei diesem Satz.

»Dann haben wir es hinter uns. Gut. Ein armer Tropf, nach allem, was ich gehört habe. Zu Hause rausgeworfen, wohnte in einem Ein-Raum-Apartment. Da stand ich ein paarmal vor der Tür. Die Frau hatte auch die Kinder gegen ihn aufgehetzt, er konnte sie nicht mehr sehen. Und im Job täglich unter Druck, Mobbing unter Medizinern sozusagen. Die Frau hat ihn ziemlich bluten lassen, er musste mit dem Fahrrad zur Arbeit fahren, ein zweites Auto war nicht drin. So habe ich ihn dann auch abgefangen.«

»Mit dem Auto?«

»Mit dem Trecker, der kann mehr aushalten, da fallen ein paar

Schrammen und Beulen nicht auf. Bin ihm nachgefahren mit Trecker und Anhänger, habe ihn überholt und mich auch ein paarmal von ihm überholen lassen. Bin so regelmäßig auf seiner Strecke aufgetaucht, dass er mich gar nicht mehr beachtet hat. Grüßte mich sogar einmal beim Vorbeifahren. Habe gewartet, bis die Straße außer uns beiden leer war, dann bin ich links neben ihn und habe ihn ordentlich gerammt.« Norbasch rückte auf dem Stuhl hin und her. »Ist einige Meter geflogen, unser Doktor, und sein Fahrrad kam unter meine Räder. Das sah aus hinterher wie eine Designer-Fliegenklatsche.« Er gab seltsame Töne von sich und senkte den Kopf etwas.

Kichert er etwa?

Norbasch beruhigte sich schnell. »Er selbst sah auch nicht besser aus als sein Fahrrad. Einige Frakturen, sicher auch innere Verletzungen. Und bewusstlos. Lag in der Böschung wie ein nasser Sack Hühnerfutter. Ich habe ihn gleich dort umgebracht. Unter dem Mist wäre er mir auf dem Weg zum Hof sowieso erstickt, habe ich mir gesagt. Also habe ich mich mit dem Gummistiefel so lange auf seinen Hals gestellt, bis er tot war. Den Schädel wollte ich ja unversehrt. Sonst hätte ich ihn erschlagen wie einen kranken Hund, mit einem der Steine, die da rumlagen. Dann das Fahrrad und den Tschernig auf den Hänger und Mist drüber. Asche zu Asche, Mist zu Mist.« Er schien wieder zu kichern.

Talvi sah, dass Horns Finger, mit denen er den Kuli hielt, ohne ein Wort zu schreiben, weiß waren.

»Ich musste durch die ganze Stadt, wurde dauernd überholt und hatte dauernd rote Ampeln. Aber wer kümmert sich um einen Mistfahrer, da halten alle Abstand. Alles ging glatt, bis die Polizei mich anhielt.«

»Was ist passiert?«, fragte Horn schnell.

Der Mann ihm gegenüber genoss die Aufmerksamkeit, hob und senkte langsam die Schultern. »Nichts ist passiert. Ein Rücklicht war defekt, und es gab etwas Gerede, weil der Führerschein noch mein altes Gesicht hat. Um den Mist auf dem Hänger haben sie einen Bogen gemacht. Ich bekam eine Verwarnung und fuhr weiter bis zum Hof, zu meinem Schuppen, meinem sicheren Hafen. Da lagen schon die Schädel von Bundt und Imken im Kühlschrank und warteten auf Tschernig. So ward er, ich gewährte die Bitte, in ihrem Bunde der Dritte.« Er sah Caster und Horn an und zwinkerte mit dem gesunden Auge. »Frei nach Schiller. Ich habe immer gerne gelesen. Das wird mir helfen, wenn ich für den Rest meines Lebens an eine Wand starre.«

Talvi sah auf die Uhr. »Wie haben Sie die Leichen entsorgt?«

»Die lagen ja erst mal gut unter dem Mist, aber da wollte ich sie nicht ewig liegen lassen. Da waren sie mir zu nah. Es war einfach, sie mit dem Trecker und dem Frontlader auf den Hänger zu kriegen. Zwei Ladungen voll Mist drauf, und ich hatte einen sehr angemessenen Leichenwagen für die drei.«

Horn legte seinen Stift weg.

»Dann bin ich mit Trecker und Anhänger zu dem Hotel, wo die Imken gearbeitet hat. Hinter dem Gelände auf den Acker. Den kannte ich ja schon. Keiner von unseren Äckern, aber wem fällt schon auf, wenn ein Trecker auf dem falschen Acker unterwegs ist? Und wer rechnet schon damit, dass eingebrochen wird, um etwas in den Müll zu stopfen? Die drei kamen in die Müllcontainer, Klappe zu, etwas von dem Müll darüber verteilt, fertig. Im Vergleich zu einem Müllcontainer ist ein Kuhstall eine Blumenwiese. Den Rest von dem Mist habe ich dann auf dem Acker verteilt, wo er hingehört.«

»Wir machen eine Pause«, sagte Horn tonlos. Er winkte den jungen Bergmann heran, der alles unbewegt auf seinem Stuhl verfolgt hatte. Der Beamte sah bleich aus. »Bringen Sie den Verdächtigen in seine Zelle.«

»Auf Wiedersehen. Machen Sie sich keine Sorgen wegen Suizidgefahr. Wie soll ich der Sünde entkommen, wenn das Entkommen Sünde ist? Schönes Wochenende.« Norbasch stand auf und ließ sich widerstandslos aus dem Raum führen.

Talvi und Horn gingen durch die leeren Treppenhäuser und Flure zu ihren Büros. Im Gebäude war am Wochenende nur im Erdgeschoss etwas los, natürlich war die Wache im Hauptrevier besetzt, und auf dem Parkplatz gab es Bewegung. Aber die Büros in den Etagen darüber waren verwaist, Kopierer und Drucker im Energiesparmodus, die Teeküchen dunkel. Eigentlich hatten sie hier nichts zu tun. Pfahls hatte die Aufnahmen geprüft, zweimal gesichert und eine dritte DVD mit nach Hause genommen. Auch das war gegen die Vorschriften, aber darüber hatte sie nicht lange nachgedacht.

Talvi wollte Horn dabeihaben, wenn sie Worges informierte. Der Staatsanwalt war erreichbar, auch am Wochenende, das hatte er gestern noch klargestellt.

Er nahm nach dem zweiten Klingeln ab.

»Talvi Caster hier. Kollege Horn steht neben mir. Nur ein kurzes Update. Heinrich Norbasch hat alle drei Taten gestanden und den Ablauf detailliert beschrieben. Hat viel Täterwissen genannt, das meiste kannten wir schon, der Rest wird noch überprüft. Wir haben keine Zweifel.« Sie sah Horn an, der stand am Fenster, blickte hinunter auf den Parkplatz und nickte.

»Das will ich hoffen, Frau Caster. Noch so eine Blamage wie am Mittwoch können wir uns nicht leisten. Ich mir nicht und Sie sich auch nicht. Ich wage ja kaum zu hoffen, dass Sie die Ermittlungen zu diesem wichtigen Fall wirklich unfallfrei abschließen. Ist ja schon genug schiefgegangen.« Er unterbrach und rief etwas am Telefon vorbei. »Ja, Schatz, bin gleich fertig!«, hörte sie undeutlich. »Habe gehört, dass gestern schon wieder etwas schiefgegangen ist. Die Aufzeichnung des Verhörs ist verschwunden, ist das korrekt?«

Sie sah zu Horn, der noch immer am Fenster stand und angestrengt auf den Parkplatz starrte. »Es gab eine technische Panne. Wir arbeiten noch dran.«

»Weg ist weg, Frau Caster! Und gelöscht ist gelöscht. Das ist eine Panne erster Ordnung. Das darf nicht passieren, kann nicht repariert werden und ist nicht zu entschuldigen.«

»Ich werde darauf achten.«

»Speisen Sie mich nicht mit diesem Bullshit ab!« Das war so laut, dass auch Horn es hören musste, aber er reagierte nicht, er sah aus dem Fenster. »Sie haben die Ermittlungen und Ihre Leute nicht im Griff, Frau Caster. Auch wenn der Fall jetzt geklärt scheint. Um das mal ganz klar zu sagen, Frau Caster, glasklar, Frau Caster. Wenn Sie eine Bewerbung schreiben, dann sicher nicht für die Polizei Greifswald. Und wenn Sie es doch tun, dann werde ich die nicht entgegennehmen und nicht weiterleiten. Sicher nicht! Und Montag informiere ich Schwerin!« Damit legte er auf.

Horn verließ ihr Büro.

Langsam ging sie die wenigen Schritte vom Parkplatz in der Seitenstraße bis zu ihrer Wohnung. An der Haustür fiel ihr der Schlüssel herunter, dann stolperte sie beim Betreten des Hausflurs.

Der Briefkasten klemmte, etwas hatte sich darin verkeilt und kratzte am Blech. Sonst war ihr Briefkasten immer leer. Mit einem Fluch und einem Ruck konnte sie die kleine Metalltür aufziehen. Ein Stück Stacheldraht fiel ihr entgegen.

Es war zweimal gebogen worden, um durch den Schlitz zu passen. Der Stacheldraht war neu, er glänzte metallisch, und sie spürte die Spitzen auf der Handfläche.

Sie stopfte ihn wieder in den Briefkasten und stach sich daran, Blut lief über ihren Zeigefinger.

Auf der Treppe hielt sie sich mit der anderen Hand am Geländer fest. Oben angekommen, sah sie es. Um ihren Türknauf war Stacheldraht gewickelt.

Greifswald, 7. Oktober 2021

Vernehmung des Dr. Heinrich Paul Norbasch, derzeit JVA Stralsund, in der Ermittlungssache Talvi Caster (KOK), Aktenzeichen 9 Js 451/21

»Mann, ich kann die Frau Caster verstehen. Ich glaube, mehr als jeder andere. Sie hat einfach ihre Konsequenzen gezogen. Mit diesem Schicksal bekommt man ein dickes Fell oder wird dünnhäutig.

Wir haben lange zusammengesessen, wenn sie mich befragt hat. Sie und dieser Horn, der Grünschnabel. Ich habe ihr immer in die Augen gesehen und sie mir. Das war unsere Art der Höflichkeit, auch wenn wir nicht darüber gesprochen haben.

Ich weiß nicht, was sie in meinen Augen gesehen hat. Ihre Augen waren traurig, jedes Mal. Trotz ihres Erfolges, eigentlich hätten ihre Augen strahlen müssen. Ohne große Widerstände einen solchen Fall zu klären, das hätte viele glücklich gemacht. Aber so hat sie nicht getickt.

Als Mann ist es schon schwer, so herumzulaufen. Schwer ist das falsche Wort. Es gibt eigentlich kein Wort dafür, wenn alle wegsehen, beim Sprechen mit dir über deine Schulter blicken oder aus dem Fenster, wenn sie dich nach einem kurzen Blick als Freak abstempeln, aus deinem Gesicht auf deine Intelligenz schließen und dich in die Ecke schieben, einfach nicht ernst nehmen, nicht mal wahrnehmen.

Als Frau muss es noch viel schwerer sein, unmöglich eigentlich. Von einer Frau wird immer erwartet, dass sie irgendwie gut aussieht, zumindest ansehnlich, ansehbar.

Ich habe irgendwann meinen Frieden damit gemacht. Machen müssen, sonst wäre ich zugrunde gegangen, hätte mich zu Tode gesoffen. Kurz davor war ich ein paar Mal, habe im letzten Augenblick die Bremse ziehen können. Seitdem ist Kaffee meine Droge, der beste Kaffee, den es gibt. Auch wenn ich mir das bei meinem Gehalt als Knecht nicht wirklich leisten kann.

Ein promovierter Tierarzt als Scheißeschieber, Strohschubser und Schlepperjockey. Das hat der Chef nie begriffen. Er hat es nicht einmal gewusst, dafür hatte ich gesorgt. Früher hätte ich abgelehnt, bei ihm auf den Hof zu fahren. Wenn die Tiere nicht gewesen wären.

Die Tiere, die haben mich aufgerichtet. Die Tiere und meine Aufgabe. Den Tieren ist egal, ob mein Gesicht aussieht wie mit dem Mixer bearbeitet, oder ob mein Auge schief ist. Für die Tiere ist wichtig, dass sich jemand kümmert, der sie respektiert, der sie wertschätzt. Der sie als Tiere behandelt und nicht als Vieh. Bin mir nicht sicher, ob Sie den Unterschied verstehen. Haben Sie Tiere?

Okay.

Natürlich habe ich mich zurückgezogen, manchmal absichtlich. Einige Male sogar eingeschlossen mit den Tieren, damit ich meine Ruhe hatte. Vor der Welt, vor den Blicken, vor den Bemerkungen, vor dem Wegsehen. Natürlich war das Flucht, aber ist das ein Problem? Ich halte Flucht nicht für ein Problem, die Probleme kommen vor der Flucht.

Zurückgezogen, geflohen, wie immer Sie es nennen wollen, um nachzudenken. Ich konnte nichts ändern, es gab einfach keine OP, mit der mein Leben hätte repariert werden können. Man hätte Nachkommastellen verändern können, aber nicht das Problem. Das war so, da konnte ich noch so grübeln und fluchen und den Schmerz in mich reinschlucken. Das war endlich, das wusste ich. Das würde ich nicht lange aushalten, distanziert von der Welt und mit diesem Schmerz in der Brust.

Und bevor ich aufgab, bevor ich zusammenbrach, wollte ich Gerechtigkeit. Einen Ausgleich, eine Balance herstellen. Nur für mich, ganz subjektiv, nach meinem Verständnis. Es ging mir nicht um Geld, das hatten mir die Anwälte sehr teuer ausgeredet, und das war mir nicht wichtig. Geld hätte keines meiner Probleme gelöst. Da war auch nichts zu holen, die Kosten für die Zivilklagen hätten mich ruiniert. Da gibt es viel Unrecht hinter einer Mauer von Geld, die es schützt. Lachhaft, oder? Oder einfach nur unglücklich, wie Sie wollen.

Ich wollte für mich das Gefühl, dass ich etwas verändert hatte, dass etwas in der anderen Waagschale lag, das auch Gewicht hatte. Kein billiger Trost, keine Versprechungen mit minimaler Halbwertzeit. Ich wollte einfach wissen, dass ich etwas getan hatte, das auch Spuren hinterlässt, das auch Opfer hinterlässt, das auch eine Geschichte hinterlässt und eine Zukunft verändert. Ich wollte wieder eine Bedeutung in meinem Leben.

Das hat Frau Caster verstanden, auch wenn wir nie darüber gesprochen haben. Das konnten wir ja nicht, das konnte ich nicht tun, damit hätte ich sie in Gefahr gebracht. Da war ja dauernd dieser Grünschnabel dabei mit dem glatten Gesicht. Der konnte ihr nicht das Wasser reichen, das war mir gleich klar.

Da war Verstehen zwischen uns, ein Verständnis in ihrem Blick. Ich habe sogar gefürchtet, das würde sie befangen machen, das würde sie zu sehr beeinflussen, bis sie meine Vernehmung komplett dem Grünschnabel überlässt. So weit kam es nicht, das war gut, sie hat durchgehalten, und ich habe nichts dazu sagen können. Mit dem Grünschnabel hätte ich nicht sprechen können. Sie können ihm das gerne sagen. Macht jetzt keinen Unterschied mehr, wo sie sich anders entschieden hat. Aber das habe ich nicht kommen sehen.

Mir wäre ja auch lieber, Frau Caster würde meinen Fall abschließen und nicht dieser Horn.«

Greifswald, 7. Oktober 2021

Vernehmung von Mario Schulz, wohnhaft in Greifswald-Südstadt, in der Ermittlungssache Talvi Caster (KOK), Aktenzeichen 9 Js 451/21

»Ihr könnt gerne Speedy sagen, wie alle. Und damit wir uns nicht falsch verstehen, der Name kommt nicht von Speed oder den Sachen bei uns im Wandschrank, sondern vom Dribbeln beim SSV Grün-Schwarz. Ich stehe damit sogar auf der Website, mit Foto. Ist aber schon ein paar Jahre alt, ich spiele jetzt Alte Herren.

Mit der Talvi, das verstehe ich nach wie vor nicht. Mache mir auch Vorwürfe deswegen, auch wenn das Unsinn ist, das ist mir auch klar.

Sie war regelmäßig bei uns, aber immer nur bei Karl, die anderen waren ihr egal. Die beiden hatten einen Narren aneinander gefressen, das habe ich schon ein paarmal erlebt. Eigentlich eine coole Sache, als ob da etwas in der Luft liegt, *vibrations* oder so.

Für Karl war immer wichtig, dass sie kam. Das schien er vorher schon zu spüren, wurde aufmerksam, ging umher. Manchmal hatte er da schon bei jedem Schritt Schmerzen, da waren der Arzt und ich sicher. Das war ihm aber egal, Talvis Besuch war wichtiger. Und wenn sie wieder weg war, dann hat er immer fast zwölf Stunden tief und ruhig geschlafen, er war dann immer wie geerdet und völlig entspannt. Das Beste, was einem alten Kerl wie ihm passieren konnte, diese Talvi.

Und für sie war es wie eine Auszeit, sie hat ihm viel erzählt, wenn sie unterwegs waren, und das hat ihr wohl gutgetan. Man konnte das merken, an ihren Augen, an ihrem Gang und an ihrer Stimme. Das geht vielen so, die bei uns Besuche machen. Die wirken immer in beide Richtungen.

Karl und Talvi sind dann fast zeitgleich gestorben. Karl muss irgendwie gespürt haben, dass sie nicht mehr kommen würde. Da hat er auch aufgegeben.

Habe später erfahren, dass sie noch Geld überwiesen hatte, damit wir ihn einäschern und beerdigen können. Tolle Frau.«

Sonntag, 19. September 2021, früher Morgen

Zeugen konnten sich hinterher nicht erinnern, am frühen Sonntag den unauffälligen Passat mit Greifswalder Kennzeichen oder die auffällige junge Frau am Steuer gesehen zu haben. Auch keine junge Frau mit Kopftuch, Schal oder Kapuze.

Und auch nicht das Motorrad, das dem Passat folgte.

Das Ufergelände an dieser Stelle des Greifswalder Boddens war nicht bebaut, es gab nur ein paar niedrige Bäume. Die Bäume wurden niedriger und die Büsche höher, je näher Talvi an das Wasser kam. Der nächste Ort hieß Loissin, stand auf einem gelben Schild, bis dorthin waren es drei Kilometer. In der anderen Richtung schien gar nichts zu liegen. Da war schon das Wasser, und das reichte bis nach Finnland.

Es gab keine anderen Fahrzeuge auf der Straße, und nachdem sie den Wagen an der Seite eines schmalen Feldweges neben ein paar haushohen Schlehenbüschen abgestellt hatte, gab es auch keine anderen Menschen.

Den Wagen ließ sie offen.

Ihre Fußspuren im taunassen Gras führten zum Wasser. Eine Möwe flog sie von schräg rechts an, kaum dass sie zehn Schritte gegangen war. Der Vogel kam ihr so nahe, dass sie das Weiße im Auge des Tieres sehen konnte, dann drehte er mit einem schrillen Ruf ab und ließ sich vom Wind in einer majestätischen Kurve wegtragen.

Hau ruhig ab. Ich nehme es dir nicht übel. Grüße die Welt von oben.

Beim Aussteigen hatte sie wie immer die Kapuze übergezogen, ohne darüber nachzudenken, ohne es zu wollen. Wahrscheinlich einfach, weil es guttat und einen Hauch, eine Illusion von Sicherheit bedeutete. Sie zog die Kapuze wieder herunter, und nichts änderte sich.

Talvi wusste, dass vorn am Wasser zwei alte Bänke standen, mit abgeplatzter Farbe, aber aus stabilem altem Holz. Sie war schon einmal hier gewesen und hatte sich eigentlich vorgenommen, Karl beim nächsten Mal mitzubringen. Es war ruhig hier, sie konnte das Gesicht in die Sonne halten und die Augen schließen. An nichts mehr denken, einfach da sein, einfach nur sein, bis die Zeit vorbei war.

Aber weder sie noch Speedy wussten, ob Karl das Autofahren bekommen würde. So war dieser Ausflug immer wieder verschoben worden.

Sie fand heute keine Sonne. Es gab keine Grenze zwischen den tief hängenden Wolken und dem ausklingenden Morgennebel, der noch wie eine Decke auf dem Wasser lag. Die Wolken verschluckten jedes Geräusch, auch das Knirschen ihrer Sohlen war nur für sie selbst hörbar.

Die Bänke waren frei, natürlich, um diese Uhrzeit. Es war früh, es war kühl, es war neblig. Sie setzte sich an ein Ende der Bank, ohne die Wassertröpfchen der Nacht wegzuwischen, die auf dem Holz lagen. Die Hände legte sie in den Schoß. Irgendwo, mitten im Nebel und hinter den Büschen, rief ein Vogel. Vor ihr gab es nur eine große graue Glocke, die gleich im Osten etwas heller werden würde, um am Ende im Westen dunkel zu werden.

Hier bin ich am Ende der Zeit.

Der Mann auf dem Motorrad kommt zwei Minuten später. Er findet den offenen Wagen, stellt seine Maschine ab und folgt ihren Fußspuren. Er findet die Bank, er findet die Frau.

Er geht auf sie zu, seine Stiefel sind auf dem Weg gut hörbar. Talvi hebt die Hand mit der HK SFP9. Mit dieser Waffe hat er sie über dem Grab des toten Jungen bedroht, des Jungen, dem sie nicht hat helfen können, der nie eine Chance gehabt hatte, für den sie nie eine Chance gewesen ist, sein junges Leben zu behalten. Mit ihrer Dienstwaffe hat dieser Mann sie gezwungen, sich vor ihm auszuziehen, kurz bevor er ihr Leben zerschnitt.

Instinktiv bleibt er stehen und hebt die Hände, aber nur bis zur Hüfte.

»Nimm den Helm ab.«

Er schüttelt den Kopf.

»Nimm den Helm ab.«

Talvi ist erstaunt, wie klar sich ihre Stimme anhört. Wie selbstverständlich. Wie vor dem falschen Hotelzimmer. Hat Norbasch recht, kann man so Balance wiederherstellen oder Gerechtigkeit? Gleich werde ich es wissen.

Er lässt seine Hände sinken.

Der erste Schuss zertrümmert das Visier des Helms, Plastikscherben spritzen zur Seite. Kleine Scherben bohren sich in seine Stirn und die Augenbrauen. Der Schreck und die Wucht des Schusses lassen seinen Kopf nach hinten schlagen, er stolpert, geht in die Knie und stützt sich mit dem rechten Arm hinter dem Körper ab, um nicht zu fallen.

Der Lauf der SFP9 bleibt auf seinen Kopf gerichtet. Sie kann das Weiße in seinem gesunden Auge sehen, es schaut sie ungläubig an. Von dem dunklen Helm umgeben sieht es riesengroß aus. Nicht zu verfehlen.

Drei Schüsse, schnell nacheinander und eng zusammenliegend, treffen sein Gesicht. Blut spritzt heraus, vorn aus dem offenen Visier und hinten aus dem Helm durch die drei Ausschusslöcher. Er kippt nach hinten, seine Beine abgeknickt unter dem Körper. Die Beine zappeln kurz, eine Pistole rutscht aus seiner Jacke auf das Gras, dann liegt er still.

Talvi lehnt sich zurück und dreht ihr Gesicht in Richtung der Wolken.

Sie wartet, bis sie glaubt, die ersten Sonnenstrahlen des Tages auf der Haut zu fühlen.

Nein, Norbasch hat nicht recht.

Das Geräusch ihres letzten Schusses verliert sich im Land.

Ein Angler findet sie am Abend, die späte Sonne hat ihren toten Körper in flüssiges Gold getaucht. Der alte Mann ist gläubig und betet für die junge Frau ohne Gesicht, bevor er nach Hause geht und die 110 anruft.

Von der Polizei erfährt er, dass sie die Frau nicht vermissen.

Zur selben Zeit steht Mario Schulz, genannt Speedy, neben Karls Leiche. Er ist vor ein paar Stunden gestorben, hat sich hingelegt und ist einfach eingeschlafen.

Ein friedlicher Tod, denkt Speedy, und er hat dabei nicht viel Dreck gemacht.

Er versucht schon seit Stunden, Talvi zu erreichen.

Sie wird sicher Karls Halsband und Leine als Andenken abholen wollen.

Schließlich hat sie dafür bezahlt.

Dank

Dieses Buch ist nicht mein erstes, aber eines meiner vorzeigbarsten. Das verdanke ich dem Vertrauen des Grafit Verlages und der Fürsorge meines Lektors Lothar Strüh.

Und der wunderbarsten Ehefrau von allen.

Langhagen i. M. im November 2022
Siebo Woydt

Lust auf weitere Lektüre?

Joner Storesang

Perfect World. Nichts scheint, wie es ist

ISBN 978-3-89425-791-0
Auch als E-Book erhältlich

Eine Familie auf der Todesliste der Mafia

Ein liebevoller Ehemann, zwei wohlgeratene Kinder, ein guter Job als Image-Beraterin des Bürgermeisters: Eva Bellheim führt ein sorgloses Leben in einem unaufgeregten Duisburger Vorort. Bis ihr Mann Daniel spurlos verschwindet. Die Polizei vermutet eine Geliebte, doch Eva zweifelt an dieser Erklärung. Auf der Suche nach Antworten muss sie erkennen, dass Daniel ein gefährliches Doppelleben führt und in die Machenschaften eines russischen Mafiaclans verstrickt ist. Schon bald bekommt Eva zu spüren, dass in einer Welt, in der Gewalt, Korruption und Verrat an der Tagesordnung sind, ein Menschenleben nichts wert ist – weder ihr eigenes noch das ihrer Kinder …

Rasant, authentisch, schnörkellos.